Voyage au centre de Paris

DU MÊME AUTEUR

Romans

PREMIÈRES VOLONTÉS, Grasset, 1998 ; Pocket, 2006.
ÊTRE SUR TERRE, ET CE QUE J'EN RETIENS, Calmann-Lévy, 2001 ;
    Pocket, 2004.
LA MIRE, Flammarion, 2003.
UN POINT DANS LE CIEL, Flammarion, 2004.
DE LA SUPÉRIORITÉ DES FEMMES, Flammarion, 2008 ; J'ai lu,
    2009.
QUAND J'ÉTAIS NIETZSCHÉEN, Flammarion, 2009 ; J'ai lu, 2010.
L'ORFELIN, Flammarion, 2010 ; J'ai lu, 2013.
L'HOMME QUI AIMAIT TROP TRAVAILLER, Flammarion, 2015

Essais

SE NOYER DANS L'ALCOOL ?, PUF, « Perspectives critiques »,
    2001 ; nouvelle édition revue et augmentée J'ai lu, 2012.
LA GRÂCE DU CRIMINEL, PUF, « Perspectives critiques », 2005.
LE TÉLÉVIATHAN, Flammarion, « Café Voltaire », 2010.
CONTRIBUTION À LA THÉORIE DU BAISER, Autrement, 2011.
COMMENT VIVRE LORSQU'ON NE CROIT EN RIEN ?, Flammarion,
    2014.

ALEXANDRE LACROIX

Voyage
au centre de Paris

ROMAN

À Chiara

Jardin du Luxembourg :
d'une effrayante et obscène nudité

Est-ce que j'aime, ou est-ce que je déteste Paris ? Une fois de plus, je me pose la question sans parvenir à y répondre. Le pour et le contre s'enroulent l'un autour de l'autre et déjouent mes facultés d'analyse. Comme si Paris était une femme, avec laquelle j'aurais vécu tant d'années que la flamme initiale se serait depuis longtemps tarie, si bien que je ne saurais dire si je l'aime plus que toute autre personne au monde ou si je lui en veux d'avoir occupé une place trop grande dans mon existence.

Ah, je me doute que ces paroles risquent de te surprendre. Toi qui as grandi loin de la capitale, qui t'es sentie contenue durant toute ton adolescence par l'étroitesse des perspectives que t'imposait un petit bourg de la Sarthe, tu as toujours pensé à Paris comme à une sorte de nadar, de destination idéale, une cité dont tu rêvais qu'elle te délivrât de ton ennui. Aussi, tu ne comprends pas que Paris puisse être pour celui qui le connaît plus intimement autre chose, une source de malaise et de vague à l'âme, mieux, une sorte de blessure intérieure.

Le temps est-il venu, pour moi, d'*aller voir ailleurs* ? De déménager, de repartir de zéro, en France ou à l'étranger ? Je m'interroge une fois encore, assis sur une chaise dans les jardins du Luxembourg. C'est une chaise métallique de couleur hésitante elle aussi, entre le vert olive et le caca d'oie. Elle n'est pas vraiment confortable. N'importe, pour un touriste, c'est assurément là une surprise : Paris est l'une des seules villes au monde où l'on trouve, dans quelques parcs, du *mobilier*. C'est-à-dire des fauteuils à accoudoir et des chaises droites qu'on peut transporter, déplacer à sa guise, et non des bancs scellés. La prudence aurait sans doute commandé de river ces meubles au sol, afin de couper court à toute tentation de vol, et néanmoins, la tradition a fait en sorte que des chaises véritables soient disposées çà et là dans ces jardins du Luxembourg à peu près comme dans le salon d'une maison bourgeoise.

C'est que ces chaises ont une histoire ! Ah, tu vas voir, j'ai beau éprouver envers Paris des sentiments mêlés, je *le* connais à fond. (Permets-moi, ici, d'ouvrir la parenthèse : les hasards de l'orthographe ont mal fait les choses, en dotant Paris du genre masculin, tu ne trouves pas ? Chaque fois que je m'apprête à prononcer une phrase du genre « Paris est beau » ou « Paris est gris », j'éprouve une hésitation, j'ai l'impression de commettre une faute d'accord. Paris est masculin comme nom propre, certes, mais ne dit-on pas la Ville lumière ? Ernest Hemingway n'a-t-il pas intitulé un livre *Paris est une fête* ? Par son caractère, Paris me semble plus proche des capitales féminines – ce club assez select de vieilles courtisanes, auquel appartiennent Rome, Bruxelles, Athènes, Vienne ou Lisbonne... Ce sont des beautés fanées, dont les heures de gloire remplissent désormais les manuels d'histoire, mais qui refusent d'abandonner le maquillage, de cesser de plaire. Les villes masculines, à l'opposé, ne font pas de cadeau – Londres, New York ou Amsterdam ont quelque chose de direct, d'énergique et vulgaire, une franchise d'upper-cut. Mais revenons aux chaises.) Au début du XVIIIe siècle, une mode a fait fureur dans la capitale française : un des loisirs principaux de l'aristocratie comme de la bourgeoisie consistait à passer l'après-midi au jardin. Là, des loueurs vous proposaient des chaises à la journée ou à la semaine, pour vous reposer et prendre le soleil – cela peut sembler un peu bizarre, mais songe qu'aujourd'hui on loue bien des transatlantiques sur les plages privées de la Côte d'Azur ou de Ligurie, à prix d'or.

Après la Première Guerre mondiale, ce commerce existait toujours ; il était géré par des bailleurs bénéficiant d'une concession accordée par la questure du Sénat. Les tarifs étaient modiques, vingt centimes pour une chaise et trente centimes pour un fauteuil. Entre midi et une heure trente de l'après-midi, la location était suspendue, afin de « permettre aux ouvrières parisiennes de se reposer ou de prendre leur repas dans les squares et jardins sans grever leur modeste budget », et la gratuité fut accordée aux mutilés de guerre à partir de 1929. Jusqu'à l'année de ma naissance – oui, ce petit manège a bel et bien duré jusqu'en 1974 –, des femmes acariâtres, si l'on en juge par les témoignages et les caricatures circulant à leur sujet, exerçaient la profession de « chaisières », qui vous encaissaient en maugréant.

Dans son meilleur roman, le vénéneux *Bonjour minuit*, la romancière britannique Jean Rhys dépeint brièvement son héroïne – et son double – Sasha Jansen, aux prises avec l'une de ces chaisières. Nous sommes en 1937. Sasha Jansen a sa jeunesse derrière elle, la vie l'a durement éprouvée. Elle a traversé un mariage, un avortement, un divorce, de multiples déceptions sentimentales et l'alcool la possède. Un jour, elle croise dans une rue de Londres une amie fortunée, qui lui trouve une mine si pathétique qu'elle lui offre une somme d'argent afin qu'elle aille passer une semaine à Paris, à s'amuser, à se changer les idées. Généreuse intention. Évidemment, la semaine d'évasion tournera à la catastrophe, Sasha ne parvenant qu'à traîner son mal-être de bars glauques en garnis borgnes. Résignée, elle accepte la drague lourde des hommes de passage, même si elle se donne rarement à eux. Elle est aux abois – toujours prête à éclater en sanglots, elle se raccroche à son manteau de fourrure, seul reste de sa splendeur d'antan. Quand elle va s'asseoir près du bassin du Luxembourg, Sasha tourne sa chaise non vers l'eau – elle ne veut pas voir les bambins qui jouent avec leurs cannes à pousser des bateaux miniatures – mais vers les arbres, « droits et minces ». Elle trouve l'endroit « doux et solennel », jusqu'à ce que survienne la chaisière. À nouveau, la Société lui envoie l'un de ses émissaires pour la houspiller. On ne peut pas se contenter d'être là, il faut payer le droit de rester. Vivre, c'est avoir contracté une dette. Sasha, en son for intérieur, ironise : « La chaisière arrive et me vend un ticket. Maintenant tout est en règle. Si quelqu'un dit "Qu'est-ce qu'elle fout ici ?" je pourrai montrer mon ticket. Je suis en règle… je me sens en sécurité, rien qu'à le serrer dans ma main. »

La profession de chaisière a disparu, les chaises du Luxembourg sont gratuites et pourtant, elles demeurent un enjeu géostratégique. Car s'il veut vraiment prendre ses aises, le promeneur ne se contentera pas de poser ses fesses sur l'une d'elles. Il lui faudra aussi étirer ses jambes. La position suprêmement convoitée est celle, presque allongée, que procure l'association d'un fauteuil au dossier incliné et d'une petite chaise pour y flanquer ses talons. De sorte que, dans les périodes d'affluence, le week-end par beau temps ou les jours fériés, comme aujourd'hui, certains arrivent de bonne heure et réquisitionnent pour leur plaisir égoïste des chaises en surnombre. Parmi les tactiques qui permettent aux plus têtus de ces châtelains du postérieur de conserver leurs biens tout au long de l'après-midi, je t'en mentionnerai trois : le refus misanthrope et grinçant du retraité qui ne veut rien céder ; tout aussi efficace mais moins ouvertement antipathique, l'attitude qui consiste à poser une veste sur le dossier de la chaise faisant office de repose-pied, en précisant aux éventuels prétendants que vous attendez quelqu'un ; enfin, les amoureux n'entament nullement leur capital sympathie quand ils squattent deux ou trois chaises pour y tenter des escalades, la fille à califourchon sur le garçon, et se livrer à des câlineries qui sont à l'ordinaire du baiser ce que le Kama Sutra est au mission-naire.

J'ai tout de même été assez étonné, voire légèrement contrarié, je te l'avoue, de découvrir un articulet dans *Le Monde* du 9 septembre 2009 qui parlait justement de ces chaises : elles sont aujourd'hui fabriquées par une petite entreprise familiale de l'Ain, à Saint-Didier-sur-Chalaronne ; cette PME s'appelle Fermob ; or, une commande venait de lui être passée par l'université d'Harvard. Désormais, le campus le plus prestigieux de la planète serait lui aussi équipé de ces chaises mobiles et inconfortables badigeonnées à la crotte de pigeon – où va se nicher la franco-philie, parfois ! Le patron de la petite entreprise, Bernard Reybier, plastronnait : « Avec un peu de chance, l'un des futurs présidents américains usera ses fonds de culotte sur nos chaises ! » avait-il déclaré à l'agence Reuters pour l'occa-sion. En me renseignant davantage, j'ai décou-vert que ces modèles de chaises et de fauteuils du Luxembourg ont été dessinés en 1923 par des employés de la mairie de Paris ; leur créateur est donc considéré comme anonyme. En 2004, Fermob a confié à un jeune designer, un certain Frédéric Sofia, la responsabilité de revoir leurs lignes. Il en a adouci l'assise et les a déclinés en vingt-quatre coloris. Aujourd'hui, ce sont les créations de Sofia qui s'exportent dans le monde entier tandis que l'original, le modèle dit « Sénat », est produit par Fermob exclusive-ment pour les jardins du Luxembourg. Fait significatif, Sofia a élargi ces chaises pour facili-ter leur exportation : car vois-tu, c'est bien connu, les Américains ont un cul bien plus gros que le nôtre.

Toujours est-il que ces sièges mobiles font partie de ces particularités parisiennes dont on ne trouve l'équivalent nulle part ailleurs, au même titre que les espèces de serpillières cylindriques, semblables à des couvertures militaires enroulées et sanglées, qu'on aperçoit parfois à proximité des bouches d'égout et qui ont pour fonction d'aider à canaliser les eaux pluviales, ou que le Carborundum, ce revêtement synthétique fait de carbure de silicium qui habille les marches de certaines bouches de métro et scintille sous la lumière comme une rivière de diamants noirs, ou encore les « clous », ces fameuses têtes d'acier arrondies qui servaient à délimiter les passages piéton et qui ont aujourd'hui presque disparu – autant de détails qui adressent un signe de familiarité au connaisseur et laissent perplexes les étrangers.

C'est donc sur un de ces sièges Fermob étroit pour petit cul bien parigot que je me gèle, en pensant à toi, une fois de plus, en ce jour d'automne. Seulement, je ne pense pas à toi dans les mêmes termes que d'habitude. Aujourd'hui, je ne me soucie pas de notre vie de couple, avec ses dilutions et ses rebondissements inévitables ; en fait, je me demande si tu pourrais avoir, pour moi, le *visage même de la durée*. Malheureusement, une telle question, sitôt qu'elle s'ébauche dans mon esprit, me semble presque insoutenable et je préfère, pour l'instant du moins, l'éluder.

L'horloge du Sénat, qui me fait face, indique une heure quinze de l'après-midi. La météo est très instable. Il y a aujourd'hui un vent qui fouette et pousse ardemment les cumulus défilant comme des desserts sur le tapis roulant d'un self-service ; entre ces blocs de crème vanille, le soleil darde des rayons pointus et l'azur est bleu. Au-dessus du grand bassin, virevoltent des mouettes dont on se demande toujours un peu ce qu'elles foutent là. Certaines poussent l'insolence jusqu'à piailler, conférant à ce décor si parisien le fond sonore d'un port de Normandie. Un groupe de petites filles très collet-monté galope gaiement autour du bassin. Les mouettes disputent aux pigeons, qui n'en peuvent, les croûtons de pain flottant sur l'eau (une juste rançon du racket que ces derniers imposent aux moineaux, si tu veux mon avis). Les gamines bourges se chamaillent pour un cerceau. Un garçonnet d'une dizaine d'années joue avec un hors-bord télécommandé qu'il fait vrombir en zigzags sur le bassin circulaire. La fontaine, au centre, est actuellement en réfection, invisible car emballée dans de larges feuilles de Polyane.

C'est curieux, chaque fois que je viens ici, dans ces jardins, je me sens à la fois à Paris et en dehors. Comme la campagne, le Luxembourg offre le dégagement, la vue béante sur le zénith, la sensation précieuse du souffle de l'air au visage. Plat, il ressemble à une paume triste tournée vers les nuages, comme les champs de la Beauce qui ne sont pas si loin. Pourtant, ce jardin est trop strict, trop encadré de pierres et de grilles, trop maîtrisé, poli, pomponné pour ne pas être urbain. Surtout, il y a cette fine poussière blanche, crayeuse, sur le sol, qui se dépose sur les chaussures, macule le bas des pantalons, s'insinue dans vos narines et vous rappelle à la sécheresse minérale de la cité.

Il n'en a pas toujours été ainsi. Autrefois, on venait ici pour avaler un grand bol de verdure. Les travaux de réaménagement du baron Haussmann détruisirent une immense pépinière, la plus belle d'Europe et du monde – d'où sortaient quatorze mille arbres fruitiers chaque année, vendus immédiatement –, ainsi que la plus belle collection de vignes de France, réunissant plus de sept cents cépages. Fleuron de l'horticulture française, ces plantations occupaient une grande partie des jardins du Luxembourg et de l'Observatoire. C'étaient des hectares de terrain où le peuple de Paris, qui ne louait pas de chaise et ne restait pas dans les environs immédiats du palais Médicis – l'actuel Sénat –, s'en allait marcher, pique-niquer, muser. Les écrivains et les poètes consacrèrent des pages amères à la disparition de la pépinière. Dans *Mes souvenirs*, le chef de file de l'école parnassienne, le très académique et ampoulé Théodore de Banville, que Rimbaud admira, à qui il demanda conseil avant d'être écœuré par sa morgue de possédant, fait part de sa nostalgie, en 1882 : « Ces pépinières, c'était un pêle-mêle de tout, arbres, fleurs, labyrinthes, collines et descentes, allées d'épais lilas formant berceaux, et dans ces chemins verdoyants et fleuris où passaient dans les brises de douces haleines de parfums, se pressait une foule de fillettes, de jeunes gens rêveurs, de couples amoureux, de vieux savants qu'on eût pris (non sans raison) pour des pauvres... À l'étudiant comme au poète, il n'en coûtait pas un sou pour aller dans la plus luxuriante des campagnes. »

À l'autre bout du spectre social, le vigoureux Jules Vallès, écrivain engagé s'il en fût, pleure lui aussi dans un article paru dans *La France*, en 1883, « l'assassinat de la pépinière dans le fond ombreux du Luxembourg » (le mot d'« assassinat » n'est pas choisi au hasard. Durant la semaine sanglante, une cour martiale siégea dans le palais Médicis. Les communards étaient jugés sommairement et les murs des terrasses du jardin servirent à des milliers d'exécutions. On alignait les condamnés puis on les passait à la mitraillette ou encore, comme on disait alors en jargon militaire, au « moulin à café »). De façon amusante, aux yeux de Vallès, ressentir de puissants, de lancinants désirs de campagne lorsqu'on vit à Paris, n'est pas le problème des bourgeois mais au contraire des pauvres et des étudiants en situation précaire, qui ont été élevés aux champs, qui sont eux-mêmes fils de paysans. Comme ils vivent dans des chambres noires où l'on étouffe, ils éprouvent la nostalgie de leurs campagnes, « ils ont des envies de voir du vert, de regarder pousser de l'herbe et des fleurs. Le Luxembourg leur offre une contrefaçon de parc et de jardin ». Maintenant que les heures les plus chaudes de l'exode rural sont derrière nous, j'ai l'impression que le désir de verdure est surtout l'apanage des classes aisées, de ceux qui n'hésitent pas le vendredi et le dimanche soir à aggraver la congestion du périphérique et des cent premiers kilomètres d'autoroute pour rejoindre leurs résidences secondaires, tandis qu'au contraire les classes populaires n'ont pas de monde de rechange. Si bien que ce sont les riches qu'on voit se presser au Luxembourg, désormais, rêvant à leurs maisons de province, tenaillés par l'envie de voir de l'herbe et des fleurs.

Mais, parmi les fantômes qui hantent ces jardins, il en est un auquel je pense toujours avec une tendresse particulière. C'est qu'il est moins qu'une âme errante – l'ombre d'une âme. Ivan Chtcheglov. Il était schizophrène. Interné en 1960, il est resté en institution psychiatrique trente-huit ans, jusqu'à sa mort. Les rares textes qu'il a publiés, il ne les a pas signés de son nom imprononçable, lui préférant un pseudonyme tiré de la geste des chevaliers de la Table ronde, Gilles Ivain. Son principal fait de gloire est d'avoir fréquenté assidûment Guy Debord une année, à cheval sur 1953 et 1954 ; une amitié forte est née entre les deux jeunes hommes, qui ont animé de concert un courant d'avant-garde potache, le « lettrisme ». Ivan Chtcheglov n'a publié qu'un seul texte méritant le détour aujourd'hui, le *Formulaire pour un urbanisme nouveau* – que les architectes en mal d'idées nouvelles ont allègrement pillé. C'est dans ce texte que j'ai trouvé l'une des meilleures formulations d'une idée qui m'est chère, depuis longtemps : les rues d'une ville ne remplissent pas seulement la fonction de relier un point à un autre, en fait elles établissent des connexions entre des coins différents de notre mémoire, entre des lieux auxquels s'attachent des émotions et des souvenirs, si bien qu'on ne peut jamais marcher dans un paysage urbain que l'on connaît bien sans avoir l'impression, en même temps, de cheminer en nous-mêmes. « Toutes les villes sont géologiques, écrivait Chtcheglov, et l'on ne peut faire trois pas sans rencontrer des fantômes, armés de tout le prestige de leurs légendes. Nous évoluons dans un paysage *fermé* dont les points de repère nous tirent sans cesse vers le passé. Certains angles *mouvants*, certaines perspectives *fuyantes* nous permettent d'entrevoir d'originales conceptions de l'espace, mais cette vision demeure fragmentaire. »

L'auteur de ces lignes a aussi inventé un concept promis à un grand avenir : la « dérive psychogéographique ». C'est une pratique assez simple : vous choisissez un territoire, une ville de préférence, n'importe où sur le globe. Et vous définissez une période. Ça, c'est le point essentiel. Durant la dérive, tout est permis, n'importe quelle extravagance – entrer par effraction dans des appartements vides pour y dormir, consommer des substances psychotropes, avoir des relations sexuelles de hasard avec des inconnus –, mais vous devez avoir fixé la date à laquelle vous en sortirez, sinon l'expérience est trop dangereuse, qui vous conduirait sans coup férir à la clochardisation, à l'emprisonnement ou à la démence. Une dérive de trois jours dans une capitale quelconque de la planète, employée à tourner de bar en bar, à prendre part aux rixes et aux intrigues louches des noctambules, à bivouaquer sur les terrains vagues et à chiper votre nourriture, est déjà une rude épreuve pour votre organisme comme pour votre psychisme. Trois semaines ou un mois, c'est vraiment le délai maximal pour ce type de voyage, qui vous fait passer à travers le double fond de la réalité sociale. De plus, il est conseillé de se doter d'un autre garde-fou que la date butoir, avant de se lancer dans cette aventure : il faut avoir un projet artistique. N'importe quoi : composer des poèmes, remplir un carnet d'aquarelles, enregistrer les conversations de comptoir pour en tirer des pièces de théâtre décousues. L'unique ligne à suivre, au cours de cette errance, en dehors du caprice, est celle d'une œuvre sauvage en formation. Idée simple et géniale, la dérive psychogéographique de Chtcheglov allait inspirer le situationnisme, les hippies, l'art contemporain – mais, à la grande kermesse qui débuterait à la fin des années 1960, à l'exultation de toute une civilisation rassasiée, Gilles Ivain alias Ivan Chtcheglov ne participerait pas, muré qu'il serait dans sa folie sans issue. « Je suis de l'autre pays », aimait-il à dire.

En 1963, il résidait dans un établissement psychiatrique spécial, où régnait un joyeux bazar. Les médecins, le personnel soignant et les malades organisaient des bals costumés au cours desquels ils buvaient et parlaient ensemble sur un pied d'égalité. Le mouvement de l'antipsychiatrie commençait à se propager en France et ces bacchanales, ces orgies loufoques organisées au château de Chailles en étaient l'une des manifestations les plus frappantes. Des photos ont été conservées de ces fêtes : on y voit le médecin-directeur, Claude Jeangirard, face incroyablement hâlée, fumer une pipe, revêtu de haillons et déguisé en « vagabond-philosophe » ; un pensionnaire barbu qui arbore un bandeau

noir de pirate ; la doctoresse Bonnier tirant gou-
lûment sur un fume-cigarettes planté entre ses
lèvres peinturlurées, assumant son rôle de
« joyeuse catin » ; ou un autre pensionnaire,
grassouillet et patibulaire, grimé en « tenancier
de bordel », chemise blanche nouée d'une laval-
lière, qui esquisse un sourire salace. On n'ose
imaginer les dérèglements de ces nuits où
l'alcool coulait à flots tandis que des feux de
Bengale brûlaient sur les pelouses.

C'est dans cette clinique hors norme, où la
transgression était encouragée – mais où les
médecins continuaient à prescrire des électrochocs et des injections quand les malades poussaient trop loin le bouchon –, qu'Ivan Chtcheglov
a composé avec d'autres une pièce de théâtre
pour la Noël 1963, « À nos amours ». Guy
Debord faillit en publier un extrait dans la revue
de l'Internationale situationniste, avant de
renoncer (le texte était trop classique à son goût,
bien que rédigé par d'authentiques fous).

En voici un passage que je crois de la main
d'Ivan :

« Amour, mon tendre amour,
Te souviens-tu du temps,
Où nous étions au Luxembourg ?
Nous nous y sommes beaucoup promenés.

Il y avait une petite fille
Qui n'avait que vingt-trois ans
La statue de bronze du vendeur de masques,
Avec son sourire fermé
Nous disait : "Embrassez-vous, car savez-
vous

Ce qui vous attend,
Qui serez-vous demain,
Ou l'an prochain qui vient ?". »

Ces vers émouvants et malhabiles, je m'en souviens à cause de la mention de la statue du vendeur de masques. En fait, cette statue qui se trouve sur ma droite en ce moment, je ne l'avais jamais remarquée avant de lire ces lignes. Elle représente un jeune homme au déhanché joyeux, sorte de lutin ou de faune endiablé. À ses pieds, des masques à vendre – ceux de Victor Hugo, d'Alexandre Dumas, de Léon Gambetta, d'Eugène Delacroix, de Jean-Baptiste Carpeaux et de Charles Gounod...

Le coup de génie du sculpteur, un certain Zacharie Astruc, qui a signé ce bronze en 1883, c'est évidemment de n'avoir pas rendu hommage à la célébrité des grands hommes, mais d'avoir plutôt considéré le génie comme un déguisement qu'on se paie, comme un accessoire permettant de participer à la comédie humaine. À la réflexion, on n'aurait pu imaginer statue plus pertinente, dans ces jardins du Luxembourg : ces allées crayeuses, ces ombrages à la verdure avare ont accueilli la ronde de nos célébrités hexagonales. Mais la vie est un théâtre et ces hommes illustres n'ont fait que porter sur leur visage le masque du rêve auquel ils avaient voué leurs jours.

Dans *Les Mots*, Jean-Paul Sartre raconte combien il enviait, enfant, la santé, la force, le courage des autres garçons qui se livraient dans les allées du Luxembourg à leurs jeux de guerre violents et débridés tandis que lui, le souffreteux, le petit « Poulou », restait niché dans les jupes maternelles. Il était plus petit que la moyenne – sans être nain. Difforme – sans être monstrueux. Inapte à partager la joie des enfants de son âge, comme l'y enjoignait sa mère. De sa faiblesse de constitution et de caractère, il se consolait le soir venu en rédigeant dans sa chambre des récits de cape et d'épée. Vengeance toute littéraire...

Bizarrement, le souvenir de ces scènes de jalousie enfantine tirées des *Mots* a influencé ma lecture de *La Nausée*, à tel point que je n'ai jamais pu franchir les grilles du Luxembourg sans avoir une pensée pour le héros de ce roman, Roquentin, et son vertige métaphysique au jardin public. Tombant dans une sorte de malaise catatonique à la vue d'une racine de marronnier, Roquentin se met à méditer en roue libre sur l'absurdité de l'existence – il adresse à l'univers une ode hallucinée, se demandant tout à trac quelle est la nature des phénomènes qui l'entourent, et si les êtres humains sont pourvus de plus ou moins de réalité que le ciel, l'eau des fontaines ou les arbres plongeant leurs tuyaux rugueux dans la terre. Oui, il a l'impression que les mots au moyen desquels il saisit d'ordinaire les objets du monde sont inadaptés, que ce sont de pâles étiquettes collées au hasard ; il bascule dans un doute radical et sans remède. Or, c'est seulement à ma dernière lecture de *La Nausée*, au moins la sixième, que je me suis aperçu que la scène n'était nullement située au Luxembourg mais dans le square de Bouville (une ville imaginaire, inspirée du Havre).

Impuissance : l'une des clés de cette scène, c'est que Roquentin est tourmenté par un terrible *fantasme de castration*, pour le dire en vocabulaire psychanalytique. Il ne se sent pas équipé, virilement, pour affronter l'« abondance pâmée » du monde, c'est pourquoi le simple et innocent spectacle d'un bout de bois qui s'introduit vaillamment dans la terre, et qui y reste planté même quand il le cogne du tranchant de sa semelle, le plonge dans le désarroi le plus complet. Les choses autour de lui vacillent, comme « des masses monstrueuses et molles, en désordre – nues, d'une effrayante et obscène nudité ». Le monde est une maîtresse femme moqueuse et dédaigneuse, qui l'effraie. D'ailleurs, les termes par lesquels il décrit la racine ne laissent pas d'équivoque : que peut bien évoquer cette « masse noire et noueuse, entièrement brute », cette « pompe aspirante », cette « peau dure et compacte de phoque » avec son « aspect huileux », « ce long serpent mort à mes pieds », sinon un phallus sourd aux exhortations de la volonté ? Le plus beau, dans ce passage, c'est une impropriété de langage qui s'apparente à un lapsus révélateur et que, pourtant, aucun commentateur n'a relevée. Roquentin, regardant la racine et songeant à ses crises de dépression, pense : « J'ai peur que ça ne me prenne par le derrière de ma tête et que ça ne me soulève comme une lame de fond. » Tu ne tiques pas ? Au lieu d'écrire : j'ai peur que cela ne me prenne par derrière, il commet une minuscule faute de français, « j'ai peur que ça ne me prenne par *le* derrière »… Incapable de pénétrer le réel,

Roquentin craint pour son popotin – cela ne te fait pas sourire ?

D'accord, la lecture psychanalytique a ses limites. De toute façon, ce que raconte ce passage, plus simplement, c'est que Roquentin n'a pas réussi à prendre racine dans le monde réel, pas plus que Poulou ne pouvait participer aux jeux des garçons de son âge, pas plus que je ne suis parvenu à m'approprier authentiquement Paris. Tu sais, cette balade commence à peine et pourtant, il faut que je te le dise : j'ai l'impression de flotter ici. Le centre de Paris, je ne suis jamais parvenu à le faire mien, bien que je le connaisse à fond. Et je crois que la plupart des Parisiens sont dans cette situation. Arrête un passant au hasard dans la rue et demande-lui : « Vous êtes d'où, vous ? » Tu verras ce qu'il te répondra : « De Nantes... De Lyon... Du Loiret... D'Argentan... De Ruffec... J'ai des origines en Pays basque... D'Ajaccio... » Des gens qui vivent ici et qui sentent, physiquement, que leurs racines ont réussi à pénétrer le macadam, il y en a vraiment peu. Les habitants de cette ville ont ici leur métier et leurs habitudes, leurs amis, leurs amours, mais ils se sentent malgré cela en porte à faux, comme s'ils restaient attachés par des liens plus fondamentaux à une patrie du cœur.

Déracinés, que nous reste-t-il, à nous autres plantes en pot, pièces rapportées, consciences d'importation dans *la plus belle ville du monde* ? Pas grand-chose. Ou plutôt si, nous avons devant nous une alternative, le choix entre deux voies. Ou bien nous faisons de notre déracinement notre raison d'être, le fondement ontologique de notre existence, et dans ce cas nous nous condamnons à l'errance sur le bitume glissant des rues – nous nous vouons à une dérive psycho-géographique éternelle, dont nous pourrons peut-être tirer une œuvre, mais dont nous ne pourrons pas nous faire une raison, à la manière d'Ivan Chtcheglov. Ou bien, au contraire, nous considérons cette capitale comme un vaste théâtre et nous nous régalons de ses spectacles, de sa comédie perpétuelle – mais alors, il nous faudra porter un masque, et c'est le message que nous adresse la statue de Zacharie Astruc. Les Parisiens ont l'air arrogants et fiers d'eux-mêmes, méprisants et culs-pincés, mais ils se répartissent au final entre ces deux catégories : les âmes errantes et les clowns. Cependant, tous ont en commun d'aimer un ailleurs dépositaire du sens véritable de leur existence.

Fontaine Médicis :
que l'eau penche

Chacun de nous observe, en se promenant dans une ville ou un paysage familier, ses propres rites. Nous avons tous notre manière personnelle de rendre grâce, subrepticement, à la vue d'une rue ou d'un monument, parce qu'ils nous rappellent un temps fort de notre existence ou bien, de façon moins rationnelle, parce qu'ils recèlent à nos yeux une signification secrète. Impossible de se balader longtemps sans marquer ces stations intimes et sacrées, sans ponctuer notre déplacement d'infimes pauses qui renvoient aux replis et aux strates les plus enfouis de notre mémoire affective.

Ainsi, je sors toujours du Luxembourg en contournant le Sénat par la droite pour m'arrêter, quelques secondes ou quelques minutes, selon le temps dont je dispose, devant le bassin de la fontaine Médicis. Cette fontaine a une particularité qui m'enchante, et qui ne figure dans aucun guide.

Les guides touristiques accumulent une masse impressionnante d'informations factuelles sur les villes mais n'en restituent jamais l'atmo-

sphère spirituelle, restant à la surface des anec-
dotes historiques, ne plongeant guère dans
l'épaisseur des émotions qui se sont accumulées
dans certains endroits, n'affrontant pas en
somme la question essentielle, celle de la *forme
de vie* que génère chaque agglomération – les
guides, toujours bien renseignés au demeurant,
rappellent donc que cette fontaine a été com-
mandée par la reine Marie de Médicis, veuve
de Henri IV, à l'architecte florentin Tommaso
Francini.

On ne peut pas dire que la vie sentimentale
de Marie de Médicis fût comblée. Elle passa une
enfance triste et solitaire au palais Pitti, à Florence.
Le 16 décembre 1600, elle fut mariée de force,
à l'âge de quinze ans, au roi Henri IV, qui se
dépêcha de l'engrosser puis la trompa à pied, à
cheval et en carrosse. Délaissée par son infati-
gable époux, qui mourut dix ans plus tard, elle
se consola en se consacrant aux plaisirs de l'art,
des ballets, de l'architecture. C'est elle qui fit
améliorer et agrandir les jardins entourant son
palais bâti sur le flanc de la montagne Sainte-
Geneviève, étendant leurs parterres et leurs
pelouses aussi loin que possible, malgré les
bornes que lui imposait la présence de l'enclos
des chartreux. D'âpres guerres de voisinage écla-
tèrent entre la reine et l'ordre monastique. Pour
Marie de Médicis, ce parc avait d'autant plus de
valeur qu'il lui rappelait les jardins de Boboli,
où elle avait passé les meilleures heures de sa
jeunesse. C'est donc elle qui tenait à placer, dans
l'écrin d'une nature artificialisée, des statues, des
colonnades, des jeux d'eau. Cela lui procurait un
repos du cœur, une plénitude que la vie ne lui

avait octroyés qu'avec parcimonie. Sans elle, il n'y aurait jamais eu de jardin de Luxembourg. Vers 1630, elle chargea Francini d'édifier une « grotte » – en réalité, une imposante façade de marbre de douze mètres de large et de quatorze mètres de haut, se reflétant dans un bassin. Plus de deux cents ans plus tard, en 1862, lors du percement de la rue de Médicis, l'édifice fut déplacé pierre à pierre, et Auguste Ottin sculpta pour la niche centrale de la grotte une représentation du cyclope Polyphème, découvrant de son œil furieux les amours du berger Acis et de Galatée. Les niches latérales furent aussi ornées de statues de Pan et de Diane, et on creusa, devant la façade originale de Francini, un nouveau plan d'eau de cinquante mètres de long. Tout cela, les guides touristiques de Paris le rapportent plus ou moins fidèlement.

Cependant, l'intérêt véritable de cette fontaine ne réside nullement dans les péripéties qui ont émaillé son histoire officielle. Tu comprendras de quoi je parle si tu te places debout devant le bassin et que tu regardes en direction de la conque abritant Acis et Galatée. Essaie, et tu découvriras ici une illusion d'optique parfaitement réussie : le décalage entre l'inclinaison du terrain et celle du bassin creusé dans le sol est tel qu'on a l'impression *que l'eau penche*. Elle ne semble nullement plate, mais inclinée en pente douce, au point de s'enfoncer progressivement dans la terre. Si cette eau gelait et qu'on posait une bille dessus, on s'attendrait à la voir descendre.

Par le passé, j'ai rencontré une fois une illusion d'optique similaire. À six kilomètres du village de Minerve dans le sud-ouest de la France, il est un lieu-dit appelé la Curiosité de Lauriole. Les gens du coin l'appellent aussi la « route-qui-monte-et-qui-descend ». Si tu y arrêtes ta voiture, que tu mets le levier de vitesse au point mort, sans frein, tu la verras remonter la pente. En réalité, cette petite section de route où les lois de la gravité semblent s'inverser forme un angle tel avec la départementale en contrebas, qu'on croirait qu'elle s'élève par rapport à cette dernière, tandis que toutes les deux descendent, comme le prouvent les relevés géodésiques.

Quand je suis allé, un été, voir cette attraction paumée, j'ai été surpris, au milieu d'un paysage aride de champs pelés, roussis, et de garrigues pierreuses, typique du Minervois, de constater qu'il y avait bien une quinzaine de badauds qui laissaient glisser leurs voitures silencieusement le long de la pente mystérieuse, prenant des photos, réalisant des films amateurs avec leurs camé-scopes, tandis que leurs enfants couraient en tous sens ou jouaient à la balle. Il fallait, pour venir admirer la modeste Curiosité de Lauriole, faire au minimum vingt minutes de trajet depuis le gîte rural le plus proche, et néanmoins l'endroit ne désemplissait pas. La même illusion d'optique, en plein cœur du Luxembourg, ne retient pas un seul promeneur. Elle n'est même pas signalée dans les nombreux ouvrages consacrés au Paris insolite. C'est là le pouvoir des guides, qui tantôt créent de l'excitation au milieu de nulle part, et tantôt effacent un détail singulier des mémoires.

Pour ma part, chaque fois que le hasard m'amène à traverser ce jardin, je fais le crochet par la fontaine Médicis. Si je prends le temps d'adapter mon regard et de savourer cet effet optique saisissant, il y a une raison : il me semble trouver là comme un accomplissement de la vocation secrète de l'urbanisme. En milieu urbain, le génie humain s'emploie à fausser les lois les plus élémentaires de la nature. Modifier le comportement de l'eau, lui conférer une propriété nouvelle, celle de pencher au repos, voilà qui indique que nous sommes bel et bien au cœur de l'une des capitales européennes les plus achevées, en un de ces points de la Terre où la pesanteur est abolie et où la fantaisie mène la danse.

Quant à Sasha Jansen, l'héroïne de Jean Rhys, la vue de cette même fontaine lui inspire dans *Bonjour minuit* une remarque un peu folle. « Il y a des poissons dans le bassin de la fontaine Médicis, relève-t-elle. Trois rouges et un doré. Ils ont l'air si perdus tous les quatre que je me demande si ce sont les premiers qu'on a mis là ou s'il y en a eu beaucoup, qui sont morts les uns après les autres. » C'est vrai que l'eau de ce bassin a une couleur macabre, d'un vert tirant sur le noir. Si bien que les présences qu'on y suppose, les poissons qu'on n'y voit pas, semblent plus nombreux que ceux qui affleurent à la surface. Dans un bain si sombre, ce qu'on imagine caché compte davantage que ce qui apparaît. Mais la réflexion de Sasha vaut aussi pour les habitants des villes : ne sont-ils pas d'autant plus esseulés que la foule parfois s'éclipse autour d'eux, comme par enchantement ?

Place Edmond-Rostand :
les métaphysiques de bistrot perdues dans tous les coins du monde

Pour la troisième fois, je lève le bras. Mais une mauvaise fée a dû me jeter un sort d'invisibilité – me voilà devenu aussi transparent qu'une vitre bien propre.

Il faut donc essayer de signaler mon existence en recourant à un autre médium, en sollicitant un autre sens que la vue.

« Hep, garçon ! »

Le serveur, au ventre sanglé dans son frac ajusté, est en train de passer l'éponge sur une table à trois mètres de moi. Il n'a pas la main chargée d'un plateau, certes non, et ne se prépare pas non plus à relever une commande. Et pourtant, il semble prendre un malin plaisir à m'ignorer.

« S'il vous plaît, je voudrais commander... », dis-je en mettant autant de fermeté que possible dans ma voix. Cette fois-ci, le garçon m'a bien entendu – il a, de toute façon, poussé le jeu jusqu'à sa limite tolérable et me faire mariner plus longtemps tiendrait de la faute professionnelle. Aussi s'approche-t-il de ma table et bombe-t-il son torse avec une solennité de sergent-instructeur qui, elle aussi, a quelque chose de calculé – il accentue ainsi notre différence de niveaux, se voulant d'autant plus grand que je suis assis. « Je vous écoute, jeune homme, tonne-t-il.

— Un expresso, s'il vous plaît. »

Le front du serveur se plisse comme un tapis dans lequel je viendrais de me coincer le pied. *Un café*... Ainsi donc, je viens de demander la consommation la moins chère de la carte. Au relèvement de ses sourcils, à ses paupières qui se déboutonnent, au soupir qui file entre ses lèvres et qui ne provient même pas de ses poumons, mais bêtement de ses joues se dégonflant, il montre qu'il s'en doutait. Au vu de mon âge comme de mon plumage – jeans et veste un peu râpée, trop cintrée, chaussures en daim rappelant les années 1970 –, il savait qu'il avait affaire à de la piétaille, à un client aux fins de mois approximatives. Comme il avait raison de commencer par m'ignorer ! Je fais partie de ces mauvais coucheurs, que dis-je, de ces pique-assiettes qui squattent un guéridon pendant une heure et ne rapportent rien.

En outre, si la physionomie du garçon de café exprime du mépris, c'est pour cette raison bien évidente que l'*homme* – c'est-à-dire le prolo caché derrière le frac, qui doit probablement émarger lui-même au salaire horaire minimum et dormir dans une cité-dortoir – s'offre ainsi une revanche sociale bien méritée sur la jeunesse dorée et les parasites qui farnientent dans les débits de boisson.

Accessoirement, l'évolution des codes vesti-mentaires après Mai 68 joue en sa faveur. La classe moyenne a délaissé chapeaux et cravates, nœuds papillons et manchettes, guêtres et chaussures cirées, tandis que la profession des cafetiers a orgueilleusement maintenu ses uni-formes. Si bien que, de nos jours, les serveurs sont en général plus élégants et plus stylés que leurs clients. En ne changeant rien, en refusant la sécularisation, ils ont vu se renforcer leur *potentiel de situation*.

Après huit bonnes minutes qui lui auront per-mis de faire le tour des tables voisines et de ser-vir une opulente famille américaine, arrivée bien après moi, le serveur m'apporte enfin la tasse. Il la pose avec une coupelle de plastique vert qui claque sur la table, m'évoquant fugacement l'attaque d'un sonnet de Jacques Roubaud :

> « La rue Rossini coude et la soucoupe est verte
> Où gît déchiré le ticket de mon café
> Crème... »

Oui, c'est bien joli, mais comme il a vraiment abusé ce serveur à la noix, je décide de le taqui-ner :

« Je pourrais aussi avoir un verre d'eau ?
— Bien sûr, jeunomm'. »

S'il y a un passage de son œuvre où Jean-Paul Sartre s'est bien fichu de nous, où il a tordu la réalité, pire encore que dans ses descriptions enchantées de l'URSS, qui elles au moins avaient un sérieux alibi politique, c'est dans ces lignes de *L'Être et le Néant* consacrées au serveur parisien :

« Considérons ce garçon de café. Il a le geste vif et appuyé, un peu trop précis, un peu trop rapide, il vient vers les consommateurs d'un pas un peu trop vif, il s'incline avec un peu trop d'empressement, sa voix, ses yeux expriment un intérêt un peu trop plein de sollicitude pour la commande du client, enfin le voilà qui revient, en essayant d'imiter dans sa démarche la rigueur inflexible d'on ne sait quel automate, tout en portant son plateau avec une sorte de témérité de funambule, en le mettant dans un équilibre perpétuellement instable et perpétuellement rompu, qu'il rétablit perpétuellement d'un mouvement léger du bras et de la main... »

Cet extrait célèbre, qui tombe souvent au bac, est censé illustrer ce que le philosophe appelle les *conduites de mauvaise foi*. Puisque l'être humain ne coïncide jamais avec lui-même, puisqu'il ne peut s'appuyer sur aucune identité stable, il est bien obligé de jouer à être ceci ou cela, de mimer des comportements qui lui donnent contenance, de se glisser dans des rôles...

Or, si tu veux mon avis, ce n'est pas le garçon de café qui est de mauvaise foi dans ce passage, mais Sartre en personne, qui transforme le serveur parisien en modèle d'efficacité dévouée. Quand as-tu vu, pour la dernière fois, un pingouin te manifester « un peu trop d'empressement », venir prendre ta commande « un peu trop vite », t'accorder « un intérêt un peu trop plein de sollicitude » ? Selon moi, le philosophe n'a poussé si loin l'éloge de la prestance, de la courtoisie, du perfectionnisme quasi pathologique du garçon de café dans *L'Être et le Néant*, que par ironie, pour faire une bonne blague et se venger d'avoir été systématiquement négligé, toisé, rudoyé par les cafetiers de Paname. Lui qui passait les heures creuses de l'après-midi à écrire dans les arrière-salles de la Coupole, du Dôme, du Raspail vert, de La Closerie des Lilas, des Deux-Magots, savait à quoi s'en tenir... D'ailleurs les touristes, qu'ils arrivent des antipodes ou plus modestement de l'autre côté du périph', soit de cette contrée indistincte que les Parisiens appellent la « province », tous sans exception te le confirmeront : ils sont stupéfaits par la morgue et la mauvaise volonté, l'attitude violemment anticommerciale des garçons de café parisiens – qui, notons-le en passant, constitue l'un des exemples les plus remarquables de résistance à la mondialisation libérale que je connaisse.

Je lance un regard circulaire : sur les banquettes gris souris, les enfants des Américains branlent leurs consoles portatives ; non loin d'eux, un cadre cravaté, les yeux rivés sur l'écran de son ordinateur portable, se cure méthodiquement le nez ; une femme d'une cinquantaine d'années, cheveux grisonnants, est absorbée dans la lecture d'un quotidien ; il y a aussi, au fond de la salle, un couple extraordinairement beau, qui semble venir du Brésil et savourer une lune de miel – chacun regarde l'autre comme s'il était l'ultime incarnation du Divin avant la fin du monde. Dehors, le darwinisme social ordinaire suit son cours. Engoncés dans leurs manteaux, Parisiens et Parisiennes pressent le pas, petits bolides individualistes prêts à vous écraser si vous vous placez en travers de leur chemin. Quelle composition fonctionnelle, prévisible, aseptisée ! À croire qu'un gigantesque exorcisme a eu lieu et qu'on a nettoyé ce quartier de ses égrégores.

Ses *égrégores* ? J'ai bien senti que le mot t'avait accroché l'oreille. Attends, je vais t'expliquer de quoi il en retourne – mais autant te prévenir, toi qui conserves d'étonnants restes de superstition, qui touches du bois pour éloigner les coups du sort ou évites de passer sous les échelles, je doute que tu apprécies ces considérations qui vont nous entraîner loin, très loin dans les annales de l'occultisme. En effet, les égrégores sont un genre de démons qui pourraient avoir joué un rôle crucial, bien que clandestin, dans l'histoire de Paris.

Tu veux en savoir davantage ? Allons-y : dans la tradition ésotérique, un égrégore est un esprit qui prend possession, non pas d'une personne isolée, mais d'un groupe. Un esprit collectif, en somme. Pour ma part, j'ai croisé pour la première fois ce mot sous la plume d'Ivan Chtcheglov, toujours dans son génial bien que primesautier *Formulaire pour un urbanisme nouveau*. Chtcheglov s'intéressait beaucoup à l'occultisme, mais il en faisait un usage spécial, puisqu'il l'appliquait à la théorie des avant-gardes. Comment comprendre en effet qu'un groupe d'amis picolant ensemble dans un bistrot, du côté de la Butte-Montmartre, de Montparnasse ou de Saint-Germain-des-Prés, puisse par son inspiration et ses forces propres, sans l'aide des puissances de la finance ni de la politique, révolutionner durablement la manière de sentir, d'aimer, de vivre, de centaines de milliers d'êtres humains sur toute la surface du globe, comme l'ont fait les cubistes, les dadaïstes, les futuristes ou les surréalistes ? Le simple fait qu'une bande de potes en goguette puisse avoir la main haute sur le cours des idées est proprement incompréhensible, tant qu'on cherche à en rendre compte par des moyens rationnels. L'écart entre la cause matérielle et l'effet global est trop grand. Comment « trois pâtés de maisons », plantés du côté de la Villa Seurat ou du Bateau-Lavoir, du chemin Montparnasse ou de la rue Saint-Benoît, pourraient avoir un quelconque poids sur la destinée de la culture ? La réponse de Chtcheglov est simple : chacune de ces avant-gardes était habitée par un démon d'une puissance supérieure. Sans avoir jamais fréquenté aucun groupe ayant eu un tel rayonnement, il me semble malgré tout que, par le passé, j'ai eu la chance d'approcher quelques égrégores. Ici et là, dans quelques cafés, j'ai côtoyé des formations d'individus en rupture de ban, des alliances joyeuses et transgressives au sein desquelles s'élaborait rien de moins qu'une vision du monde. Aucune personnalité, en leur sein, n'était véritablement hors du commun, à dire la vérité : mais c'est leur conjonction, leur constellation qui dégageait une énergie fantastique, qui irradiait. Un égrégore de ce type, inachevé, de faible intensité comparé aux grandes avant-gardes, un démon mineur a élu domicile, quelque temps, dans le café L'Escholier sur la place de la Sorbonne, entre 1992 et 1994 ; un autre s'est attardé au Dunhill, rue de Rochechouart, de 1997 à 1999.

Les égrégores prolifèrent et sévissent au hasard, bien évidemment, et pourtant j'ai l'impression – l'illusion, peut-être ? – que ces démons ne peuvent plus se fixer au Quartier latin, d'où la cherté des logements, de la bière, le coût objectif de la folie en un mot, les ont chassés. Espèce en voie de disparition, ils ont dû se réfugier plus loin, ou bien ils se sont raréfiés, attendant un prochain siècle pour réapparaître.

C'est sans doute à un phénomène de ce type que rêvait le poète portugais Fernando Pessoa, quand il déclarait dans *Le Livre de l'intranquillité* : « Les métaphysiques de bistrot perdues dans tous les coins du monde, les philosophies solitaires de tous les ratés dans leurs mansardes, toutes les pensées venues par hasard, toutes les intuitions qui ne sont celles de personne, tout cela un jour, fluide abstrait, substance inconcevable, formera peut-être un Dieu, dominera peut-être le monde. »

Quel rapport avec l'occultisme, me diras-tu ? Attends, j'y viens. L'existence de ces démons remarquables, s'incarnant à travers de petites troupes d'hommes et voués à exercer une influence significative sur l'essor et le déclin des civilisations, semble avoir été l'un des secrets les mieux gardés des sciences occultes. Les magiciens et les alchimistes, familiers des égrégores, auraient eu soin de n'en souffler mot jusqu'à une période récente, bien qu'ils se fussent transmis toutes sortes de connaissances sur le sujet depuis la plus haute Antiquité. Le mot même d'égrégore a très rarement été employé, de peur qu'une malédiction ne s'abattît sur quiconque oserait le révéler au public. Regarde ce qu'il est advenu d'Ivan Chtcheglov : sept ans après avoir utilisé le mot interdit dans son *Formulaire*, il a sombré dans la schizophrénie. Le destin de Pierre Mabille, le médecin d'André Breton, occultiste raffiné et passablement éclairé en matière d'art, est lui aussi éloquent : après avoir publié un ouvrage pionnier en la matière, *Les Égrégores ou la Vie des civilisations*, il est mort foudroyé en plein milieu d'une consultation médicale en 1952, à l'âge de quarante-huit ans (d'ailleurs, il semblait avoir entrevu les risques qu'il encourait en abordant ce thème, puisqu'il annonçait dès l'avertissement de l'ouvrage : « La prudence des anciens hermétistes opposée au désir moderne de tout dire... se justifie chaque jour davantage pour moi. » Cependant, il jugeait que les circonstances historiques, et plus spécifiquement « l'augmentation de l'incohérence générale dans l'inquiétude accrue », justifiaient de « surmonter les risques » inhérents à la divulgation des mystères). Mais la série continue avec une victime de choix, Stanislas de Guaita, cofondateur en 1888 de l'ordre kabbalistique de la Rose-Croix, emporté en 1897, à trente-six ans, par une overdose probablement. Stanislas de Guaita a passé une bonne partie de sa vie terré dans un appartement que ses détracteurs, au premier rang desquels le très bigot Joris-Karl Huysmans, décrivaient comme un rez-de-chaussée sordide, et d'autres, ses amis, comme une luxueuse thébaïde avec mezzanine, sis au 20, avenue Trudaine – je précise car, ayant été élève juste en face au collège-lycée Jacques-Decour (un établissement bâti, soit dit en passant, à l'emplacement précis d'un immense abattoir en fonction du Moyen Âge jusqu'au XIXe siècle, joli symbole !), j'ai eu un camarade qui habitait précisément cet immeuble. Au pied de la Butte-Montmartre, donc, ce riche fin de race, cet érudit baroque avait entassé des grimoires et des incunables médiévaux, des traités en latin et en grec de Cornelius Agrippa, de Paracelse, de Pierre de Lancre, de Raymond Lulle, toute une documentation improbable sur l'œuvre au noir et l'art d'invoquer les esprits... Vivant en vase clos, imbibé d'alcool à tel point que son visage en était bouffi, s'administrant généreusement de la cocaïne en intraveineuses, Stanislas de Guaita tutoyait les puissances maléfiques. C'est lui qui, à l'instigation d'Éliphas Lévi, autre ésotériste fameux du XIXe siècle, spécialisé dans la magie chrétienne, a commencé à s'exprimer, dans diverses publications, à propos des égrégores – il a vendu la mèche. Imprudence ? Cette coupable indiscrétion aurait-elle déchaîné contre lui des forces diaboliques ?

Aujourd'hui encore, l'Ancien et mystique ordre de la Rose-Croix, organisation qui se désigne généralement par son acronyme, l'AMORC, et qui est régulièrement accusée de pratiques sectaires, se définit dans certaines de ses communications comme un « champ d'énergie cosmique » ou encore comme un « égrégore ». Or, si l'on en croit la généalogie retracée par les rédacteurs contemporains de l'AMORC, cette notion d'égrégore est de très ancienne provenance, puisqu'elle aurait vu le jour au sein d'une société initiatique créée par le pharaon Thoutmôsis III, il y a trois mille cinq cents ans.

Tu souris, perplexe ? Cela te paraît grotesque, cette prétention à se réclamer de l'Égypte ancienne ? Je te l'accorde, cependant d'autres éléments laissent à penser que le terme d'égrégore est bien antérieur au XIXᵉ siècle, où il a commencé à se répandre en dehors des cercles d'initiés.

Les philologues soulignent en effet qu'égrégore provient du verbe grec *egregein*, qui signifie être éveillé, vigilant. Selon certaines sources, les égrégores ne seraient autres que les « Veilleurs » dont parle le livre d'Hénoch. Ce livre prophétique, qu'on peut aujourd'hui télécharger dans toutes les langues sur Internet, était une curiosité, dont les férus de mystères de la Belle Époque, Éliphas Lévi, Stanislas de Guaita ou Joseph Péladan, se disputaient les rares exemplaires et réservaient la lecture aux plus proches de leurs disciples. Cet opus appartenant au cycle de l'Ancien Testament, non reconnu par les juifs ni par les chrétiens, officiellement écarté des écrits canoniques vers 364 lors du concile de Laodicée, avait été retrouvé et ramené en Europe après une longue phase d'oubli, en 1772 seulement, par un aventurier écossais, un certain James Bruce, qui en avait rapporté trois copies d'un voyage en Éthiopie. Rares étaient les lettrés européens qui en avaient pris connaissance à la fin du XIXᵉ siècle. Récit des tribulations du patriarche Hénoch, ce livre déroule une succession de visions cauchemardesques et apocalyptiques, d'actes de sorcellerie – par ailleurs, il reste jusqu'à nos jours le texte sacré majeur de l'Église éthiopienne orthodoxe, non reconnue par le Vatican évidemment, qui compte tout de même quelques quarante-cinq millions de fidèles.

Voilà ce qu'enseigne le livre : avant le déluge, des anges sont descendus du ciel, les Veilleurs ou les Vigilants. Ces anges indociles enseignèrent aux humains « l'usage de la peinture, l'art de se peindre les sourcils, d'employer les pierres précieuses » et encore « tous les sortilèges, tous les enchantements et les propriétés des racines ». Mieux, chacun se choisit une femme et ils s'accouplèrent avec elles. De leurs fornications éhontées, empruntant « toutes les voies », naquit une race de géants qui semaient la guerre sur leur passage, dévoraient les hommes, se jetaient sur « les oiseaux, les bêtes, les reptiles, les poissons pour se rassasier de leur chair et se désaltérer de leur sang ». À en croire Éliphas Lévi, l'interprétation de ce texte ne laisse pas de doute : « Des forces colossales avaient pris forme et avaient revêtu l'apparence de géants, écrit-il dans *Le Grand Secret* : voilà les égrégores dont parle le *Livre d'Hénoch* ! »

Ainsi, ces créatures dangereuses naîtraient de l'union charnelle de l'humanité et des anges. Leur existence et leur action seraient attestées depuis la plus haute Antiquité, mais il aurait été interdit d'en parler en dehors des sociétés secrètes versées dans la magie. Surtout qu'il existe des incantations, permettant d'appeler les Vigilants, de les faire redescendre sur Terre, même de nos jours, et de les inviter à prendre possession d'un groupe de fidèles.

On n'est pas obligé d'avaler ces couleuvres et ne crains rien, je ne me mets pas en danger en dissertant comme ça, ouvertement, sur les [...]gores, aucune malédiction ne s'abattra sur [...] je n'aurai aucun spectre de pharaon courrou[...] à mes trousses. Néanmoins, je regrette de ne plus sentir flotter, dans les cafés et les rues de Paris, ces champs magnétiques et ces forces indéfinissables, ces puissances créatrices errantes, capables de retourner les gens et de les inciter à peindre ou à écrire, à psalmodier, à s'insurger, à subvertir l'ordre universel.

J'ai beau scruter à travers les vitres de cette brasserie du Quartier latin, que vois-je ? Des femmes affairées ; des hommes avec des valises sous les yeux ; un jeune papa qui se trimballe un bébé dans une poche kangourou (et qui sait ? Un jour, je marcherai peut-être à tes côtés affublé du même appareillage, avec le même front béat). En attendant, je n'ai aucun mal à comprendre ce qui a poussé Stanislas de Guaita ou Ivan Chtcheglov à vouloir jouer la partie *autrement*, à boire, à prendre tous les risques. Ceux-là avaient décidé de fuir dans le merveilleux, ils s'imaginaient vivre dans la compagnie des anges et des démons. Oui, leur quête me touche, tu comprends, car il me semble qu'en fait d'égrégores, ce sont les vertus cardinales de l'amitié, de l'ivresse, de l'art qu'ils voulaient invoquer.

Le serveur ne m'a évidemment pas apporté le verre d'eau demandé, n'importe. Je pose quelques pièces sur la table pour régler mon express, et sors.

Rue Soufflot :
répandez les effrayantes ailes de la mort

C'est là, juste au bout de la rue, au sommet de la montagne Sainte-Geneviève exactement – nous sommes passés par là des centaines de fois ensemble –, que les géomètres romains plantèrent leur *groma*, ou équerre, pour fixer le point zéro de leur ville, en 52 avant Jésus-Christ.

Lutèce, qu'ils construisirent en dur, en pierre de taille et en brique, tandis que les Gaulois se contentaient de matériaux périssables comme le bois, occupait toute la colline. Ils avaient choisi ces hauteurs dans le but de protéger leurs maisons et leurs temples des crues de la Seine – car le fleuve, à l'époque, n'était pas réduit à ce reflux de chasse d'eau qui s'écoule poliment entre des rives maçonnées, non, c'était encore un dieu colérique qui grossissait à la mauvaise saison, engluait les terres, submergeait les cultures et menaçait de les transformer en marécages désolés.

La ville romaine avait comme toujours un plan systématique, des rues à angles droits ; elle dessinait un quadrilatère parfait au centre duquel se trouvait le forum. L'actuelle rue Saint-

Jacques en formait l'axe principal ; c'était l'iné-vitable *cardo maximus*, par où transitaient les marchandises et les manifestations importantes de la cité. Nobles et mendiants, citoyens rasés et Gaulois chevelus, militaires en permission et marchands s'y bousculaient en une cohue bruyante. Au nord, le *cardo maximus* se prolon-geait par-delà l'île de la Cité, pour achever sa course aux abords de l'actuelle porte Saint-Denis. Au sud, il était continué par un aqueduc, que les Romains bâtirent pour acheminer l'eau potable, les sources naturelles étant peu abon-dantes dans la région. Le tracé du boulevard Saint-Michel correspond à un autre *cardo* ancien, parallèle, moins important pour le trafic que le premier. Or, j'imagine qu'avec le temps, si les Parisiens ont préféré le boulevard Saint-Michel à la rue Saint-Jacques, c'est que nous sommes surtout un peuple de flâneurs et de paresseux, et que cette dernière, qui escalade rai-dement la montagne Sainte-Geneviève, inflige un effort considérable aux mollets du marcheur, tandis que le boul'Mich' permet de gagner les hauteurs sans s'essouffler. En contrebas, vers Jussieu, il y avait les arènes, l'un des rares ves-tiges de ce temps-là qui tiennent encore debout.

Inutile de te dire, toi qui es déjà allée à Rome, que Paris n'a rien à voir avec la capitale ita-lienne. Là-bas, les monuments des Romains se dressent toujours en évidence, ils sont repérables à l'œil nu. Le forum est un champ à ciel ouvert semé de blocs sculptés ; l'hémicycle du Colisée demeure majestueux ; certains ponts sur lesquels vrombissent les automobiles et les scooters d'aujourd'hui ont été bâtis par les esclaves de l'Antiquité. À Rome, on se promène dans le passé comme on feuillette les pages d'un livre, et l'on n'a même pas besoin d'un guide pour repérer, au hasard des rues, là un entablement de marbre, ici une borne, une fontaine, un banc ou une colonnade témoignant du temps des Césars. Les époques, à Rome, sont juxtaposées, qui entretiennent des rapports de bon voisinage, comme de vieilles commères sympathiques et bavardes. Tandis qu'à Paris, c'est l'inverse, le passé n'est pas déployé dans l'espace mais accumulé par couches, stratifié, déposé dans la profondeur du sol. À Paris, chaque siècle a orgueilleusement rasé et recouvert les édifices du passé – succession de morts et renaissances urbaines ayant culminé avec les grandes manœuvres de l'« artiste-démolisseur » Haussmann, au XIXe.

C'est pourquoi, sous nos pieds, il y a des millions et des millions de fragments de squelettes de mammouths, de cervidés, de xiphodons (le *xiphodon* ? C'est un animal gracieux mais disparu, qui pullulait paraît-il dans la région aux temps préhistoriques et dont Georges Cuvier offre cette jolie description : « Léger comme la gazelle ou le chevreuil, il devait courir rapidement autour des marais et des étangs ; il devait y paître les herbes aromatiques des terrains secs, ou brouter les pousses des arbrisseaux ; comme tous les herbivores agiles, il était probablement un animal craintif, et de grandes oreilles, très mobiles comme celles des cerfs, l'avertissaient du moindre danger ; nul doute enfin que son corps ne fût couvert de poils ras et par conséquent il ne nous manque que sa couleur pour le peindre tel qu'il animait jadis cette contrée »), mais aussi d'outils d'os, de débris de vaisselle, de petits objets de bronze, d'éclats de céramique, de bâtis de pirogue en chêne pourris utilisés par l'ancien peuple gaulois des *Parisii*, de fondations cariées, tout un humus noirâtre fait de tissus, de poutres, de gravats, de poubelles, de cadavres, de matières organiques en décomposition, cloaque où l'on ne distingue plus rien, et dont aucune fouille ne pourrait tirer mieux que de vagues empreintes sans prix.

Pourtant, le passé est là, que seule la mémoire des hommes peut faire revivre – or cette dernière est faible et lacunaire, n'est-ce pas, et les histoires que nous nous transmettons sur cette ville, par les livres ou oralement, dans les salles de cours ou les cafés, pourraient bien n'être pour la plupart que des fables, tissées avec les fils de la réalité autant qu'avec ceux des rêves des humains. Le voici donc, le défi que lance Paris au promeneur : ces lieux demandent qu'on déploie les différentes épaisseurs de la mémoire et de l'imagination qui en révèlent la signification, sans quoi ils se résument à un simple décor, aussi plats qu'une carte postale.

Avant de m'engager franchement dans la rue Soufflot, je jette un dernier coup d'œil à la perspective du boulevard Saint-Michel, en direction de Port-Royal et de l'Observatoire, où les Romains avaient aménagé leur nécropole. Ce paysage, il m'a été donné, il y a déjà des années, de l'arpenter *par en dessous*, de me faufiler sous sa surface pour en explorer les circonvolutions souterraines.

C'était le 3 novembre 1993, j'étais alors étudiant à l'université et c'est un camarade d'amphi, grand échalas acnéique que je connaissais seulement de vue, qui m'a rancardé à l'interclasse. « T'sais quoi ? Ce soir, va y avoir une super-teuf dans les catacombes...

— Et comment on fait pour y aller ?

— Bah, c'est facile, tu descends au métro Alésia, là tu vas aux entrepôts de la SERNAM, tu sautes par-dessus la grille. Tu verras des camions et des containers, tu t'en occupes pas, tu traverses la plateforme et tu arrives aux voies désaffectées de la petite ceinture. Tu tournes à droite, tu passes dans un premier tunnel, l'entrée est dans le deuxième tunnel. »

La sonnerie a retenti, marquant la fin de la pause, j'ai enregistré ces indications et, durant le cours qui a suivi, j'ai laissé mon esprit vagabonder, je n'ai plus arrêté de songer à cette fête d'en bas.

J'avais toujours eu envie de visiter les catacombes, non pas la petite portion ouverte au public, mais les trois cents kilomètres de boyaux qui circulent sous les quatorzième, sixième et cinquième arrondissements, couvrant un vaste territoire allant du parc Montsouris à la Sorbonne. En sortant de la fac, j'ai foncé au supermarché acheter une lampe-torche électrique premier prix avec une grosse pile carrée.

L'abîme qui sépare la théorie de la pratique, le fossé entre un *projet en l'air* et un *passage à l'acte*, j'ai pu le mesurer quand je me suis retrouvé à marcher en sautillant d'une traverse à l'autre entre les rails de la petite ceinture, seul.

Il faisait nuit bien sûr, j'avais laissé loin derrière moi le portail métallique barrant l'accès aux entrepôts de la SERNAM ainsi que la lumière rassurante des réverbères. Le premier tunnel était beaucoup plus long que prévu, plus je m'y enfonçais et plus l'obscurité se refermait sur moi, jusqu'à ce que je ne pusse même plus distinguer mes mains (mais je n'allumais pas ma lampe, dont je voulais réserver l'usage à l'exploration des catacombes, n'ayant pas pris de pile de rechange). La température chutait à mesure que j'avançais. Il faisait froid, dans ce tunnel où les trains ne passaient plus depuis belle lurette, mais où filait sans interruption plus qu'un courant d'air, une véritable bise qui me fouettait les joues. De temps à autre, sous ces voûtes de pierre, résonnait un son isolé, inattendu, le plus souvent le « ploc » d'une goutte d'humidité se détachant des parois, parfois un couinement aigu signalant un rat.

Un moment plus tard, je me trouvais dans le second tunnel, plus court et donc moins sombre. Il y avait, çà et là, des dalles de béton grossièrement coulées. À l'évidence, cela témoignait d'un petit manège absurde : chaque fois qu'un accès aux catacombes illégal était creusé, les employés municipaux le colmataient en posant une chape. Peine perdue, il suffisait de percer la couche de terre un peu plus loin pour rejoindre le réseau englouti...

Enfin, je trouvai un trou libre. Je me laissai glisser à l'intérieur, puis braquai ma lampe-torche devant moi ; elle éclairait à cinq ou six mètres au grand maximum. Il n'y avait rien, là-dedans, qu'un boyau aux parois argileuses et bas de plafond – on ne pouvait y avancer que le dos plié. Aucune indication, aucun symbole sur les murs. Ça avait l'air immense. Je renonçai à m'engager plus avant et décidai d'attendre quelqu'un qui pourrait me servir de guide. Et c'est comme ça que je me suis retrouvé, assis sur le ballast, à regarder le trou béant mélanco-liquement. Qu'est-ce que je fichais là ?

Au bout d'une vingtaine de minutes, deux mecs débarquent enfin. J'échange quelques mots avec eux – ce sont des trentenaires, l'un est infor-maticien et l'autre ingénieur. Bien mieux équi-pés que moi, ces deux-là. Ils sont chaussés de grosses bottes en caoutchouc, coiffés de casques de spéléologie avec des lampes frontales, ils por-tent des sacs de randonnée sans doute remplis de provisions et l'un d'eux, dont j'apprends bien-tôt qu'il s'appelle Henri, tient une carte protégée par une pochette plastifiée. Ils sont marrants, Henri et Jean-Marc, parce qu'ils n'ont pas du tout la tête de l'emploi. Ils n'ont pas de piercing, pas les cheveux teints en rouge, et vraiment pas l'air nostalgiques de l'âge d'or du punk. Bien au contraire, ce sont deux portraits-robots du gendre idéal – organisés, disponibles, souriants, prudents, polis et solidaires... Une chose est sûre, je ne trouverai pas mieux comme sherpas.

« Je peux vous accompagner ? J'ai entendu parler de la fête...

— Ouais, pas de problème, répond Henri. Mais t'y vas comme ça ? demande-t-il en dési-gnant d'un geste de la main mon accoutrement.

— Ben oui. Pourquoi ?

— Comme tu veux. J'espère que tu es prêt à marcher un moment...

— Ah ça, bien sûr ! »

Et c'est ainsi que nous nous retrouvons, tous les trois, Henri et moi en tête, Jean-Marc fermant la marche, à progresser dans les galeries. Les murs sont parfois grossièrement maçonnés, mais le plus souvent les parois sont forées directement dans l'argile, les marnes coquillières, la craie ou la chaux blanche. À la lumière de nos faibles ampoules, les couleurs ne se distinguent guère et tendent à se confondre en un gris brouillé. Des ogives de bélemnites, des fragments de moules et de crustacés ressortent ici et là. De temps à autre aussi, des chiffres ont été marqués, à la peinture noire, à l'aide d'un embauchoir, sur les pierres de soutènement.

Si l'équipement de mes guides semblait de prime abord exagéré voire ridicule, je ne tarde pas à comprendre l'intérêt du casque, à mes dépens. Les plafonds sont imprévisibles et, régulièrement, je me racle la tête contre une saillie rocheuse ou une brique désajustée.

Nous marchons assez vite, ce qui n'empêche pas Henri de me fournir, en vrai mordu à qui on donne l'occasion de s'exprimer sur son hobby, diverses explications. Nous ne sommes pas en train de nous aventurer dans une nécropole souterraine et le terme de « catacombes » est en fait impropre, car nous visitons d'anciennes carrières datant du Moyen Âge. Quand, dans la deuxième partie du XIIe siècle, la construction du Louvre fut décidée par Philippe Auguste, puis celle de Notre-Dame de Paris ainsi qu'une extension de la ville, les besoins en pierre devinrent importants et des carrières furent creusées dans les collines, au sud. L'extraction de la roche calcaire se faisait d'abord à ciel ouvert, puis les chartreux inventèrent d'autres techniques, plus ingénieuses. Ils eurent l'idée de creuser des rampes descendant dans le sol en colimaçon, pareilles à celles de nos actuels parkings, puis de multiplier les niveaux, si bien qu'en quelques décennies les sous-sols sont devenus un véritable gruyère.

(Selon le procès-verbal de reconnaissance de tous les édifices anciens de la ville de Paris dressé par ordre de Colbert et achevé le 11 juillet 1678, dont je prendrai connaissance bien plus tard, les parties basses de l'église Saint-Séverin ont été édifiées en 1347 avec la *pierre dure* des carrières du faubourg Saint-Jacques et du Mont-Souris ; de même la grande tour carrée du Temple, construite en 1306, était de *haut banc franc* et de *liais* du faubourg Saint-Jacques et du Mont-Souris ; les premières assises de l'abbaye Saint-Jacques étaient de *cliquart* et de *liais* provenant des carrières voisines de la voie d'Enfer, au Mont-Parnasse ; toutes les parties de Notre-Dame construites en 1257 étaient de *cliquart*, de *liais dur* et de *haut banc franc* provenant des faubourgs Saint-Michel, Saint-Jacques et Saint-Marcel ; et ainsi de suite… La ville a véritablement été sortie du sol par une opération de transvasement quasi miraculeuse, un peu comme si un homme parvenait à se soulever de terre en se tirant par les cheveux.)

Ces innombrables carrières ont ensuite été abandonnées, oubliées, recouvertes par les habitations jusqu'à ce que des affaissements de terrain imprévisibles en rappelassent l'existence aux Parisiens, à leurs dépens, à la fin du XVIIIe siècle, et qu'on prît conscience de la nécessité de créer une administration spéciale – l'Inspection générale des carrières – chargée de relever la topographie des sous-sols, de renforcer les zones à risque et de surveiller la progression des fissures, des inondations, des dégradations dues aux hommes, aussi.

Le plan plastifié qu'Henri manipule avec précaution a été établi, justement, par Louis Héricart de Thury, inspecteur général des carrières de 1810 à 1830. Henri est allé le photocopier à la bibliothèque du centre Georges-Pompidou, qui en possède un seul exemplaire, en fort mauvais état vu que les cataphiles (entends par là les amateurs de promenades souterraines) défilent les uns après les autres pour le consulter. S'il n'existe pas de carte plus récente, celle-ci n'est vraiment plus à jour, explique Henri, étant donné que les équipes de l'Inspection des carrières murent régulièrement des accès voire injectent du béton sous pression dans certaines sections du réseau, les condamnant à jamais. Quoi qu'il en soit, ce document donne les bases. La correspondance avec certaines rues est également signalée par quelques panneaux sous terre, si bien qu'avec les relevés supervisés par de Thury au XIXe siècle et un plan de la surface de Paris, on peut s'orienter de façon plus ou moins satisfaisante, par recoupements.

Au départ, j'espérais que mes tennis ne prendraient pas l'eau, aussi j'essayais de contourner les flaques, de raser les murs dans les couloirs inondés ou de sauter d'un îlot de boue à l'autre. Mais voilà qu'après un virage, les bottes de caoutchouc de mes nouveaux amis apportent la preuve de leur utilité : nous allons devoir remonter un boyau en nous immergeant jusqu'aux genoux.

Café-au-lait, avec des bulles : telle est la couleur du liquide dans lequel nous pataugeons et j'essaie de ne pas penser à sa provenance, de ne pas me demander si c'est de la pluie qui stagne ici depuis des mois, ou au contraire une canalisation défectueuse qui a libéré sa bouillasse mêlant jus de lessive et matières fécales (heureusement, l'odeur est neutre).

« Est-ce que l'eau monte plus haut parfois ?

— Ça dépend. Rarement plus haut que la taille, si ça peut te rassurer, poursuit Henri.

— Et on va encore loin ?

— Oui, dans le Quartier latin. À peu près sous les jardins du Luxembourg. C'est à une heure, ou une heure et demie. »

Et Henri, sur le ton d'un technicien travaillant pour une *hotline* d'assistance informatique à distance, précis mais blasé, de continuer à me donner des informations générales.

Le 3 novembre, chaque année, une grande fête réunit les habitués des anciennes carrières. Les cataphiles célèbrent l'anniversaire de la mort de leur saint patron, Philibert Aspairt. Ce dernier était portier au Val-de-Grâce. Au cœur des troubles révolutionnaires, en 1793, il s'est aventuré dans les soubassements du couvent, dans le but de rejoindre ni vu ni connu les caves où les moines chartreux stockaient leurs vins et leurs liqueurs. Il avait l'habitude d'aller leur faucher quelques fioles en tapinois, durant ses heures de service. Mais il a été victime d'un courant d'air ou d'une mauvaise mèche, sa bougie s'est éteinte et il s'est retrouvé dans le noir complet. Sans allumettes ni aucun éclairage sur lui. Après plusieurs heures d'errance à tâtons, il fallut se rendre à l'évidence : il était perdu. Quand la peur de mourir l'a emporté sur la crainte d'être réprimandé, il s'est mis à appeler, hurler, s'époumoner, frappant du poing contre les murs, s'arrachant les ongles, palpant fiévreusement les parois à la recherche d'une porte dérobée. Finalement, il est mort là. Son corps n'a été retrouvé que le 30 avril 1804, soit onze ans après sa disparition, survenue le 3 novembre 1793.

« Il a disparu il y a pile deux cents ans, donc ?
— Oui. Ce soir, il va y avoir une mégafête pour le bicentenaire de sa mort. Tu ne savais pas ? »

Nous marchons depuis presque une heure déjà et pourtant, nous n'avons encore croisé personne. Nous avons tourné tant de fois à droite, à gauche, à gauche, à droite, que plus aucune intuition spatiale ne me relie à l'extérieur, je serais bien incapable de deviner où se situe le nord. Sans provisions, sans eau, il est certain que je serais condamné à mon tour, si mes guides me faussaient compagnie. D'ailleurs, personne ne sait où je me trouve actuellement, je veux dire par là que je n'ai prévenu aucun de mes proches de mon escapade. Hélas, je crois bien qu'être enterré vivant dans cet antre, ou la température constante est basse, autour de 10 ou 12 °C, me promettrait à l'une des agonies les plus lentes et les plus angoissantes qui soient, l'espérance d'être finalement retrouvé ne te lâchant jamais, t'aiguillonnant, t'imposant de retenir jusqu'au bout tes forces, de refuser que la vie quitte ton corps.

« Le plus marrant, précise Henri, c'est que le squelette d'Aspairt a été découvert à quelques mètres de la sortie.

— Ah oui, dis-je, sans goûter vraiment la plaisanterie.

— Oui, et on lui a dressé une stèle, un monument funéraire dans une salle un peu plus loin. C'est là qu'aura lieu la fête.

— Il y aura beaucoup de monde ?

— On verra. Cent cinquante personnes. Deux cents, peut-être. »

À peine a-t-il prononcé ces mots, qu'un étrange personnage surgit au croisement de deux galeries. En fait, j'ignorais qu'il en existât de pareils dans notre capitale. L'homme qui vient de faire son apparition, court et trapu, porte une *tenue complète de spéléologue* qui déclasse l'équipement d'Henri et Jean-Marc : cuissardes en caoutchouc remontant jusqu'au sexe, baudrier auquel sont suspendus des mousquetons et une gourde, corde enroulée autour de l'épaule, gants de latex, rien n'y manque. Il parle vite, entre deux hoquets, essoufflé par sa course – au passage, je suis rassuré de constater qu'il nous aborde d'emblée sur un ton cordial et même amical. Ici, les mécanismes de défiance ayant cours à la surface disparaissent. Sous terre nous sommes tous frères, à ce qu'il semble.

« Y a un problème. Y a Saratte et son équipe qu'occupent la salle Aspairt.

— C'est vrai ? Merde, sans déconner... Il a besoin de faire ça ce soir ?

— Oh, je suis pas sûr qu'il restera là toute la soirée. Quelle heure il est ? Onze heures et demie ? Ouais, il veut juste nous taquiner un peu. En attendant, la fête s'est repliée en salle Pi. Vous connaissez la route ?

— Oui, je crois, répond Henri.

— Bien. Moi, je trace de mon côté, répond le spéléologue en me toisant avec une pointe de mépris pour mes tennis et mon jean détrempé de boue, mes cheveux pleins d'éclaboussures. Là où je vais, vous ne passez pas. »

« C'est qui Saratte ? demandé-je en regardant ce curieux hybride de troglodyte et de batracien disparaître dans un tunnel sombre.

— Bah, c'est Papa Saratte, notre cataflic », lâche Henri.

Le cataflic est un policier spécial, chargé de surveiller l'activité souterraine de Paris, de mettre à jour un fichier consignant l'identité des habitués, de veiller à ce que ce domaine n'abrite pas des bandits en cavale ni des trafics de stupéfiants. Saratte porte un pistolet en bandoulière et tient toujours prêt dans sa poche un énorme carnet de PV, il est théoriquement tenu par sa fonction de verbaliser tous les quidams qu'il rencontre mais en fait, explique Henri, il ne colle vraiment d'amende qu'aux nouveaux venus, aux gamins ou aux touristes – histoire de leur flanquer la trouille et de les dissuader de revenir.

Avec les habitués, il entretient au contraire une relation de tendresse bourrue, en bon père gueulard mais compatissant. Il leur donne des conseils pour leur éviter de se perdre, pour les informer des endroits où le sol s'affaisse, des dangers liés aux inondations, ou les convaincre de se faire vacciner contre la leptospirose, une maladie transmise par l'urine des rats.

« Et qu'est-ce qu'il va faire, ce soir ?

— Rien de bien méchant. Saratte va jouer un peu au chat et à la souris avec nous, et puis il se retirera vers deux ou trois heures du matin. C'est sa manière à lui d'empêcher qu'une trop grosse foule rapplique. »

Sept ans plus tard, le 13 juin 2000 pour être exact, je suis tombé par hasard sur un articulet en lisant *Libération* au café, « Soirée d'adieux dans le ventre de Paris ». Il y était question d'une autre fête, organisée celle-là par le clan fermé des plus indécrottables cataphiles, en l'honneur du départ à la retraite du commandant Jean-Claude Saratte, responsable de l'ÉRIC (Équipe de recherche et d'intervention en carrières), après vingt et un ans de bons et loyaux services. Une photo accompagnait l'article et, chose curieuse, Saratte s'y révélait en tous points conforme à l'idée que je m'en étais faite, d'après les descriptions d'Henri. Un casque sur la tête, une tenue de spéléo galonnée aux épaules, c'était un gars aux joues arrondies et flasques, au teint blafard, avec un cou si gras qu'il en avalait le bas du visage. Si les légumes engraissaient, on eût dit un homme qui se serait nourri pendant cinquante ans de poireaux. Mais aussi, avec sa manière de détourner le regard de l'objectif, d'esquiver le photographe, on devinait chez lui de la timidité, voire de la pudeur, une sensibilité à vif dans une enveloppe de bœuf patibulaire. Sa fête d'adieux avait eu, reconnaissons-le, un sacré panache : elle s'était déroulée au fond d'un puits accessible seulement avec une corde, en rappel. Là, les habitués lui avaient préparé un poulet aux amandes et aux pruneaux. Papa Saratte avait laissé planer jusqu'à vingt-deux heures trente un doute sur sa venue, avant de se joindre finalement à ces agapes offertes par ceux qui furent – mais là, je brode peut-être un peu – ses uniques enfants.

Les tunnels anonymes se suivent et se ressemblent tous. Maintenant, nous n'avons plus vraiment l'énergie de parler. Le premier enthousiasme s'est éventé. Nos pas spongieux retentissent sous les voûtes. Mes orteils se recroquevillent pour faire refluer le bousin sableux qui gorge mes baskets. Je regarde derrière moi Jean-Marc qui trottine ; un demi-sourire flotte sur ses lèvres, il a l'air d'en avoir marre lui aussi. Enfin, après une demi-heure de passage à vide, il nous arrive quelque chose d'étrange : nous nous retrouvons dans une sorte de caverne d'Ali-Baba, ou de palais des Mille et Une Nuits. Il suffit de pas grand-chose : ce qui donne cette soudaine impression de munificence, de débauche splendide sortie de la cervelle d'un satrape oriental, ce sont de petites bougies votives disposées le long des murs, qui éclairent vivement un couloir. Lequel, pour la première fois depuis longtemps, est en terre battue parfaitement sèche.

Les flammes, à ras du sol, tremblent doucement selon les va-et-vient quasi imperceptibles des courants d'air et font valser les ombres.

« C'est là. On arrive à la salle Pi. »

Le couloir tourne, s'élargit, et nous nous retrouvons dans un espace au plafond haut et dégagé. On peut s'y tenir la tête droite. Il y a une trentaine de personnes. D'emblée, un costaud portant un tee-shirt remonté sur ses biceps tatoués me tend une canette de bière et, plus insolite, un toast au tarama. Deux rockers à banane, torse nu, sont en train de faire un concours de lancer de poids avec des parpaings, mais la majorité du groupe est assise sur des cartons, qui fume.

« C'est gentillet par ici, dis-je.

— Ouais, répond Henri avant de me souffler à l'oreille : T'as vu la cicatrice ? »

L'un des deux lanceurs de parpaings a en effet une immense balafre en travers du dos. Souvenir du temps où il jonglait avec des tronçonneuses ?

Ici, on se tutoie. Pas un regard menaçant, pas de provocation, bien que l'alcool coule à flots et que l'atmosphère confinée soit fortement chargée en effluves cannabiques. Chacun a sa raison personnelle d'être là, connue de lui seul, et ça suffit. Je suis amusé d'observer Henri et Jean-Marc, jeunes cadres dynamiques qu'on verrait bien en costard-cravate, fraternisant d'emblée avec un gars auquel il manque la plupart des dents de devant et un rasta aux cheveux ramassés sous un bonnet aux couleurs de l'Afrique. Même si les filles sont minoritaires, et plutôt sexy au demeurant, avec des décolletés rachetant largement leurs bottes de caoutchouc, elles ne manifestent pas la moindre anxiété à l'idée de se trouver, si loin de tout, en compagnie d'une bande de mecs bourrés.

Quand nous sommes vraiment en train, certains se mettent à chanter, qu'on accompagne en frappant des mains. Le gars tatoué qui nous a tendu une bière au départ, et qui a le charisme d'un meneur, sort d'un sac militaire une torche portative et une bouteille d'alcool à quatre-vingt-dix degrés. Et, pour le seul plaisir de nous réjouir, il se met à exécuter un numéro de cracheur de feu. Si le cracheur de feu, la nuit à l'air libre, est un personnage poétique qui dialogue avec les étoiles, sous terre il devient carrément dragon, créature des enfers. Chaque flamme qui sort de sa bouche envahit tout l'espace disponible. Elle lèche les murs et bloque les issues. Elle roule comme la foudre au sein de l'Obscur. Et c'est l'un des plus beaux spectacles vivants qu'il m'ait été donné de voir à Paris.

(Mais peut-être la mémoire et l'imagination ne sont-elles qu'une seule et même chose, deux manières très proches de s'orienter dans l'épaisseur du temps, d'en pétrir et d'en recombiner la matière. Et tous nos récits, si documentés soient-ils, ne sont peut-être que des hallucinations, à travers lesquelles nous nous donnons le sentiment d'être riches d'un passé à tout jamais scellé, inconnu. Récemment, en visitant sur Internet quelques sites consacrés aux carrières de Paris, je suis tombé sur un débat à la fois érudit et fantaisiste entre deux cataphiles répondant aux pseudonymes de Nexus et Pluton, qui se disputaient au sujet de Philibert Aspairt.

Le tombeau acrotère de Philibert Aspairt et la découverte de son corps ne seraient qu'un canular de l'inspecteur des carrières Héricart de Thury, connu pour son goût de la littérature romantique et de la mise en scène ; c'est lui qui a imaginé l'agencement spectaculaire de l'ossuaire des catacombes municipales de Paris, ouvert aux visiteurs et dont l'entrée se trouve place Denfert-Rochereau. Non seulement il n'existe, explique Nexus, aucune trace dans l'état civil d'une famille dénommée Aspairt ou Aspert ou Asper, non seulement aucune descendance ne lui est connue, mais il est peu probable qu'on ait décidé de consacrer un monument aussi grandiloquent, en 1804, à un simple portier. Par ailleurs, *Le Journal des débats*, très friand en faits divers, ne mentionne nulle part la découverte du corps, pourtant sensationnelle. Aussi Philibert Aspairt ne serait-il qu'une légende, un silence complet entourant son existence historique, attestée seulement par une inscription gravée sur les ordres de l'inventif Héricart de Thury. Philibert Aspairt, prétend Nexus, serait l'anagramme de P. Terribilis Aphda, *P.* signifiant « publier », *Terribilis* « terrible, effrayant » et *Aphda* « ancien », l'ensemble pouvant s'interpréter comme suit : « Diffusez les paroles qui commandent le respect », ou même : « Répandez les effrayantes ailes de la mort ».

Si ces allégations ont tout l'air d'un délire d'internaute (l'anagramme étant, soit dit en passant, fausse, vu que Nexus a joué avec les lettres de Philibert Aspair*d*), Pluton s'en écarte et propose des arguments autrement plus convaincants. D'abord, il rapproche les mésaventures de

Philibert Aspairt de celles d'un certain Hubert Robert, peintre de ruines romaines qui connut son heure de gloire au XVIIIe siècle (on lui doit la *Vue imaginaire de la Grande Galerie du Louvre en ruine*, qui représente le toit arrondi du Louvre éventré, ouvert sur un ciel clair, toile exposée aujourd'hui... dans la Grande Galerie du Louvre, selon une savoureuse logique de mise en abyme). Pour ses recherches antiquisantes, Hubert Robert s'est aventuré dans les catacombes de Rome – qui, elles, sont bel et bien des ossuaires, et non d'anciennes carrières – et a manqué d'y laisser sa peau, sa bougie s'étant éteinte. Il eut toutes les peines du monde à retrouver la sortie. L'anecdote avait tellement marqué les esprits que Jacques Delille, auteur lui aussi en vogue en son siècle, lui consacra un long poème, « L'imagination », publié en 1790.

Dans sa *Description des catacombes de Paris* de 1815, Héricart de Thury s'avoue profondément ému par l'œuvre de Delille. Il cite même largement la description des angoisses qu'endura Hubert Robert piégé dans le noir :

> « Il cherche, mais en vain, il s'égare, il se trouble ;
> Il s'éloigne, il revient, et sa crainte redouble ;
> Il prend tous les chemins que lui montre la peur ;
> Enfin de route en route, et d'erreur en erreur,
> Dans les enfoncements de cette obscure enceinte,
> Il trouve un vaste espace, effrayant labyrinthe,
> D'où vingt chemins divers conduisent à l'entour.

Lequel choisir ? Lequel doit le conduire au
jour ?
Il les consulte tous ; il les prend, il les quitte ;
L'effroi suspend ses pas, l'effroi les précipite ;
Il appelle ; l'écho redouble sa frayeur,
De sinistres pensées viennent glacer son
cœur. »

D'où cette hypothèse sensée : Philibert Aspairt
n'est-il pas un nom formé par paronomase,
proche d'Hubert Robert ? Peut-être... Philibert
signifie « le très brillant, le lumineux ». Accolé
au patronyme d'Aspairt, Philibert évoque *la
lumière qui se perd...*

Mais Pluton va plus loin, puisqu'il suggère une
analogie possible entre Philibert et Lucifer, ce
dernier nom signifiant en latin « qui porte la
lumière ». Possédant le trousseau de clés d'un
couvent, comme saint Pierre celui du Paradis,
Philibert Aspairt est le mauvais serviteur qui
descend, attiré par le larcin et l'ivresse, au
royaume des damnés, et qui n'en reviendra pas.
D'ailleurs, la stèle que lui a érigée Héricart de
Thury est située exactement sous l'actuelle rue
Barbusse, qui s'appelait autrefois rue d'Enfer ou
via inferna. Si Philibert Aspairt est une création,
il est peut-être né du croisement improbable de
la mésaventure du peintre rococo Hubert
Robert, de la verve académique de Delille et de
l'érudition ludique d'Héricart de Thury... Je te
le disais, l'histoire et l'imagination n'ont de cesse
de croiser et de recroiser leurs fils, formant des
nœuds de coïncidences parfois indémêlables.)

11, rue Toullier :
une infection parisienne
non surmontée

De même qu'il existe une mélancolie portugaise inimitable, la *saudade*, sorte de nostalgie, non de ce qui fut, mais de ce qui aurait pu être, de même qu'il règne à Naples une *nervosité générale*, palpable dans les vrombissements des moteurs et jusque dans les vibrations de l'air, un stress qui tourne à vide et n'est nullement généré par le surmenage, mais semble émaner, comme une irradiation diffuse, des murs lépreux, de même quiconque a passé quelques dimanches solitaires et blafards à Paris a déjà éprouvé l'émotion caractéristique de cette ville : je veux parler du *cafard parisien*. C'est une morosité grise comme le zinc des toits, comme les trottoirs détrempés par la pluie, une sorte de désespoir zéro, sans cause précise et sans violence, une angoisse atmosphérique que vous inspirez sans vous en douter, qui finit par vous imbiber jusqu'aux vertèbres même si vous vous croyez encore plein de vie et d'optimisme.

Le paradoxe des villes, en général, c'est qu'on s'y sent plus seul qu'à la campagne, que l'isolement y prend une dimension poignante. Soudain, le monde ne répond plus. La foule est un flot continu, sur lequel on n'a aucune prise. Il y a tant de frères humains, mais tant de cloisons nous séparent. Or, cette loi du milieu urbain est amplifiée à Paris : peut-être parce qu'il flotte dans ses rues une virtualité d'amour, une promesse d'érotisme qui exaspèrent les moments de solitude. C'est carrément un gouffre qui s'ouvre sous les pas du célibataire en quête d'une âme sœur. Celui qui est malheureux à Paris fait tache, il est anormalement sombre dans la Ville lumière ; lui-même se trouve inutile et bête. À l'écart de l'agitation sociale, son état ne se réverbère plus que dans la couverture nuageuse qui pèse sur les tuyaux de cheminées, ou dans le délabrement dégoulinant des façades, les fêlures des trottoirs...

Cet immeuble de la rue Toullier, devant lequel tu es certainement déjà passée sans le remarquer, ne paie certainement pas de mine. C'est une bâtisse qui avait autrefois quatre étages, et qui fut surélevée de deux niveaux. Elle est construite dans ce matériau que les agents immobiliers, avec leur sens de l'hyperbole, appellent la « pierre de Paris », c'est-à-dire en plâtre. À côté de la porte, le chiffre 11 en lettres blanches sur un carreau émaillé bleu. La façade n'a guère qu'une vingtaine de mètres de large, que mange la devanture d'une sandwicherie pour étudiants, Captain croc. Ici, on désurgèle des pizzas et des hotdogs graisseux, on vend des frites reconstituées dans des sachets qui poissent les doigts. La rue Toullier, parallèle à l'ancien *cardo*, c'est-à-dire à la fois à la rue Saint-Jacques et au boulevard Saint-Michel, amorce la descente de la montagne Sainte-Geneviève. Pourquoi s'arrêter ici, demandes-tu ? Pour méditer sur le cafard parisien ?

Bien sûr, mais d'abord, j'attends que quelqu'un sorte de l'immeuble pour me faufiler à l'intérieur. Tiens, justement, voici une mère de famille qui fait battre sa poussette dans l'encadrement de la porte trop petite, qui s'extirpe de son habitation au forceps. Je lui donne un coup de main, puis entre... Voilà un petit couloir, un escalier de bois non verni, grisâtre. Des carreaux sombres au sol, des boîtes aux lettres en fer. C'est plutôt austère, par ici. Aucune fantaisie décorative, un vestibule propre et sans affèterie comme l'hôtellerie d'un couvent.

Je me demande s'il y a encore, quelque part dans les étages ou les caves de l'immeuble, un petit fauteuil au rebord maculé. Oui, ce fauteuil dont parle le poète allemand Rainer Maria Rilke dans ses *Cahiers de Malte Laurids Brigge* : « Si je n'étais pas pauvre, je louerais une autre chambre, une chambre avec des meubles moins fatigués, moins pleins que ceux-ci de la présence des anciens locataires. Au début, j'avais vraiment de la peine à poser ma tête sur ce fauteuil ; il y a là en effet un certain creux grisâtre et graisseux dans le tissu vert qui le recouvre, qui semble fait pour accueillir toutes les têtes. Pendant un certain temps, j'avais pris la précaution d'étendre un mouchoir sous mes cheveux, mais maintenant, je suis trop fatigué pour cela ; j'ai trouvé que cela va aussi bien ainsi et que ce petit renfoncement est juste fait pour ma nuque, comme sur mesure. »

S'il y a bien un homme qui souffrit du cafard parisien, c'est Rainer Maria Rilke. Comme il était poète, il en a tiré un témoignage sincère et, à mon avis, insurpassable du point de vue étiologique. En 1902, Rainer a rompu avec une jeune femme, Clara Westhoff, une ancienne élève d'Auguste Rodin qu'il avait épousée l'année précédente et dont il venait d'avoir une fille. Il avait vingt-sept ans. C'est donc un fugitif, un jeune homme raffiné mais pauvre portant en lui le poids du chagrin d'amour et de la trahison, qui atterrit à Paris au mois d'août. Il trouva refuge dans une petite pension, dans cet immeuble précisément, au 11, rue Toullier, à deux pas du Panthéon. Là, il toucha le fond pour de bon ; mais ce passage à vide de son existence, qu'un médecin qualifierait aujourd'hui d'« épisode dépressif », lui a aussi fourni le thème d'une œuvre qu'il écrivit très péniblement, puisqu'il ne l'acheva que huit ans plus tard, les *Cahiers de Malte Laurids Brigge*. Dès octobre 1902, Rilke a déménagé pour s'en aller loger non loin, au 3, rue de l'Abbé-de-l'Épée. Et pourtant, par fidélité au lieu où il s'était senti le plus âprement envahi par ce sentiment de sourde détresse, de fatigue d'être qui vous accable quand vous commencez à faire vraiment corps avec Paris, c'est dans la chambre de la rue Toullier qu'il a décidé de loger son double fictionnel, son héros Malte Laurids Brigge.

Malte passe des heures à étudier dans les bibliothèques ; les bruits incessants des tramways, qui font cliqueter les rails tout le long de la rue Soufflot, l'accablent de jour comme de nuit et lui causent de terribles migraines ; il se chauffe avec un bois de mauvaise qualité, dit « tête de moineau », qui fait fumer son poêle et l'étouffe.

À peine tente-t-il quelques pas dehors, le 11 septembre 1902, qu'il tombe sur des scènes cauchemardesques, comme si le Quartier latin s'était métamorphosé en un gigantesque train fantôme. Voilà un homme qui titube et s'effondre, une femme enceinte qui marche en tâtant les murs et, dans une poussette, un bébé « gros, verdâtre », avec une « éruption au front ». Malte craint les clochards – en fait, il redoute de devenir l'un des leurs et les évite à grandes enjambées, la gorge nouée. Paranoïaque, il s'imagine que les passants changent de visages comme de chapeaux ; un subterfuge qui leur permet de le pister sans être reconnus, de le maintenir sous étroite surveillance, lui, l'intrus, l'homme qui vient de l'Est et n'a pas de métier... Il constate « l'existence de l'horreur dans chaque parcelle de l'air » ; le voilà mûr pour les électrochocs.

Dans la vie de tous les poètes, il y a une période pénible, entre chien et loup, où l'homme est pour ainsi dire enceint de son œuvre. Il la porte en lui et ne s'en est pas encore libéré, ne l'a pas accouchée. Alors, son talent n'est que potentialité, fantasme, et le poète se débat dans cette irréalité de sa nature d'artiste ; il a l'impression que l'environnement extérieur est la négation permanente de son idéal. Cette expectative lancinante, cette nostalgie des livres à venir pointent souvent dans les textes des jeunes écrivains et on en relève des traces dans *La Nausée* de Sartre, bien sûr. Si Rainer Maria Rilke a mis huit ans à sortir de ses entrailles un livre aussi dépenaillé, incohérent, expressionniste et délirant que les *Cahiers de Malte Laurids Brigge*, c'est parce qu'il avait de surcroît un immense orgueil – lui, qui avait rédigé ses fameuses *Lettres au jeune poète* à l'âge de vingt-cinq ans, sans rien de tangible pour justifier cette position de maître qu'il s'octroyait d'entrée de jeu !

Plus tard, Rilke connut des habitations plus heureuses que la petite pension de la rue Toullier. Il fut hébergé longuement au château de Duino, qui surplombe le golfe de Trieste, par sa riche propriétaire, Marie von Thurn und Taxis. Par toutes les fenêtres de cette demeure en aiguille, on peut admirer le bleu du ciel se reflétant dans le bleu de la mer, à perte de vue. Les rayons de soleil créent un drapé immatériel dans l'immensité. Là, on nage en plein sublime, les sens sont rassasiés. Mais à quoi bon prendre la plume dans un lieu qui conjugue toutes les perfections – comment rivaliser avec une beauté déjà présente à l'excès ? L'artiste en est réduit à apposer modestement son paraphe à la splendeur du monde. À Duino, Rilke a composé son œuvre de maturité, ses *Élégies*, qui étalent un lyrisme boursouflé, gâté par l'intellectualisme. Ces vers saturés d'allusions mythologiques n'ont pas la puissance des *Cahiers de Malte Laurids Brigge*. Car c'est lorsqu'il allait mal, chauffé à la tête de moineau, vacant entre sa table de travail exiguë, bancale et son vieux fauteuil graisseux, que Rilke est vraiment parvenu à tirer de lui-même une œuvre personnelle, explorant jusqu'au tréfonds de la condition humaine. Le cafard parisien a suscité en lui un chant tourmenté, lui a fait découvrir l'inconfort existentiel, d'où l'on voit le spectacle de la vie dans sa nudité. À Duino au contraire, il est resté à la surface des mots et s'est contenté de caresser bien gentiment la peau du monde.

D'ailleurs, le cafard parisien produisit un effet semblable sur le jeune Camus, je veux dire par là qu'il décupla son don d'écriture. Arrivé, exactement comme Rilke, à l'âge de vingt-sept ans dans la capitale française, débarquant d'une Algérie populaire et solaire, Camus eut d'abord du mal à s'acclimater à cette ville snob, maussade, de surcroît occupée par les Allemands, de l'année 1940. Il consigna ses impressions dans une sorte de journal de pensée, ses *Carnets*.

« *Mars*. Que signifie ce réveil soudain – dans cette chambre obscure – avec les bruits d'une ville tout d'un coup étrangère ? Et tout m'est étranger, tout, sans un être à moi, sans un lieu où refermer cette plaie... Et le monde n'est plus qu'un paysage inconnu où mon cœur ne trouve plus d'appui... »

(Quand je lis ces passages, je ne peux m'empêcher de repenser à ces années – une dizaine – que j'ai passées, moi aussi, dans des chambres de bonne mansardées, avec vue sur les toits de Paris. Dans ces petites pièces de dix ou douze mètres carrés s'est écoulé le plus clair de ma jeunesse, en lendemains de cuites, en rencontres sans suite, en parlotes nocturnes infinies et en lectures. Oui, je sais bien que ça t'agace souverainement, que je puisse m'attendrir encore aujourd'hui sur cette période. Toi qui as fait ton entrée dans la vie active à vingt et un ans, qui exerces une « profession honnête », comme tu le précises parfois pour rigoler, tu trouves que cette vie d'étudiant que j'ai prolongée jusqu'à la trentaine bien sonnée est une sorte de traîtrise sociale, un privilège de bourgeois, d'enfant gâté. Hélas, je ne réussirai jamais à te sortir cette idée de la tête, même en insistant sur le fait que mes parents ne m'ont pas soutenu financièrement et que j'ai dû me frotter aux boulots les plus divers pour subvenir à mes besoins – distributeur de tracts à la sortie des théâtres, téléopérateur dans des *call-centers*, vendeur au BHV, ouvreur dans les cinémas du Quartier latin, préparateur chez MacDonald puis garçon de café, livreur de pizzas, professeur de français et d'histoire en cours particuliers, etc. La liste serait longue à dresser de ces emplois qui m'ont permis d'étirer mon séjour dans les limbes de l'existence, de préserver ma liberté précaire, et pourtant, à tes yeux, je n'ai aucun mérite à cela, bien au contraire. Cette décennie de mes vingt ans dépensée en balades, en flâneries dans les bibliothèques et en tâches alimentaires dénote à tes yeux une certaine faiblesse de caractère, un défaut de ma cuirasse.

Quoi qu'il en soit, sache que c'est bien dans ces petites chambres glauques et à peine aménagées que s'est effectuée ma maturation. C'est là que s'est affirmée la manière de sentir, de vivre et d'aimer qui m'est propre, et que tu ne dois pas entièrement détester – sinon nous ne pourrions pas vivre ensemble, n'est-ce pas ? D'ailleurs, la plupart de ceux qui ont étudié à Paris savent bien de quoi il retourne. Quand un vasistas étroit, de trente centimètres de large sur cinquante de haut, vous procure toute la lumière dont sont éclairés vos jours, il est impossible, pour le dire à la manière de Camus, de ne pas ressentir souvent « toute la tendresse et le désespoir de ces ciels brouillés, des toits luisants, de cette pluie interminable ».) Contrairement à la Méditerranée, aux pays du soleil, Paris ne laisse aucune chance au bien-être physique. L'humidité permanente et le mauvais vin rouillent les organes. La brutalité ordinaire des rapports humains puis le déchaînement imprévu des plaisirs vous mettent sens dessus dessous. Vous vous sentez perpétuellement décollé du sol, sur un nuage, lunaire. *Dixit* Camus : « Le corps ici n'a plus de prestige. Il est couvert, caché sous des peaux informes. Il n'y a que l'âme, l'âme avec tous ses débordements, ses ivrogneries, ses intempérances d'émotion pleurarde et le reste. »

Tu comprends ? La voilà, la particularité de cette ville : la psychologie y est toujours en excès sur les sensations physiques, l'intellect y est mieux nourri que le tube digestif, l'abstraction plus présente que les choses mêmes. C'est pourquoi chacun peut, ici, s'il a du temps à lui, avoir l'impression d'être en chute libre ou de tourner en rond dans ses propres névroses comme un hamster dans sa roue. Nulle part davantage qu'à Paris la pensée ne sécrète un microcosme dans lequel elle s'enferme et s'empoisonne. Cela recèle un immense danger, bien sûr, mais c'est aussi une promesse d'autonomie et d'originalité. Comme je sens que tu restes perplexe, voici une dernière citation de Camus qui, à mon sens, fixe bien l'intérêt de cette expérience :

« D'où vient que savoir rester seul à Paris un an apprend plus à l'homme que cent salons littéraires et quarante ans d'expérience de la "vie parisienne" ? C'est une chose dure, affreuse, parfois torturante, et toujours si près de la folie. Mais dans ce voisinage, la qualité d'un homme doit se tremper et s'affermir – ou périr. »

Ah, je devine que tu l'aimes bien, cette dernière phrase, cette réaction énergique de Camus aux séductions douteuses de la capitale. Son combat personnel contre le cafard parisien, il l'a remporté rapidement, en quelques mois ; il ne s'est pas laissé fasciner longtemps par ce répugnant insecte. En dix-sept années passées dans cette ville, il a accouché d'une œuvre colossale couronnée par le prix Nobel de littérature à Stockholm, il est devenu l'un des intellectuels les plus renommés de la planète. (Quant à moi, après douze ans de chambre de bonne, j'ai seulement décroché la mention *summa cum laude* à l'issue de ma soutenance de thèse.)

Mais voilà un détail amusant : dans le premier volume des *Carnets*, je suis tombé sur une citation éloquente, un jugement définitif de Camus sur Rilke. Il ne supporte pas l'émotivité hypocondriaque de ce dernier, sa pusillanimité et son goût de l'esquive, sa manière bien à lui de se rendre complice de son propre malheur : « À la relecture : les *Cahiers de Malte Laurids Brigge* : livre insignifiant. Le responsable : Paris. C'est une défaite parisienne. Une infection parisienne non surmontée. ex : "Le monde considère le solitaire comme un ennemi". Erreur, le monde s'en fout, et c'est bien son droit. »

Après le couloir de l'immeuble, il y a une courette. Là, un ancien atelier a été métamorphosé en maison d'architecte ultramoderne, en verre et métal – comme nous sommes dans le cinquième, le prix du mètre carré s'est envolé par ici et même les volumes les plus médiocres, les appentis, les remises et les greniers, ont été magnifiés par le pouvoir de l'argent. Cet immeuble, qui n'était il y a un siècle qu'une pension pour étudiants pauvres et migrants sans attaches, abrite désormais des familles prospères. La pierre de Paris vaut bien, entre le Luxembourg et le Panthéon, le marbre de Carrare. Dans la cour minuscule, un tuyau d'arrosage jaune est enroulé sur lui-même, pendu à un mur ; quelques plantes insignifiantes, genre avocatiers, poussent dans des bacs ; trois ou quatre bicyclettes hollandaises sont entassées dans un coin. C'est curieux, cette courette : il n'y a rien qui en impose, mais cela respire tout de même l'aisance – les petites maisons de brique du centre de Londres produisent le même effet.

« J'ai vu un individu armé courir sur la passerelle qui joint les deux immeubles, sauter dans la cour, et franchir le mur de séparation du 11, rue Toullier, a déclaré un témoin. Cet individu s'est déplacé très vite dans l'obscurité. »
L'ombre qui a traversé cette courette, dans la nuit brûlante du 27 juin 1975, c'est celle d'Ilich Ramírez Sánchez, plus connu sous le nom de Carlos. Il avait alors vingt-cinq ans, un visage

bouffi par l'alcool, encadré de grosses pattes brunes, comme c'était la mode. Portait-il, en s'enfuyant dans la nuit, les énormes lunettes noires qui lui donnent l'air d'une mouche et qu'il arbore sur la plupart des photos de lui publiées par la presse à l'époque ?

Né à Caracas au Venezuela, fils d'un riche avocat communiste qui lui avait donné exprès le prénom d'Ilich, en hommage à Lénine, Carlos avait été approché par les agents du KGB alors qu'il s'apprêtait, en 1968, à suivre des études en Sorbonne, et s'était retrouvé à l'université Patrice-Lumumba de Moscou, destinée à former les élites du tiers-monde. Cette université, il dut y mener une vie de patachon vraiment tonitruante, car il en fut exclu en 1970 à cause de son goût immodéré pour la vodka et pour les femmes. Il poursuivit ensuite sa formation dans un camp d'entraînement du Front populaire de libération de la Palestine non loin d'Amman, capitale de la Jordanie.

Voilà pour les rappels élémentaires d'état civil : mais cela n'explique pas, vois-tu, ce qui peut pousser un homme à passer le cap et à augmenter drastiquement le niveau de violence dans son existence, comme Carlos le fit en 1975. Cette année-là, il a dû changer de corps, sentir ses veines se dilater sous l'afflux d'un sang nouveau, ses nerfs se tendre comme des filins d'acier, sa musculature se durcir sous les coussinets de graisse enveloppant son corps courtaud. Pourquoi a-t-il définitivement franchi le mur du son de la criminalité – cette barrière au-delà de laquelle il n'est plus, pour un homme, que la traque, la prison ou la mort ?

Curieusement, dans toute la série d'actions commises par Carlos durant cette période, il y avait encore quelque chose comme de l'audace estudiantine, de la bravade de sale gosse – même si ces forfaits supposaient déjà un certain niveau de préparation militaire. Juges-en plutôt : le 13 janvier 1975, Carlos s'est présenté sur une terrasse de l'aéroport d'Orly, il a sorti d'un sac de sport les pièces détachées d'un lance-roquettes, l'a monté et a tiré sur un avion de la compagnie nationale israélienne, El Al. Le 19 janvier, il est retourné dans le même aéroport avec deux complices. Le groupuscule a attaqué des passagers, fait vingt et un blessés, pris deux otages et obtenu un avion pour Bagdad. À la fin de l'année, le 21 décembre, Carlos organisera la spectaculaire séquestration de onze ministres de l'Organisation des pays exportateurs de pétrole à Vienne qui est restée dans les annales. Mais n'allons pas trop vite en besogne, et revenons à notre point de bascule, cette soirée fatidique du 27 juin.

Ce soir-là, dans l'immeuble voisin, celui qu'on peut voir par-dessus le mur de séparation dans cette cour – donc au 9, rue Toullier –, il y avait une bombe chez des étudiants sud-américains. Ils fêtaient le départ d'une de leurs copines, laquelle venait de monter dans un taxi pour prendre un vol vers Caracas. C'était sa soirée d'adieu, qui se prolongeait sans elle. Carlos en était. Il était arrivé avec une bouteille de Johnnie Walker dans une main et dans l'autre une petite valisette, qu'il était allé déposer dans la salle de bains. Il faisait chaud, il y avait de la musique, certains dansaient, les verres se remplissaient comme par enchantement et un voile de sueur couvrait les visages. Tout se passait pour le mieux dans cette soirée libertaire, quand on entendit sonner à la porte.

Deux policiers, Jean Herranz et Jean Donatini, inspecteurs de la Direction de surveillance du territoire, eux-mêmes déjà passablement éméchés vu qu'ils avaient participé à un pot, firent irruption dans l'appartement. Ils commencèrent par demander si une des colocataires, Maria Lara, se trouvait sur place, puis montrèrent des photos de l'homme qu'ils recherchaient, Carlos. Aussitôt l'intéressé se récria que ce n'était pas lui sur ces tirages, qu'il s'agissait d'une erreur, d'un complot, qu'il était prêt à faire venir son ambassadeur pour en attester. Les mots de dénégation dont il se servit sont d'ailleurs étranges : « Ça n'est pas moi, ça me paraît évident. Ce visage, il n'est pas vivant. On dirait un masque. » Pour toute réplique, Herranz lui fit une fouille au corps ; il n'avait pas d'armes sur lui. Le ton redescendit d'un cran.

En petite frappe habituée aux coups tordus, à embobiner ses interlocuteurs, Carlos offrit à boire aux inspecteurs et Leyma, une autre colocataire, s'empara d'une guitare en annonçant qu'elle voulait jouer « pour tout le monde ». Herranz a porté un verre de Johnnie Walker à ses lèvres, tout en priant discrètement Donatini d'aller chercher un de leurs collègues, Raymond Dous, qui attendait en bas de l'immeuble avec un témoin, un certain Michel Moukharbal, afin de procéder à l'identification de Carlos, déjà recherché par la police française pour ses spectaculaires exploits à Orly mais aussi pour avoir fait exploser, fin 1974, le 15 décembre exactement, une grenade dans le drugstore de Saint-Germain-des-Prés.

Michel Walid Moukharbal, c'était un Libanais, un membre du FPLP qui avait *donné* Carlos à la police après avoir subi une garde à vue de cinq jours couverte par le Conseil de sécurité de l'État. Un traître, donc. Quelques minutes plus tard, il faisait son apparition dans l'appartement du 9, rue Toullier, accompagné par Raymond Dous. Carlos n'a pas hésité. Il s'est rendu immédiatement dans la salle de bains. De sa valisette noire, il a tiré un pistolet de calibre 7,65 (tu n'as probablement jamais tenu ce genre d'armes entre tes mains, moi si. Un jour, je suis allé m'entraîner dans une armurerie bon chic bon genre du côté des Champs-Élysées, pour essayer. Le calibre 7,65 n'est pas le genre de flingue dont un débutant peut se servir. Le recul est trop brutal et il faut, pour manier un tel engin, accepter que ton bras ne soit plus complètement humain, qu'il soit à la fois souple et implacable comme la haine). Quand il est ressorti, arme au poing, de la salle de bains, Carlos a fait un geste incroyablement cinématographique et qui pourtant correspond à une sorte de réflexe, de trouble compulsif propre aux tueurs : il a passé la main dans ses cheveux pour rajuster sa mèche. Puis il a fait feu. La déflagration des coups, que n'amortissait aucun silencieux, a rempli la pièce et imposé le silence à la guitare. Tout est allé trop vite d'ailleurs, les témoins n'ont rien vu, sinon une immense gerbe d'étincelles et de fumée. Quelques secondes plus tard, quand le nuage et l'odeur de poudre ont commencé à se dissiper, l'étendue du massacre est devenue manifeste : Raymond Dous, Jean Donatini et Michel Moukharbal gisaient, morts, dans une mare de sang. Quant à Jean Herranz, il était à terre lui aussi, gravement blessé, les jambes secouées de soubresauts nerveux. La porte béait, d'où provenait un courant d'air. C'est par là que Carlos s'était évaporé vers la passerelle, d'où il avait sauté dans la cour voisine, avant d'aller se perdre dans la capitale endormie, de laquelle parvenait maintenant la rumeur à l'oreille des étudiants dégrisés, une rumeur dont chaque parcelle semblait murmurer le mot : *horreur*.

Ce n'est pas le plus politique des crimes de Carlos, celui qui a la plus grande portée historique. Il a juste voulu sauver sa peau, comme une bête traquée, un chacal. Et pourtant, c'est pour ce crime-là, effectué à visage découvert devant témoins, qu'il a été jugé en France en décembre 1997, et condamné à la réclusion criminelle à perpétuité.

Le cafard parisien, il n'a jamais dû l'éprouver, Carlos, lui qui n'a séjourné dans cette ville que pour y faire la noce jusqu'au carnage. Lui qui était si habile à transformer les femmes en complices, qui aimait tant boire – tout en militant pour la cause arabe –, qui menait grand train jusqu'à potron-minet dans les clubs latinos. Ce n'était certainement pas le genre d'homme à verser des larmes de solitude ou à se laisser gagner par le vertige métaphysique des jeunes littérateurs démunis, en regardant pleurer le jour par les carreaux sales d'une chambre de bonne. Non, il était d'une autre étoffe, c'était un tueur de sang-froid. Et pourtant, il me plaît de penser qu'il a foulé le sol de cette petite cour comme l'a fait aussi Rainer Maria Rilke. J'aime, par un caprice de la mémoire ou de l'imagination, les deux sans doute, invoquer ces figures et superposer leurs silhouettes dans un espace si restreint, dans ce mouchoir de poche bétonné où poussent quelques avocatiers en souffrance. Tandis que Rilke se figurait avoir le monde entier à ses trousses, à cause de l'obscénité de son désespoir, qu'il se laissait perclore par la mélancolie et le chagrin d'amour, Carlos a semé derrière lui de vrais cadavres et s'est mis à courir vers un combat sans gloire. L'un se débattait dans un drame intérieur, l'autre voulait prendre part à la tragédie de l'Histoire par le meurtre. Et le ciel, au-dessus de cette cour, a toujours cette teinte bleu-gris, nuancée, fade – il s'en fout, et c'est bien son droit.

Place de la Sorbonne :
quel genre de plaisir oblique et minuscule

Est-ce ma faute, à moi, si les sacs plastique transparents qui pendouillent dans les rues, par mesure de sécurité, en remplacement des anciennes poubelles fermées qui ont parfois servi aux terroristes à cacher des bombes, ont une couleur de préservatif usagé ? Tandis que je me fais une nouvelle fois cette réflexion, en regardant l'un de ces sacs remplis de canettes et de papiers gras – reliefs des déjeuners étudiants – au coin de la place de la Sorbonne, je suis frappé par une phrase imprimée en bas du plastique verdâtre, que je remarque pour la première fois : « La fermeture doit être effectuée au minimum à 100 mm de la gueule du sac. » Et je me demande bien quel genre de plaisir oblique et minuscule a éprouvé le fonctionnaire auteur de cette mention légale, quand il a choisi le mot « gueule ».

Rue des Écoles :
Salut Montaigne

Comme le sein droit de Juliette à Vérone, tout rond, tout joli

Et comme l'effigie du fidèle chien Hachiko, place Shibuya à Tokyo

Comme la chouette mignonnette ornant la façade de Notre-Dame de Dijon

Ou comme le singe du grand'garde ahuri à l'entrée de l'hôtel de ville de Mons

Comme le gisant de Victor Noir au cimetière du Père-Lachaise, dont la braguette bombée luit, astiquée par des mains innombrables

Mais moins frottée, quand même, que la statue d'Éverard t'Serclaes, héros de Bruxelles pâmé dans une lascive agonie

Ou que les couilles du taureau de Wall Street à New York, brillantes comme le veau d'or qui reste toujours de boue

À l'instar de la savate de bronze du clergyman John Harvard, sur le campus de la fac éponyme :

il y a, rue des Écoles, dans un renfoncement des grilles du square Paul-Painlevé, une statue de Montaigne dont le pied droit, paraît-il, porte bonheur. C'est pourquoi il est toujours bien clair, rutilant, tandis que l'oxydation assombrit le reste du personnage métallique. Mais voilà ce qu'enseigne la tradition autochtone : si tu as un examen important à passer, touche le pied de la statue en disant : « Salut Montaigne ! » Tu mettras la chance de ton côté.

Aujourd'hui, vois-tu, Montaigne n'est pas dans une forme olympique. Les restes d'un sticker mal décollé lui font au front une lèpre assez moche. Certes, il arbore comme à son habitude un sourire matois, sa fine moustache courbée exprime de l'élégance et du détachement, mais le regard est soucieux et le teint, c'est peu dire qu'il est vert. Il a l'air si fatigué, le père Montaigne, qu'on se demande bien comment il pourrait être d'un quelconque secours. N'importe, cela ne coûte rien de lui palper la babouche et, vu le dessein qui m'anime, pour m'attirer la clémence du sort, je sacrifie à la superstition (le vieux sceptique aurait hurlé).

Square de Cluny :
comme une bulle de savon
sur une pelote d'aiguilles

« Les squares sont salutaires aux rues ; ils les calment par le contact de leur fraîche torpeur ; ils leur enlèvent quelques rythmes brûlants à force de frotter les uns sur les autres, pour les rouler entre les gazons et les arbres », note Jules Romains dans *Puissances de Paris*. À ses yeux, les squares jouent le rôle de sas de décompression. Toutefois, pour qu'ils remplissent correctement leur fonction, il faut qu'une partie de la foule quitte la rue et s'épanche en eux, s'en aille goûter entre leurs pelouses un *tempo* qui n'est pas tout à fait celui de la nature, mais qui encourage quand même la méditation. « Ainsi, aux heures les plus énergiques et les plus éveillées, un peu des rues se détache, redevient épars et mou, desserre les hommes, prend l'attitude du sommeil. »

Pourtant, le square de Cluny constitue une exception aux yeux du romancier. Son espace est trop oblique, trop étiré, trop paradoxal. Ses entrées sont trop discrètes. Il demeure vide, si bien qu'il ne crée aucun appel, qu'il ne soulage nullement la congestion du boulevard Saint-Germain. « Le square de Cluny réussit à ne presque pas être, déplore Romains. Quand il a l'air de s'offrir au boulevard pour l'alléger, quand ses allées semblent aspirer le tumulte pour l'ordonner et l'adoucir, ce n'est qu'une illusion qui énerve la rue, mais qui donne au square la volupté de reposer vide et frêle sur les forces en tas, comme une bulle de savon sur une pelote d'aiguilles, sans crever. »

Dans cette bulle, je viens donc de pénétrer. À droite, il y a une sorte de porche de pierre avec des colonnes doriques et des marches sur lesquelles des chats siestent. L'allée principale est bordée de murets, qui délimitent des arpents plantés de noisetiers, de houx. Quelques hauts marronniers donnent un maigre ombrage ; leurs frondaisons jonchent déjà le sol.

Personne, mis à part une jeune femme *gothique* – robe noire, cothurnes noirs, cheveux coupés au carré et teints en noir, serpent noir tatoué sur l'avant-bras – qui, dès qu'elle m'aperçoit, se lève et s'en va.

J'avance d'une dizaine de mètres. Sur ma droite, un panonceau où je lis : « POLYSTI-CHUM FILIX-MAS. Fougère mâle. » À côté se dresse une fougère, grêle et verte. Elle est vraiment petite et fragile. Je compte – elle n'a que quatre feuilles. Et la sève semble lui manquer. Mais pourquoi l'a-t-on flanquée d'un titre latin si pompeux ?

Ainsi, le diagnostic de Romains – qui écrivait en 1911 – reste d'actualité. La configuration d'un espace ne change pas facilement selon les modes ou le bon vouloir des habitants d'une ville ; elle s'impose à eux. Et ce square de Cluny est encore tel qu'il le voyait – à demi mort. Il n'existe que par procuration et dans l'intermittence de l'attention que lui porte parfois un promeneur égaré.

Un peu plus bas,
rue Saint-Jacques :
plus dentelée qu'une mâchoire
de requin

Elles se détachent, comme des notes de musique tordues, noirâtres, sur la partition pâle du ciel. Combien sont-elles ? Cinq ou six, qui font entendre une musique lointaine, à peine audible dans cette rue qu'envahissent le brouhaha des autobus et les touristes par légions. Ce sont les derniers vestiges d'un solfège devenu illisible, d'une mélodie inattendue surgie des profondeurs du Moyen Âge.

Elles sont étirées, courbées, qui mêlent furieusement les ordres symboliques. S'il fallait décomposer leurs silhouettes, je dirais que c'est d'abord leurs cous démesurément allongés, sur lesquels saillent des ligaments, qui leur confèrent cette apparence de croches ou d'anicroches. Et puis, il y a les pattes fines de lévriers, recroquevillées, qui poussent dès la base du cou. L'une d'elles a des ailes de faucon, une autre des mamelles de truie, petits grappons lui ornant la poitrine. Toutes présentent à peu près la même physionomie retroussée de dogue ou de vampire.

Ne t'est-il jamais arrivé, lorsque ton regard s'arrête machinalement sur des gargouilles – comme celles-ci, qui crantent le toit de l'église Saint-Séverin et ne sont qu'à trois mètres du sol, presque à portée de main –, de te dire que nos films d'horreur n'avaient rien inventé ? C'est troublant, de se rendre compte que l'imagination au fil des siècles n'a pas progressé d'un pouce pour ce qui est de l'épouvante. Les monstres n'ont pas été enfantés par nos effets spéciaux ultrasophistiqués – c'est l'inverse, ils étaient là depuis la nuit de temps, nous les trimbalions depuis toujours dans les ténèbres de notre conscience et la technologie contemporaine s'est contentée de leur donner une nouvelle incarnation. Désormais c'est sur grand écran, et non dans la pierre calcaire spongieuse et grise, que nous projetons leurs faciès grimaçants.

Hormis cette église, tu peux regarder alentour, en direction de la Seine ou du Polly Maggoo, le bar mythique des années 1970 : tu ne trouveras par ici aucun anachronisme, nulle autre survivance du Paris gothique, si difficile à se représenter aujourd'hui, mentalement.

« Si admirable que vous semble le Paris d'à présent, refaites le Paris du XVe siècle, reconstruisez-le dans votre pensée, regardez le jour à travers cette haie surprenante d'aiguilles, de tours et de clochers ; répandez au milieu de l'immense ville, déchirez à la pointe des îles, plissez aux arches des ponts de la Seine avec ses larges flaques vertes et jaunes, plus changeante qu'une robe de serpent ; détachez nettement sur un horizon d'azur le profil gothique de ce vieux Paris ;

faites-en flotter le contour dans une brume d'hiver qui s'accroche à ces nombreuses cheminées ; noyez-le dans une nuit profonde, et regardez le jeu bizarre des ténèbres et des lumières dans ce sombre labyrinthe d'édifices ; jetez-y un rayon de lune qui le dessine vaguement, et fasse sortir du brouillard les grandes têtes des tours ; ou reprenez cette noire silhouette, ravivez d'ombre les mille angles aigus des flèches et des pignons, et faites-la saillir, plus dentelée qu'une mâchoire de requin, sur le ciel de cuivre du couchant. – Et puis, comparez. »

Si tu l'as étudié en cours de français, tu as peut-être reconnu Victor Hugo dans cette description enchanteresse du Paris ancien. Il manque cependant l'odeur, si l'on veut que le tableau soit complet. Pour ne donner qu'un exemple, ce clos Saint-Séverin abritait un charnier : hors le génie du gothique rayonnant et les gargouilles démoniaques déversant l'eau de pluie par leurs gosiers béants, il fallait donc composer avec des effluves de charogne prégnants. Les riverains devaient s'en faire une raison, surtout à la belle saison. D'ailleurs, les clercs avaient leurs chambres juste au-dessus des tombes.

Le bas de la rive gauche, au XVe siècle, abritait une quarantaine de collèges, où l'on venait étudier la théologie, le droit ou la médecine. Les collèges les plus opulents étaient adossés à une abbaye ou à un couvent, ils avaient chapelle et jardin, cloître et bibliothèque. Les plus misérables ressemblaient à des pensions remplies de garçons pauvres et turbulents, auxquels des maîtres en guenilles faisaient la leçon dans des salles à peine chauffées. Il y avait aussi de féroces bizu-tages, des bordées d'étudiants tonsurés dans les tavernes et les claques du « Pays latin », des manifestations, des carnavals, des pique-niques improvisés, des rixes à n'importe quelle heure du jour et de la nuit.

Songe que c'est là, sur ces quelques hectares du bas de la montagne Sainte-Geneviève, que sont venus étudier l'Italien Thomas d'Aquin de 1245 à 1248, ou son compatriote moins connu, le futur saint Bonaventure, de 1248 à 1257, le théologien écossais Duns Scot autour de 1300, l'Anglais Roger Bacon autour de 1280, le poète Rutebeuf, inscrit en classe de gram-maire, qui devint jongleur de rues après avoir achevé ses études dans les années 1250, l'érudit Pic de La Mirandole en 1478, le Hollandais Érasme – futur auteur de l'*Éloge de la folie* – en 1495, inscrit au collège de Montaigu, et tant d'autres... Leurs œuvres ont été depuis long-temps versées au département des classiques, elles font aujourd'hui l'objet d'un culte discret que leur vouent les universitaires et pour cette raison, nous avons tendance à imaginer ces hommes dans des attitudes infiniment sérieuses, le front immarcescible, occupés à travailler dans le silence de leurs cellules monacales, roulant des heures durant dans leurs cervelles des pen-sées graves que leurs plumes déposaient avec componction sur le parchemin... Mais tu vois, là encore, c'est une illusion due à l'onction du passé, car ils n'étaient en rien différents de nous, ces savants : de même que nous devons accepter d'entendre la leçon des gargouilles et reconnaître en les contemplant que nous autres, hommes du

XXIᵉ siècle, n'avons nullement inventé les cauchemars, de même nous devons voir ces êtres comme nos semblables, nos égaux, qui se débattaient au milieu des paresses, des ivresses, de l'inconstance et du chaos. Comme nous, ils tâtonnaient dans la cage obscure du présent et leurs tripes étaient sans doute plus dérangées que les nôtres, tandis que des parasites leur rongeaient la peau et le cuir chevelu, et qu'ils devaient souvent disputer leurs heures de repos aux rats. Ce ne sont pas des doctes recueillis et compassés qui ont accumulé sous nos pieds la montagne du savoir, mais bel et bien des humains, tour à tour débauchés et repentants, n'ayant pas l'équilibre assuré, bravant le vide sur le fil de leur vie.

C'est au début des années 1430 que vécut le plus touchant d'entre eux, sans nul doute, celui qui passa l'essentiel de son adolescence et de son âge mûr à bambocher au bas de la rue Saint-Jacques et dans les parages immédiats de l'église Saint-Séverin, et dont les ballades furent chantées par le petit peuple de Paris pendant plusieurs siècles : je veux parler de François Villon.

En son temps, les rives de la Seine n'étaient pas encore rempierrées et le fleuve débordait souvent ; ses vases envahissaient les maisons les plus basses. C'est pourquoi le quartier de la Huchette rompt avec le bel ordonnancement, la découpe des voies à angles droits voulue par les Romains. Ici, le tracé des ruelles décrit plutôt des cercles concentriques, l'enjeu étant de faire barrage aux caprices du fleuve par une série de circonvolutions. C'est donc dans ces venelles inondables, mal pavées, qu'étaient situés les collèges indigents et que logeaient les jeunes gens les plus gueux. Comme l'Université se fichait pas mal, alors comme de nos jours, de ce que nous appellerions l'*insertion professionnelle*, comme c'était vraiment le cadet des soucis des maîtres qui enseignaient les humanités grecques et latines, nombre de clercs finissaient, une fois leur diplôme en poche, mendiants ambulants, taverniers, camelots voire cambrioleurs, surtout lors des années de crise qui suivirent l'occupation anglaise. Et ce fut le cas de Villon.

Tu connais cette rue que je viens de traverser, qui borde le haut du cloître Saint-Séverin – baptisée, aujourd'hui comme alors, rue de la Parcheminerie ? Elle a l'air calme, n'est-ce pas, avec ce ronflant immeuble de brique qui en défend l'angle… C'est là, dit-on, que se trouvait la taverne de la Grosse Margot, un « bordeau », c'est-à-dire un bordel, chanté par Villon dans une ballade célèbre (qui inspirera plus tard Georges Brassens) :

> « Tous deux yvres, dormons comme ung sabot.
> Et, au resveil, quant le ventre luy bruit,
> Monte sur moi, que ne gaste son fruit.
> Soubz elle geins, plus qu'un aiz me fait plat ;
> De paillarder tout elle me destruit,
> En ce bordeau où nous tenons notre estat. »

Et c'est dans cette rue également que Villon, le « povre petit escolier » qui donnait « tout aux tavernes et aux filles », commit son ultime escarmouche.

Le jour se levait, un matin de la novembre 1462. Sortant avec quelques compagnons d'une soûlerie de tous les diables, Villon ne trouva rien de mieux à faire que de s'amuser à cracher dans les encriers des clercs – la rue de la Parchemi-nerie portait ce nom car c'est là que, dans des échoppes ouvertes sur les trottoirs, les étudiants recopiaient infatigablement les livres (c'était avant l'arrivée des imprimeurs au Pays latin, révolution technologique qui survint huit ans plus tard). Ce matin-là, Villon lança des bordées d'injures, des blasphèmes, des appels au meurtre. Une mêlée indescriptible s'ensuivit, à la suite de laquelle il fut alpagué par le guet, condamné à être « pendu et estranglé ». *In extre-mis*, la peine fut commuée en bannissement. Villon dut se résoudre à quitter son cher Paris pour dix ans. Il s'éloigna de la ville, et personne ne le revit jamais plus – si bien qu'on ignore la date de sa mort, qui s'est perdue dans les sables du temps.

« Sous la forme imprimerie, la pensée est plus impérissable que jamais ; elle est volatile, insai-sissable, indestructible. Elle se mêle à l'air », écrit Victor Hugo dans un chapitre théorique bizarre ajouté après coup, c'est-à-dire après avoir obtenu avec ce roman un franc succès de librairie, à *Notre-Dame de Paris*, que je te citais tout à l'heure. Hugo rappelle cette évidence simple que longtemps, c'est dans l'architecture et dans la pierre que s'est déposée la mémoire de l'humanité – elle n'était nullement consignée dans les livres. « Du temps de l'architecture » – soit avant Gutenberg, nous dit Hugo –, la pensée « se faisait montagne et s'emparait puissamment d'un siècle et d'un lieu. Maintenant, elle se fait troupe d'oiseaux, s'éparpille aux quatre vents, et occupe à la fois tous les points de l'air et de l'espace. »

Tu décèles l'implicite ? Tu devines la visée mégalomane de l'écrivain ? Certes, le Paris gothique, cette rive gauche du Moyen Âge où les étudiants s'égaillaient entre ogives et vitraux, arches et statues, a disparu de notre champ de vision, rasé par les réaménagements successifs. Nous ne pourrons jamais le reconstruire. Mais l'essence de cette époque, sa pensée poétique se sont déposées dans les livres – et, en dévidant ce fil d'écriture, nous pouvons entretenir cette mémoire, la sauvegarder. Le livre a tué l'édifice, mais l'imprimerie a remplacé avantageusement la pierre : désormais les cauchemars n'ont plus besoin d'être sculptés pour passer d'une tête à l'autre, ils nous nimbent comme un voile mouvant, immatériel. Avec le livre, c'est la télépathie entre les siècles qui est devenue possible. Dans cette pensée d'Hugo, ce plaidoyer *pro domo* pour la puissance de la littérature se glisse certainement un peu d'esbroufe. Et pourtant, Paris n'est-il pas une ville qui contient plus de livres que de monuments ?

À l'intérieur
de l'église Saint-Séverin :
onze mille vierges

Tu ne te demandes jamais pourquoi on va dans les églises ? Je veux dire, il est évident que les croyants ont de bonnes raisons de consulter les horaires des offices, d'avoir leurs paroisses favorites, de fréquenter les lieux de culte – mais nous ?

Je ne pense pas que ce soit le seul appétit de *culture* qui nous pousse à franchir ces sas étranges, ces portes battantes s'ouvrant avec un bruit de soufflet et de caoutchouc fatigué, pour pénétrer dans ces édifices inutiles, où les peintures ont été le plus souvent effacées par le salpêtre, où les prie-Dieu sont déserts, où règne une obscurité humide. Et pourtant, nous y entrons presque systématiquement quand nous sommes en voyage, à Paris ou ailleurs. Voilà une cathédrale au centre d'une ville provinciale, une petite chapelle perdue sur un isthme breton ? Nous allons voir... Pourquoi ?

Et pourquoi pas celle-là, tant qu'on y est ? Il suffit de franchir le seuil de Saint-Séverin pour être frappé par son caractère hétéroclite. Rien n'y concorde. L'œil navigue mais ne peut établir aucun rapport entre les vitraux bleu et rose de Bazaine, emblématiques de l'art abstrait malhabile des années 1980, et l'ancienne colonne de pierre, torsadée, qui soutient la voûte derrière l'autel et projette ses arcades multiples au plafond comme les ramures d'un palmier. Sous les fresques exécutées par Gérôme au XIXe siècle – elles firent scandale en ce temps-là, à cause de la blondeur affriolante d'Ève et de son déhanché prometteur –, il y a de hautes plinthes badigeonnées de peinture marron, qui tombent en miettes. À une extrémité de la nef, est installé un orgue énorme, comme une chauve-souris obèse déployant ses ailes grises tubulaires et métalliques, la tête couverte de fourrure ligneuse ; à l'autre extrémité de l'allée, un crucifix formé d'une croisée de néons blancs l'hypnotise.

Je remonte le déambulatoire, croise un prêtre trentenaire, vaguement barbu, qui donne l'impression d'un jeune chauffeur de poids lourds auquel on aurait enfilé une aube pour lui faire une blague, et me retrouve dans la chapelle du Saint-Sacrement, juste à côté de la sortie de secours. Dans cette annexe discrète et poussiéreuse, où nul ne s'attarde – il n'y a de toute façon pas grand-monde à cette heure, trois badauds et deux fidèles –, une châsse de verre est posée sur un bahut. Aucun panneau ne la signale ni n'en explicite le contenu. Pourtant, il s'agit d'un reliquaire à deux étages où sont exposés, sur des coussins de velours si élimés qu'on dirait des rats tondus, des os. Des bouts de tibia, de fémur, de cubitus, le genre de gros morceaux qui font le délice des chiens. Les plus mastocs sont ornés de rubans de soie rouge ; dessus, une étiquette est piquée par une aiguille rouillée, où l'on peut lire, en minuscules lettres calligraphiées à la plume : *Ex fociis Sanctae Ursulae*.

Si tu aimes les histoires tristes, voici celle de sainte Ursule. Il était une fois une princesse des Cornouailles, Ursule, dont l'héritier du trône d'Angleterre avait demandé la main. Or, elle aurait préféré rester pure et consacrer sa vie à Dieu. Pour échapper à son puissant prétendant, elle demanda la permission d'effectuer un pèlerinage de trois années avant de se marier. Ce voyage devait la conduire jusqu'à Rome, auprès du pape Cyriaque. On dit qu'elle partit accompagnée d'un cortège de onze mille vierges. Si l'aller se déroula sans encombre, le retour fut catastrophique. Ursule et sa suite de jeunes servantes en fleurs furent cueillies par les Huns, près de Cologne, qui leur tendirent une embuscade. « Quand ces barbares les virent, raconte Jacques de Voragine dans *La Légende dorée*, ils se jetèrent sur elles en poussant des cris affreux et comme des loups qui se jettent sur des brebis, ils massacrèrent toute la multitude. » C'est ainsi qu'Ursule et ses compagnes consommèrent leur martyre.

La popularité de la « Petite Ourse » était immense au Moyen Âge – sans doute à cause du trouble érotique que ne manque pas de déclencher cette image d'un cortège innombrable d'adolescentes à peine nubiles traversant l'Europe à pied, pour finir violées –, au point que les spécialistes estiment que, si l'on regroupait tous les fragments ayant soi-disant appartenu à son squelette présentés dans les églises d'Allemagne, de France, d'Italie, on obtiendrait un tas pesant pas loin de trente tonnes. On imagine le nombre de fosses communes et de décharges d'abattoir dans lesquelles les ecclésiastiques s'en allèrent repêcher ces restes.

Si ces reliques attiraient autrefois croyants et pèlerins, si elles étaient pour ainsi dire le clou du spectacle au clos Saint-Séverin, on sent bien qu'elles sont aujourd'hui reléguées comme des parties honteuses, que la paroisse n'est pas fière de ses vieux os et qu'elle tente de les planquer. La vue de ces bouts de squelette enrubannés ne procure-t-elle pas un léger frisson nécrophile ? C'est l'ombre et l'avant-goût de la mort, sa présence discrète en ce monde que nous allons chercher dans les églises, si tu veux mon avis.

4 *bis*, rue Saint-Séverin :
une inconnue au bataillon

Si un jour on te demande quelle est la voie la plus étroite de Paris, tu auras peut-être envie de répondre la rue de Venise ou encore la rue du Chat-qui-pêche. Celles-là sont souvent citées par les guides, qui les créditent de détenir le record de petitesse. Mais tu auras faux, car cette voie se trouve ici : il s'agit en effet de l'impasse Éliane-Drivon.

Sur Internet, j'ai recherché des renseignements sur cette Éliane-Drivon : peine perdue, c'est une inconnue au bataillon.

L'impasse à laquelle elle a donné son nom mesure moins d'un mètre de large. Un homme debout peut à peine y passer, d'ailleurs je n'ai jamais vu personne à l'intérieur ; son accès est fermé par un petit portail noir à digicode. Les façades qui la bordent bombent et manquent presque, dans les hauteurs, de se toucher. Au fond de cet étroit défilé, on voit grimper des canalisations jusqu'aux toits – auraient-elles passé un brevet d'alpinisme ?

Personne ne s'intéresse à l'impasse Éliane-Drivon, située au 4 *bis*, rue Saint-Séverin. Aussi fine qu'une *top-model*, elle n'est montée sur aucun podium et ne semble jamais avoir attiré l'attention. Et c'est pour cela qu'elle me plaît, à sa façon.

22, rue Xavier-Privas :
le grenier des maléfices

Tu connais ce poème fantastique de Baudelaire, « Les sept vieillards » ? Il est dédié à Victor Hugo. Le poète y raconte comment il lui est arrivé de croiser, par un matin d'hiver, un vieillard inquiétant en bas de chez lui :

> « Tout à coup, un vieillard dont les guenilles jaunes
> Imitaient la couleur de ce ciel pluvieux,
> Et dont l'aspect aurait fait pleuvoir les aumônes
> Sans la méchanceté qui luisait dans ses yeux,
> M'apparut. On eût dit sa prunelle trempée
> Dans le fiel... »

Une minute plus tard, un second vieillard surgit sur le même trottoir, qui est l'exacte copie du premier – son jumeau, sans doute. Le poète sursaute, se demande s'il a la berlue. Ce n'est rien, comparé à ce qui l'attend. Une centaine de mètres plus loin, il recroise le même vieux. « Dans la neige et la boue il allait s'empêtrant, comme s'il écrasait des morts sous ses savates,

hostile à l'univers plutôt qu'indifférent... »
L'apparition se renouvelle peu après. Et encore.
Jusqu'à sept fois.

> « Que celui-là qui rit de mon inquiétude,
> Et qui n'est pas saisi d'un frisson fraternel,
> Songe bien que malgré tant de décrépitude
> Ces sept monstres hideux avaient l'air
> éternel ! »

Ébranlé, le poète rentre chez lui de peur de
croiser à nouveau le spectre. Or, il se trouve que
cette poésie de Baudelaire a beaucoup impressionné le philosophe allemand Walter Benjamin,
qui s'était fait de la flânerie dans Paris une spé-
cialité. Permets-moi de citer son commentaire :
« L'individu qui est ainsi présenté dans sa mul-
tiplication comme toujours le même témoigne
de l'angoisse du citadin à ne plus pouvoir, malgré la mise en œuvre de ses singularités les plus
excentriques, rompre le cercle magique du
type. » Pour te le redire en langage clair : la ville
semble nous offrir des possibilités de rencontres
toujours renouvelées, d'infinies occasions de
nous émerveiller ou de jouir, et cependant, par
un paradoxe malheureux, nous y sommes voués
à la répétition, nous y rencontrons toujours les
mêmes personnes, nous y revivons toujours le
même type d'histoires. La vie du citadin en
devient angoissante : il radote et tourne en rond,
impuissant à échapper aux cercles constricteurs
de la métropole.

Dans des circonstances peu ou prou analogues
à celles que retrace Baudelaire dans son poème,
j'ai fait la rencontre d'un homme vraiment hors

normes – il se prénommait Fred. C'était il y a plus de quinze ans, dans ce quartier de la Huchette.

Une giboulée venait de vider les rues de leurs passants. L'asphalte trempé luisait comme un miroir. J'errais à l'aventure, le nez au vent. Une première fois, je croisai un homme qui, malgré le froid assez vif de cette soirée de février, ne portait qu'un gros pull blanc à torsades et pas de manteau. Il se détachait de la foule au premier regard par son air libre, dégagé. Ses pas n'étaient pas commandés par l'une de ces trajectoires invisibles, mais strictement calculées, que suivent les citadins pressés lorsqu'ils marchent dans la rue, et qui les mènent de leur bureau à leur immeuble ou de leur immeuble au supermarché. Les gens savent où ils vont et ce qu'ils ont à faire, cela se devine à leurs démarches – surtout par mauvais temps. Ce gars-là, dans son pull vaguement marin, semblait avoir l'éternité devant lui. La première fois que nos chemins se frôlèrent, nos yeux se rencontrèrent à peine.

Cinq minutes plus tard, à hauteur du caveau de jazz baptisé Le Saint, je le vis de nouveau. Baguenaudant, sifflotant en levant le visage vers le ciel, toujours mains dans les poches. Trois cents mètres plus loin, alors que j'hésitai à acheter un kebab pour soulager un creux naissant à l'estomac, il repassa devant moi. Finalement, quand j'arrivai au point où la rue de la Huchette débouche sur la place Saint-Michel, je retombai sur lui. Il était clair que nous étions les seuls à vaquer par cette soirée pluvieuse, à revenir sur nos pas, ouverts à toute sollicitation... Cette fois, c'est lui qui prit les devants : « Nous deux, on s'connaît », dit-il malicieusement. Une cigarette roulée lui pendait au bord de la lèvre supérieure, qu'il avait particulièrement épaisse, comme tuméfiée par la vie. « Je t'ai vu tout à l'heure, et toi aussi tu m'as remarqué. On va se prendre une bière ? »

Je le suivis. Il m'expliqua qu'il avait, après de nombreuses prospections dans la zone, repéré le bar où la pression était la moins chère du quartier. Je n'ai jamais retrouvé l'itinéraire qu'il me fit emprunter, par des ruelles tortueuses, jusqu'à un débit de boisson tenu et fréquenté exclusivement par des Algériens (cette adresse devait être une séquelle de la guerre d'Algérie car dans les années 1950, la Huchette abritait quantités de garnis, planques, estaminets où se réunissaient les indépendantistes du FLN). Fred y était connu comme le loup blanc. On nous servit deux Stella, qui coûtaient sept francs cinquante chacune : c'était en effet très en dessous de la moyenne.

Au cas où ce genre d'arrière-pensée naîtrait dans ton esprit, sache qu'il n'y avait vraiment aucune drague latente dans l'attitude de Fred. Tout chez cet homme, de la lèvre enflée aux yeux de chien battu, du vieux lainage à la barbe de trois jours, trahissait l'hétérosexuel endurci. C'était juste un athlète de la boisson qui cherchait un compétiteur et mieux encore, une oreille réceptive.

À peine étions-nous assis, qu'un torrent de mots se mit à s'écouler par sa bouche. Il avait ce parler vrai que possèdent les malheureux ; les mots qu'il prononçait prenaient instantanément

114

le poids des choses. Il ne cherchait pas à faire le beau ni à se mettre en valeur. Chez lui, le besoin de parler venait de plus loin ; il s'agrippait au langage comme au bastingage d'un bateau par gros temps. « Certains se prétendent philosophes, lança-t-il après une gorgée de bière. Je veux bien... Ils font profession d'aimer la sagesse, tant mieux pour eux. Mais moi, j'ai l'ambition inverse. J'aimerais être sophophile. Je recherche la sagesse de l'amour. »

Cet inconnu me livra des pans entiers de sa biographie, en vrac. Par exemple, je sus assez vite qu'il avait cessé de travailler en 1983 – nous étions en 1995. Avec ses économies, il s'était acheté un studio et s'était mis en retrait du monde. Il vivait des aides sociales. « Mes parents ne comprennent pas, surtout mon père. Ils m'accusent d'être un paresseux, ils m'en veulent de ne rien faire... Mais ce matin, tu vois, j'ai regardé pendant une demi-heure les caissières de la librairie Gibert. J'ai épié leurs gestes et surtout l'expression de leurs visages, en me plaçant à une dizaine de mètres d'elles pour qu'elles ne remarquent pas mon manège. Leurs yeux étaient éteints et quand une lueur semblait enfin les traverser – qui ne durait jamais plus d'un éclair –, c'était une expression de terreur, ou d'anxiété, ou de lassitude. Moi, je ne fais rien, c'est entendu. Mais elles, elles font du rien. Tu saisis la différence ? Ce sont les sages-femmes qui accouchent du néant, qui le langent. Elles font advenir la nullité complète du monde quand, moi, j'essaie d'en sortir. Mes parents voudraient que je fasse du non-faire quand je préfère prendre le risque de ne rien faire. Tu piges ? »

À l'époque, je sortais à peine de l'adolescence et j'étais assez poreux à ces discours. Pour avoir, depuis, pris l'habitude de fréquenter les rades et de discuter avec toutes sortes de gens, je sais que les hommes ont une incroyable propension à construire des argumentations sublimes pour défendre leur position sociale. Quoi qu'il en soit, parmi toute la clique des RMIstes et des piliers de comptoir experts ès auto-justification que j'ai pu connaître, Fred était certainement l'un des mieux armés du point de vue rhétorique, capable de décrire sa marginalité comme un authentique destin. Non, il ne subissait pas sa condition, au contraire il y adhérait profondément, il y *croyait*.

« Les gens s'épuisent pour gagner un salaire et après, à la fin du mois, ils le gâchent, ils s'achètent des conneries. Moi, c'est le contraire. J'ai très peu de fric, mais je déploie des trésors d'ingéniosité pour faire mes courses et me payer l'indispensable... J'ai appris par cœur les prix de tous les produits dans quatre supermarchés différents situés dans un périmètre de cinq kilomètres autour de chez moi. Je sais où trouver du bon vin pour cinq ou six francs le litre. Tu n'imagines pas les efforts de mémorisation, de comparaison et d'anticipation que je fais au jour le jour pour survivre. »

Si habile fût-il, il y avait quelque chose d'émouvant dans la manière dont Fred s'exprimait, que je ne parviens pas à rendre en te rapportant ainsi ses propos : il revenait sans cesse en arrière. « Mais reprenons, ce n'était pas ça la question. On était partis d'où ? Ah oui, le problème du gâchis... » Et il retournait ainsi plusieurs fois au même point, puis s'élançait dans plusieurs directions. Il n'abandonnait jamais un thème avant de s'être assuré d'en avoir fait le tour ; il se livrait à un examen minutieux, quasi socratique, des idées que faisaient germer en lui une expression ou un mot qui lui paraissaient importants. C'est peut-être injuste de ma part, mais j'associais ce désir d'exhaustivité à un problème d'alcool. En fait, Fred s'appliquait à la conversation comme le pochetron qui tente de marcher le long d'une ligne droite, pour prouver à tout le monde qu'il est sobre. Il en rajoutait dans le souci logique, ne voulant pas lâcher les rênes à ses digressions, comme s'il ne pouvait rien arriver de pire à un sophophile que de perdre pied dans les marécages du langage, d'avouer sa déconfiture.

Mais déjà le café fermait ses portes, tandis que notre table s'était couverte de bocks de bière vides. Dehors, la bruine était humide, pénétrante comme l'haleine d'une vache. Dans la brume opaque, les réverbères jetaient des halos. « On va s'en jeter un dernier chez moi ? (Oui, je sais, il ne faut jamais accepter d'aller chez des inconnus : c'est le conseil que me répétait sans arrêt ma mère jadis, et qui me revient en tête chaque fois que l'occasion se présente de lui désobéir.)

— Si tu veux. Avec plaisir. »

La piaule de Fred était sombre et bordélique. Pour aérer les relents de tabac, il avait fermé les volets et ouvert les fenêtres avant de partir ; aussi il y régnait un froid de canard. De toute façon, comme il me l'annonça lui-même, il ne chauffait pas, par souci d'économie. Des piles de livres, des vêtements sales, des cadavres de bouteilles et des cendriers pleins jonchaient la moquette. Comme celle-ci était noire, les débris et les cendres dispersées y dessinaient des constellations. Il y avait un matelas dans un coin. Deux chaises, mais nulle table. Mon hôte alluma l'unique lampe, le néon de la kitchenette : c'est alors que je remarquai un grand portrait noir et blanc qu'il avait punaisé au-dessus de son évier en inox.

« Ouais, ça t'étonne ? Tu le reconnais, ce gars ?

— Non.

— C'est Kafka. Je l'ai mis là. Comme ça, quand je dois vraiment faire la vaisselle – c'est-à-dire, pas souvent (je jetai un coup d'œil furtif à la pile d'assiettes, dans l'évier, qui confirmait cette affirmation) –, je pense à lui. J'ai horreur des tâches ménagères. Mais comme lui, le grand Franz, est resté employé pendant dix-huit ans aux Assurances ouvrières de Prague, comme ce génie a passé des milliers d'heures plongé dans de la paperasserie administrative et des constats d'accidents, je me dis qu'après tout, manier l'éponge de temps à autre n'est pas si dramatique. »

Mon hôte déboucha une bouteille de rouge et m'en servit dans un verre à moutarde rincé à la va-vite. Nous étions assis l'un en face de l'autre, sur les deux chaises de la pièce – entre nous, il y avait un grand vide. Par la fenêtre, maintenant que les volets étaient ouverts, on pouvait voir un lampadaire public accroché à la façade, dont la clarté talquait la pièce de photons exténués. Il était deux ou trois heures du matin, l'activité sonore de Paris avait atteint son niveau le plus bas. On n'entendait plus, dehors, que le léger bruissement de l'électricité dans les transformateurs, celui du gaz et de l'eau dans les conduites. Nos frères humains ronflaient. C'est alors que Fred se lança dans un récit qui lui tenait particulièrement à cœur, et qui faisait vibrer plus que jamais sa lèvre du haut : « Tu sais, j'ai pu vivre des choses extraordinaires aux frais du contribuable. Grâce aux aides sociales, je suis allé plus loin que quiconque dans l'exploration de certains états. Tu ne devineras jamais ce que j'ai fait... Quelques temps après avoir commencé à toucher ma rente – car pour moi, c'en est une – j'ai fait vœu de silence.

— Comment ça ?

— Du jour au lendemain, motus ! Je me suis tu. Et je suis resté muet pendant une période de neuf mois, exactement. J'avais besoin de me retrouver, d'aller jusqu'au fond des choses...

— Neuf mois, le temps d'une grossesse ?

— Oui, précisément. La première partie de ma vie a été plutôt ratée. Je n'entre pas dans les détails, mais j'ai été profondément blessé. J'avais besoin de renaître. J'en avais marre de tous ces bavardages inutiles, de ces mots qui sortent constamment de nous et qui amenuisent notre substance, qui diminuent notre énergie vitale sans même que nous nous en rendions compte, aussi je voulais retenir mes pensées, les garder près de moi, dans l'espoir qu'il en sorte enfin quelque chose. Et puis, comme je te le disais, j'étais désespéré, je n'avais plus du tout envie de communiquer. Alors, j'ai coupé les ponts. Ça va t'étonner sans doute mais, pendant cette période, au lieu de me fermer, je me suis ouvert. J'ai redécouvert la puissance du silence, qui n'est autre que celle du temps. Peu à peu le monde s'est réordonné, il a repris sens… J'ai réussi à me retrouver en contact avec quelque chose de supérieur. Je dirai : avec l'Être, si je ne craignais pas d'être pompier. »

Cette histoire me paraissait trop belle pour être vraie. Les alcooliques sont de talentueux affabulateurs. Fred était-il réellement resté neuf mois bouche cousue ? Plutôt que de disserter avec lui sur la profondeur du silence, je voulais en avoir le cœur net.

« On vient à peine de se rencontrer et pourtant, excuse-moi, j'ai l'impression que tu es plutôt bavard. Tu as vraiment retenu ta langue pendant neuf mois ?

— Oui.

— Pas un mot, jamais une petite faiblesse ?

— Non, non, je t'assure.

— Mais comment tu faisais avec les commerçants ? Quand tu avais besoin d'acheter un produit à la pharmacie ou de demander un renseignement ?

— Ben, c'est pas compliqué. Je me faisais passer pour un sourd-muet. J'avais un calepin et un stylo dans ma poche et, pour les nécessités alimentaires, je communiquais comme ça.

— Et avec ta famille ?

— Ils habitent en province, je ne me suis jamais très bien entendu avec eux. Pendant cette période, je ne suis plus allé les voir, voilà tout.

— Ils ne te téléphonaient pas ?

— Le téléphone ? Où est-ce que tu as vu un téléphone ? »

Fred désigna la pièce autour de nous : effectivement, il ne possédait pas cet appareil (qui n'existait en ce temps-là que sous forme de fixe).

« Et avec tes amis ?

— Ah, ça, c'est plus compliqué. J'ai perdu de vue la plupart de mes copains. Quant aux amis les plus proches, je leur avais parlé de mon projet, ils savaient ce que je voulais entreprendre… Mais ils ne me prenaient pas au sérieux. Ils pensaient que je cherchais à me rendre intéressant ou à me moquer d'eux. À part un seul, qui m'a trouvé courageux, les autres ont fini par couper les ponts. C'était prévisible. Car j'ai beaucoup changé, aussi, durant cette épreuve. Avant, j'étais… disons que j'étais plus boute-en-train, j'étais le premier pour la déconnade. Je me suis assombri…

— Cela ne t'a pas manqué, quand même ? Il n'y avait pas des moments où tu te mettais à dire des trucs comme ça, seul dans ta chambre, simplement pour entendre le son de ta voix ?

— Non, le son de ma voix ne me manquait pas, je ne l'ai jamais tellement aimé d'ailleurs. Ce qui était plus pénible pour moi, c'était de ne plus entendre la voix des autres ou plutôt, que plus personne ne me parle personnellement. Ça, c'était vraiment un châtiment. Heureusement, j'avais prévu le coup. J'avais pris mes précautions. Pendant plusieurs semaines, avant de me taire, j'ai enregistré toutes les conversations que j'ai eues avec mes fréquentations du moment.

— En les prévenant ?

— Non, à leur insu. Je voulais enregistrer des conversations naturelles, des voix qui ne se forcent pas… De toute façon, il n'y a que moi qui aie écouté ces bandes et aujourd'hui, je les ai détruites. Elles m'ont bien aidé. Quand le silence devenait trop lourd, quand je commençais à faiblir dans ma résolution ou à avoir le blues, eh bien, j'écoutais et réécoutais ces bandes magnétiques. Ces voix qui proféraient de pures banalités... Tu n'imagines pas combien elles me semblaient proches, dans des instants pareils. Elles étaient bien plus tangibles que lorsque j'avais les gens en chair et en os face à moi. »

Il était près de cinq heures du matin, nous avions fini la bouteille depuis un long moment. Il était temps de nous quitter. Fred est redescendu avec moi de son appartement, il a détaché un vieux biclou renversé, qui se trouvait attaché à la grille d'un arbre.

« Il est tard, ai-je dit. Où tu vas comme ça ?

— Toutes les nuits, avant d'aller au lit, je fais une heure de vélo. Comme je bois au minimum deux litres d'alcool par jour, ça m'aide à éliminer. Et puis, c'est la nuit seulement qu'on peut respirer un peu d'air pur, à Paris... »

Et je l'ai vu partir sur la chaussée large et déserte du quai Saint-Michel, sur son vieux biclou à la chaîne grinçante et aux deux roues voilées. Je me demandais où il trouvait l'énergie de pédaler.

Sans le vouloir, Fred s'est associé dans mon esprit à un poète portugais presque inconnu que je lisais avec ferveur en ce temps-là, Herberto Helder. On sait peu de choses de lui. À en croire les proses autobiographiques réunies dans *Les Pas en rond*, celui de ses livres que je préfère, il a commencé à écrire alors qu'il était vagabond à Paris et qu'il passait la nuit dans les toilettes palières. Il ne dormait que d'une oreille car, s'il entendait un locataire sortir pour un pipi nocturne, il se redressait aussitôt, tirait la chasse d'eau et surgissait hors du cagibi en prenant l'air le plus détaché et le plus digne possible. Helder se vante d'avoir composé son premier poème sur le mur d'un de ces W-C. Son chef-d'œuvre, un poème dramatique, il est fier de l'avoir offert « avec une malicieuse ingénuité » à une prostituée qui ne parlait pas le portugais. Quelque temps plus tard, au charbon noir, il inscrivit sur le mur d'un bouge ce vœu exaucé : « Mon Dieu, fais que je sois toujours un poète obscur ! »

Si Camus adopte une raideur défensive contre le cafard parisien, et si Rilke l'a goûté avec l'appétit un peu snob que lui autorisait sa certitude d'appartenir à un bon milieu, c'est sans aucune réserve qu'Herberto Helder s'y est englouti. Rares sont les œuvres qui cernent, autant que la sienne, l'état d'esprit à la fois désespéré et lucide dans lequel se trouve un homme d'âge mûr lorsqu'il se retrouve isolé, sans emploi fixe, abandonné de tous dans une chambre miteuse. Même si cet état, cette intensité de la tristesse ont toutes les chances d'être indicibles, Helder parvient à les suggérer par la limpidité de son style :

« Je vais fumer à la fenêtre. Je passe la nuit ainsi. Jusqu'à ce que l'aube commence à venir du fleuve. Elle monte, lentement, à travers les choses, comme une grande langue froide. Les maisons apparaissent, le belvédère, la tour... Je me hasarde à allumer une autre cigarette. Et la terreur entre silencieusement dans ma vie. »

Ou encore :

« Si je le voulais, je deviendrais fou... Parce que, vous savez, on se réveille à quatre heures du matin dans une chambre vide, on allume une cigarette... Vous voyez ? La petite lumière de l'allumette redresse soudain la masse des ombres, la chemise tombée sur la chaise prend un volume impossible, notre vie... vous comprenez ?... notre vie tout entière est là, comme... comme un événement excessif... Il faut y mettre de l'ordre très vite. »

Un homme est seul, la nuit, dans une chambre, ses lèvres sont closes, il n'a personne à qui parler – et l'effroi métaphysique fond sur lui. Enfant, j'ai souvent imaginé qu'un de ces cosmonautes qu'on voit sortir courageusement pour effectuer de menues réparations à l'extérieur du cocon de la navette spatiale, vêtu d'une combinaison blanche au casque miroitant, perde le contrôle de son scaphandre ou sectionne par mégarde le cordon ombilical le reliant à son vaisseau, et se retrouve ainsi projeté dans l'espace, ne pouvant compter pour survivre que sur ses bouteilles d'oxygène promises à s'épuiser en quelques heures... Quelles pourraient être les pensées d'un tel homme, se noyant dans le cosmos comme on disparaît en mer ? Serait-il terrifié ? Ou au contraire, sentirait-il monter en lui un mystérieux sentiment de douceur à l'idée de se dissoudre ainsi ? Autour de lui, il n'y a plus aucune réponse – mais seulement le silence.

« Puis-je parler, pouvons-nous parler ? demande Helder. Mon seul aliment est le désespoir. »

En quittant Fred, ce soir-là, et en remontant à pied vers le neuvième où j'habitais alors, je me rendis compte que j'avais oublié de lui poser une question importante : comment s'était passé son retour à la parole ? Et plus précisément : quels étaient les premiers mots qu'il avait prononcés, après neuf mois de silence ?

Ayant cette question à l'esprit, espérant une réponse, j'allai sonner chez lui quelques mois plus tard. C'était un mardi, aux environs de midi. J'avais profité d'un intervalle entre deux cours à la fac, pour faire un saut de puce du côté de la Huchette. J'enfonçai la touche de l'interphone du 22, rue Xavier-Privas, sur lequel était sobrement écrit le diminutif : « Fred. » Il ouvrit sans dire un mot. Je montai l'escalier branlant de cette copropriété mal entretenue, frappai à la porte. À peine avais-je franchi le seuil de la piaule que je regrettais ma démarche. J'arrivais vraiment comme un chien dans un jeu de quilles : Fred n'était pas seul, mais en compagnie d'une femme. Âgée de quarante-cinq ans environ, elle avait un physique terne. Elle partageait quelque chose avec Fred, c'était évident. Mais s'agissait-il d'amour ? Ils me semblaient plutôt à bout, l'un comme l'autre, en train de se recueillir au chevet d'une idylle agonisante. Ils communiaient dans une catastrophe sentimentale, un abattement tragique. Ils parlaient à peine ; d'ailleurs, ils ne prêtaient pas attention à ma présence. De quel droit étais-je donc venu déranger cet homme en pleine journée ?

L'ivresse nous avait, pour une courte nuit de confidences, rapprochés, mais je n'avais sur son malheur aucune créance. Quand je pivotai sur mes talons et refermai la porte derrière moi, ni Fred ni la femme immobile ne s'aperçurent de mon départ, pas plus qu'ils n'avaient remarqué mon arrivée. Le lien énigmatique qui les unissait m'avait fait fantôme.

L'année dernière, par un hasard de lecture, je suis tombé sur un très intéressant passage consacré à cet endroit précis où la rue Xavier-Privas s'élargit en une placette – c'est là qu'habitait Fred, et que je me trouve à nouveau en ce moment.

Dans le très haut en couleurs récit autobiographique du clochard Jean-Paul Clébert, publié en 1952, qui connut un succès de librairie colossal, j'ai découvert le passé de cette petite place circulaire : elle était fameuse chez les gueux, à qui elle offrait deux attraits majeurs, un café faisant facilement crédit, La Belle Étoile, et un lieu où dormir, le « Grenier des maléfices ». Deux ou trois maisons de la rue Xavier-Privas possédaient des soupentes déclarées inhabitables par arrêté préfectoral, car trop exiguës (depuis, elles doivent avoir été transformées en studio et revendues à des millionnaires américains). Ces greniers, les clodos y avaient installé des lits de camp. L'adresse circulait par bouche à oreille, si bien que cinq ou six sans-logis dormaient là en permanence, se relayant de jour comme de nuit. Jean-Paul Clébert raconte certains de ces sommeils héroïques, où seule une soûlographie avancée lui permettait de supporter la pestilence de ses compagnons d'infortune sans tourner de l'œil ni vomir. Or, parmi les clochards venant se reposer dans ces mansardes improbables, une très ancienne légende circulait.

Au XIVe siècle, vivait là un pauvre homme accablé de maladies diverses et contradictoires, le corps perclus de rhumatismes, d'eczéma, dévoré de chancres, les intestins déréglés, les yeux chassieux, les poumons sifflant. Un beau jour, le diable en personne vint lui rendre visite dans sa turne misérable et lui proposa un marché : il vivrait vieux et en bonne santé, mais il deviendrait aveugle. L'homme accepta... Cette légende impressionna tellement les Parisiens que, jusqu'à deux ou trois cents ans plus tard, un édit royal interdisait l'accès de la rue Xavier-Privas aux aveugles, de peur que l'âme du damné ne revînt la hanter. Mais le récit de Clébert ne s'arrête pas là. Lui-même jure sur l'honneur avoir connu un peintre brésilien à qui il est arrivé une mésaventure troublante. Peu après son arrivée à Paris, Bandera – c'est le nom de notre peintre –, n'ayant pas un flèche, atterrit dans ce grenier. Alors qu'il ignorait la légende, il rêva qu'un aveugle venait lui caresser les yeux de ses doigts glacés, pendant son sommeil. Ce cauchemar lui causa une telle épouvante, qu'il vida les lieux.

Quand je suis tombé sur ce passage, je n'ai pu faire autrement que de reposer mon livre. De l'aveugle au muet, il n'y a qu'un pas. Qui était Fred – connaissait-il la légende et habitait-il lui-même sous l'ancien grenier aux maléfices ? Avais-je pénétré sans le savoir dans l'une des tanières de Satan ? La femme si triste avec laquelle j'avais vu Fred, mon meilleur ami d'un soir, était-elle une âme perdue, ensorcelée, venue implorer son maître ? Bah, je sais ce que tu vas penser de ces histoires enchevêtrées : balivernes ! En tout cas, Fred a bel et bien existé, je l'ai vu de mes propres yeux et n'ai rien inventé de son discours. Mais en sa compagnie, il est possible que je sois, pour quelques heures, passé *de l'autre côté.*

Place Saint-Michel :
cette crasse spéciale qui s'entasse au creux du nombril

Comment décrire l'odeur de Paris ? L'exercice n'est pas facile et les auteurs du passé ne nous ont guère laissé de témoignage nous permettant d'imaginer l'odeur de notre capitale au XIXe ou au XVIIe siècle (un éditorialiste batailleur, Louis Veuillot, a bien publié un ouvrage au titre prometteur, *Les Odeurs de Paris*, en 1866. Hélas, hormis cette jolie phrase : « nous sommes étrangement tourmentés d'une malsaine odeur de renfermé », on n'y trouve rien d'autre que les lamentations d'un catholique réactionnaire sur la puanteur de son siècle, en déclin selon lui). Il n'est pas impossible que certaines tendances lourdes, liées à la Seine, aux marnes, à la qualité de la pierre, aient traversé les âges. Mais si je devais tenter la chose, oui, si je devais te proposer un croquis olfactif de l'air que je respire en cet instant – tandis que je suis arrêté place Saint-Michel, devant une brasserie baptisée Le Saint-Séverin –, si je voulais procéder avec le même souci de rigueur qu'un œnologue dégustant une coupe de vin, voilà ce que je dirais :

Deux arômes dominants sont en lutte. D'un côté, le vent qui vient du fleuve apporte des relents de vase et d'algues d'eau douce. De l'autre, les voitures, les scooters, les bus crachent un cocktail lourd de monoxyde de carbone, d'oxyde d'azote, de plomb qui gratte au creux de la gorge. D'ailleurs, ce fumet toxique est plus ou moins envahissant. Tantôt, lorsque le feu passe au rouge, il s'apaise, tantôt au contraire, lorsqu'un flot de véhicules redémarre en trombe vers l'île de la Cité, il écrase toutes les autres odeurs.

Au-delà de ces premières impressions, en ouvrant bien les narines, en inspirant lentement, on commence à percevoir la présence de la foule elle-même. C'est un méli-mélo chaleureux et instable, hésitant entre le civet de sanglier et la banane. Au nez, la marée humaine rappelle aussi vaguement la puanteur discrète et somme toute sympathique de cette crasse spéciale qui s'entasse au creux du nombril. Il faut vraiment qu'une passante se soit aspergée de patchouli ou de vanille de façon outrancière, pour qu'elle laisse un sillage identifiable au sein de la confusion des émanations corporelles. De temps à autre aussi, je remarque la brûlure légère d'une cigarette, comme une ballerine de nicotine avançant sur les pointes.

C'est tout de même au prix d'un véritable effort de concentration qu'on parvient à identifier d'autres nuances. Les feuillages des platanes, les écorces tombées de leurs troncs dégagent une note d'acidité fraîche, qui se démarque nettement de cette autre aigreur, de lait caillé, qui provient des fientes de pigeon sur le bitume.

Comme je me trouve à moins d'un mètre d'une cabine téléphonique – eh oui, il subsiste à Paris quatre mille de ces antiquités, que le portable n'a pas encore déboulonnées – je finis par reconnaître son odeur reconnaissable entre toutes. Voyons : ce qui confère à une cabine téléphonique sa fragrance caractéristique, ce n'est ni l'armature métallique, ni le plancher d'aluminium, ni les plaques de verre qui la ferment, ni même les éventuelles saletés laissées par ses hôtes... Non, si on y prête attention, on s'aperçoit que cette odeur est en réalité le produit de la décoction lente du plastique du combiné dans un volume d'air confiné, qu'elle a par conséquent un arrière-goût synthétique, de caoutchouc fondu.

15, place Saint-André-des-Arts :
Aime, Travaille et Souffre

Lorsqu'il a débarqué à Paris en 1965 – soit quatre ans avant de mourir –, Jack Kerouac n'avait que quarante-trois printemps, mais il était déjà au bout du rouleau. La vie l'avait éreinté. Ses femmes l'avaient quitté. Ses amis étaient internés à l'asile, en prison ou dispersés aux quatre coins du monde. Il ne vagabondait plus tant que ça sur les routes, mais habitait la plupart du temps chez sa mère, en Floride. Sa légende littéraire et les feuilles de son œuvre s'accrochaient à lui comme les lambeaux d'un frac dérisoire. Il était à la fois célèbre et malheureux ; aux États-Unis, il envoyait balader les fans qui le collaient sans comprendre la sincérité de son mysticisme chrétien. Qui ne saisissaient pas sa douleur. Qui le prenaient pour un mec cool, alors qu'il avait le cœur lourd. Au réveil, il devait s'humilier à supplier les tenanciers des hôtels de lui servir de la bière fraîche ou du Cognac, pour se dégriser. C'est pourquoi il faut croire Kerouac sur parole lorsqu'il explique qu'à Paris il fut « l'homme le plus seul de la Terre », par un pluvieux après-midi de juin où il marcha longtemps sur les quais, rongé par l'ivresse, en se tenant à son chapeau pour ne pas tomber dans le fleuve.

Mais l'auteur de *Sur la route*, le vagabond céleste, le roi *beat* Jean Louis Lebris de Kerouac de son nom intégral (car s'il est revenu en France peu de temps avant de mourir, c'était pour retourner sur les traces de sa famille bretonne, renouer avec ses racines dans une quête désespérée d'authenticité avant de fermer les yeux) dit encore autre chose à propos de Paris, de plus circonstancié : il donne une adresse. « Je passe toute la journée à Saint-Germain en quête du bar parfait, et je le trouve. La Gentilhommière (rue Saint-André-des-Arts, qui m'est indiquée par un agent). » Note que ce bar existe encore. Il n'a pas bougé. Il t'attend toujours place Saint-André-des-Arts, au 15.

Quand Kerouac y établit ses quartiers pour passer des après-midi à boire un demi après l'autre, on écoutait des disques de jazz à La Gentilhommière. Le patron, un certain Jean Trassard, se tenait « debout, flegmatique et calme, près de sa caisse enregistreuse, l'air vaguement dépravé ». Trassard, qui en avait connu d'autres, laissait toute latitude de s'égayer à la clientèle. C'est ainsi que Kerouac, bourré comme un coing, parlant français avec un accent canadien à couper au couteau, et là-dessus rajoutant des formules livresques glanées chez Balzac ou Chateaubriand, pouvait à loisir alpaguer les buveurs et se vanter d'être le descendant d'une très ancienne famille de la noblesse celtique, dont il avait mystérieusement retrouvé la mention dans un exemplaire de la

Rivista Araldica à la British Public Library, à moins que ce ne fût dans un volume de l'ouvrage d'Hergott, *Genealogica augustae gentis Habsburgicae*, conservé à Vienne. En outre, il était fier de la devise de ses nobles ancêtres : « Aime, Travaille et Souffre ».

Oui, Kerouac avait trouvé à La Gentilhommière le lieu idoine pour faire flamber ses derniers restes d'amour-propre, comme d'ultimes allumettes, au feu de l'alcool, tout en impressionnant un auditoire composé de « princes du Sénégal, de poètes surréalistes bretons, de boulevardiers impeccablement vêtus et autres gynécologues libidineux (bretons aussi) ». Il réussit même à emballer « une délicieuse Espagnole rousse de quarante ans », mais refusa de s'en aller avec elle dans un coin tranquille pour conclure, préférant à ce stade de sa vie la bouteille à la bagatelle.

Quand même, il est bizarre de penser que Kerouac a fait tout le trajet depuis la Floride pour atterrir dans ce bar, non ? Et qu'il l'a trouvé « idéal » ! Aujourd'hui, comme tu peux le constater si ça te chante, il a une grande terrasse protégée par des vélums et des paravents vitrés. À l'abri du soleil et du vent, les clients sont parqués comme un troupeau docile et vraiment, ce genre de cafétéria barricadée, on n'en trouve normalement que sur la Côte d'Azur. Les gens sont peu nombreux, pour l'essentiel des touristes américains nettement moins turbulents que leur illustre prédécesseur *hipster*. Ils boivent du thé ou du Coca. Pas un seul dandy, pas un excentrique, pas un jazzman, pas une belle femme sur le retour – l'endroit est désespérément *clean*. N'importe, par amour pour Kerouac, je ne résiste pas à l'envie de visiter l'établissement.

Alors que je pénètre dans la salle – tout en essayant d'enregistrer rapidement les détails, le plancher, le comptoir de bois clair, les stores à la vénitienne, les abat-jour jaunes –, un aréopage de serveurs à biceps me barre carrément le passage. « Vous cherchez quoi ?

— C'est pour boire un café, dis-je en désignant l'immense comptoir.

— Nous, on sert pas au comptoir. Y a un café en face, si vous voulez. »

Sic.

Je crois tout de même qu'il n'y a qu'en France que ça peut arriver, un truc pareil, depuis que l'URSS s'est effondrée – qu'est-ce que tu en dis ?

Passons. L'eau a coulé sous les ponts depuis 1965, on dirait, et je doute que les esprits de Maître Trassard et sieur Jean Louis Lebris de Kerouac se donnent encore la peine de visiter cette usine à soulager les touristes de leur surnuméraire.

Mais voilà ce que disait Kerouac du temps qui suivrait sa mort, toujours dans son magnifique *Satori à Paris* : « Quand Dieu dira : "Je suis vécu", nous aurons tous oublié à quoi rimaient toutes ces séparations. »

27, rue Saint-André-des-Arts :
il vous manque une plume,
et vous vous envolez

À en croire les spécialistes de la préhistoire, l'emplacement géographique de Paris avait déjà une valeur stratégique à l'âge du bronze, il y a presque quatre mille ans. Deux voies de communication se croisaient là. La première venait de la péninsule Ibérique, traversait la Loire au niveau d'Orléans puis la Seine au niveau de l'île de la Cité, avant de monter vers les Flandres ; c'est par là que les métaux, le cuivre et l'étain, étaient acheminés du sud vers le nord, où ils étaient troqués contre des fourrures et de l'ambre. L'autre voie allait d'est en ouest : on estime qu'il existe un immémorial chemin « beurton » ou breton, qui longeait la Seine jusqu'à l'Atlantique. Or, les préhistoriens s'accordent à penser que son tracé correspond précisément à l'actuelle rue Saint-André-des-Arts.

Aujourd'hui, les peuples de chasseurs-cueilleurs accompagnés de leurs troupeaux de rennes ont disparu, et c'est l'*homo touristicus* qui emprunte de préférence cet axe. Plusieurs indices attestent la fréquence de ses passages.

Primo, lorsqu'on vient de la place Saint-Michel, le regard est tout de suite frappé par le nombre très impressionnant de ronds de chewing-gums écrasés sur la chaussée. Battus par les semelles, dilatés par les chaleurs estivales et délavés par la pluie, ils ont perdu leur couleur et ce n'est qu'à la nuance de leur gris qu'on distingue encore s'ils étaient à la menthe, au citron ou à la fraise autrefois. Secundo, les enseignes des sandwicheries, des pizzérias, des restaurants libanais tenus par des Égyptiens ou des snacks grecs tenus par des Turcs se succèdent à un rythme rapide. Car c'est bien connu : *homo touristicus* a de terribles fringales et ne s'alimente que sur le pouce, en plein air. Tertio, les menus de cette rue sont traduits en quatre langues et, comme si cela ne suffisait pas, des rabatteurs polyglottes alpaguent toute personne qui leur semble trop blonde ou trop brune pour être de nos contrées.

Je m'arrête un moment pour contempler la façade du 27, rue Saint-André-des-Arts, un vrai cas d'école (cet immeuble, précisons-le, fut intégralement restructuré par l'architecte Claude-Louis d'Aviler en 1748, qui déploya un zèle particulier, puisqu'il l'habita lui-même. Cela en fait une des réalisations les plus parfaites du style Louis XV en architecture, avec cette corniche moulurée courant sous le toit, ces linteaux de fenêtres de forme arrondie, ces balcons courbes également et ce portail mégalomane). De part et d'autre de la porte cochère, il y a une crêperie.

Nous sommes venus souvent ici tous les deux car, à l'instar des touristes, tu adores manger des crêpes à Paris – c'est ton côté provincial.

Les crêperies jumelles du 27, rue Saint-André-des-Arts proposent exactement la même carte, avec des prix identiques. Normal, elles appartiennent au même propriétaire. Entre elles, la différence n'est que de décor. L'établissement de droite a opté pour le style marin, d'ailleurs il s'appelle Crêperie des pêcheurs. Dans la vitrine sont exposés des sextants, des lampes-tempête de chalutier, des bateaux en bouteille, des galets peints, des statuettes de vieux loups de mer en caban fumant la pipe ; l'intérieur est à l'avenant, en palissandre sombre, avec des rambardes de cuivre et des hublots. À gauche, la Crêperie des arts doit avoir été aménagée à la fin des années 1970. Avec une démagogie frôlant le ridicule, l'architecte d'intérieur a tenté d'y abolir les angles droits, aménageant tables et bancs dans des alvéoles en stuc. De surcroît, il a disposé des statues dans la salle exiguë, sur des piédestaux de plâtre, l'une représentant une danseuse de Degas, l'autre un Apollon naïf ou une Shiva à laquelle il manque quelques bras ; c'est comme s'il avait voulu rassembler les chefs-d'œuvre de la culture universelle dans la maison des Barbapapas. Autant la Crêperie des pêcheurs est rustique, grinçante et inconfortable – autant la Crêperie des arts est insonorisée, osmotique et douillette. D'accord, les crêpes sont les mêmes et elles sont préparées, dans un cas comme dans l'autre, par des cuisiniers pakistanais, mais ce sont bel et bien deux visions du tourisme – et de la restauration – qui s'affrontent ici. Entre le simulacre d'une tradition locale et l'extase déterritorialisée, entre la pénombre sentant l'encaustique et l'œuf de lumière, entre l'austère sobriété de la cabine de marinier et le décor de film porno vintage, chacun est libre de choisir. Hélas, chaque fois que nous sommes venus manger ici, à ton initiative – et malgré mes critiques amusées –, nous avons opté pour la Crêperie des arts.

Voilà le genre de choix cornélien qui s'imposait à nous lorsque nous vécûmes la *période des petits restos*. Il ne m'est pas arrivé très souvent de vivre le début d'une histoire d'amour, trois à quatre fois tout au plus, et pourtant j'ai remarqué qu'en ces temps bienheureux où le quotidien prend des allures de fête et où une soif sexuelle inextinguible embrase les corps, on est poussé par une force mystérieuse à *manger dehors*, même lorsque le compte en banque est déjà sec. Oh, on ne se rend pas dans des lieux extravagants, on n'exige pas de la gastronomie de haut vol bien sûr, cependant il faut croire qu'un couple débutant a besoin de sortir pour dîner, comme s'il était sacrilège de se confronter d'entrée de jeu aux rites domestiques de la préparation des repas et de la vaisselle. *J'aime*, ce sentiment est si neuf et si fort que j'ai le droit d'être servi, qu'on m'apporte ma pitance à table pendant que je parle des couleurs de l'existence, que je compare les anciennes aux nouvelles. Entre nous, Jeanne, cela s'est passé ainsi. Quelques semaines ou quelques mois durant, nous avons traîné chez les Japonais de la rue Monsieur-le-Prince, chez les Grecs de la Huchette, dans les bars proposant planchettes de charcuteries et de fromages du quartier Mouffetard, dans les pizzérias et les crêperies de la rue Saint-André-des-Arts.

Un halo, une puissance invisible mais bien réelle émanait de nous et je pense que c'était dû, principalement, à cette teinte rouge qui te montait aux joues quand nous nous racontions nos tribulations sentimentalo-sexuelles passées, et aussi à la manière dont tu me regardais alors. Nous n'avons pas beaucoup vieilli mais il est une certaine façon de regarder-avec-passion dont seules les femmes très jeunes sont capables. Comment définir ce regard-traversé-de-feu sans tomber dans des images éculées, des clichés ? Disons que tu me contemplais en ce temps-là comme si j'étais un horizon lointain, un paysage de mer ou de montagne, et donc il n'y avait plus rien qui comptait, ni à côté ni en dehors. Oui, j'étais pour ton œil comme la totalité du monde. Cela, évidemment, a cessé. Nous avons continué à nous aimer, mais nous nous sommes habitués l'un à l'autre et j'ai repris ma juste proportion dans le macrocosme.

Durant la période des petits restos, nous nous attirions des commentaires à la volée. Un jour, un serveur nous disait : « Vous deux, il vous manque une plume, et vous vous envolez. » Un soir, c'est une voisine sexagénaire, qui avait de longs cheveux gris attachés en nattes, qui nous a glissé avec un sourire de matou à la fin du repas : « Profitez-en, pauvres cons. » Ou bien, on me lançait en pleine rue : « Elle est trop belle pour toi, ta meuf ! » Toujours est-il que, lorsque nous mangions à une table en tête à tête, nous créions comme une minitornade, l'attention des autres ne manquait jamais de converger vers nous. Et quand nous nous étions bien rechargés au désir que nous inspirions presque sans le vouloir, quand nous étions suffisamment ivres de notre souveraineté, nous allions chez toi ou chez moi et nous faisions l'amour.

Rue Gît-le-Cœur :
la langue a le pouvoir de changer queux en cœur

Tout a commencé par un avant-bras.

Comme tu le sais, j'ai toujours été d'une timidité maladive, et je t'avais remarquée longtemps avant d'oser t'adresser la parole. C'était à la bibliothèque où j'allais passer des après-midis entiers à bouquiner pour le plaisir toutes sortes de livres inutiles, piochés au hasard dans les rayonnages, au lieu de poursuivre les recherches que j'étais censé faire pour ma thèse – tandis que toi, chérie, tu avais repris des études, une formation continue, et tu avais négocié avec ton employeur deux après-midis de disponibilité par semaine que tu voulais rentabiliser au maximum. Il y avait ta chevelure d'un roux tirant sur le brun, infinie, mais ce qui me troublait surtout, quand je venais m'asseoir à la table où tu lisais, petites lunettes de myope sur le nez, prenant des notes avec une application endurante et sans faille, ce qui m'affolait c'était la chair de tes avant-bras nue.

Pas seulement parce que la peau en était constellée de taches de rousseur dont certaines, plus larges, étaient aussi plus sombres et plus denses, comme des ilots, pas seulement non plus parce que la consistance de tes avant-bras me paraissait, bien avant que je les caressasse pour la première fois, terriblement énigmatique, évoquant un compromis idéal entre le dodu et le ferme, entre la ouate et le caoutchouc, mais à cause d'un détail qui m'émeut toujours chez les femmes : la pilosité des avant-bras. Tu fais la grimace, bien sûr, je n'ai jamais osé t'en parler et maintenant c'est seulement en pensée que j'ose cette confession ridicule. Cependant, tu vois, je suis fasciné par les avant-bras féminins qui ne sont ni glabres, ni touffus, mais clairsemés de poils courts et follets, plus sombres que la chevelure, capricieux, ne respectant aucun plan d'implantation, et infiniment réceptifs aux frissons et à l'électricité statique, se dressant pour un rien, un courant d'air, un accès fugace de stress. Tes avant-bras étaient simplement les plus beaux que j'eusse jamais vus. La qualité du brun de ces petits poils démentait le feu de ta chevelure et dénotait chez toi une nature plus ombreuse et plus affirmée. Et puis, j'aimais bien aussi l'articulation de ton poignet, petit os saillant vers le haut, juste en dessous de la main, comme la tête d'une aiguille à tricoter, mais aussi le coude qui, j'avais pu le vérifier en t'observant à la manière des timides, à la dérobée, n'était en rien rugueux ni écailleux. Oui, ton avant-bras avait l'aspect d'une douce dune de sable sur laquelle poussaient en désordre des herbes sauvages, rares et brûlées par le sel. Il me fallut déployer des efforts d'observation bien supérieurs encore pour découvrir la face interne de tes bras, ces étendues de peau livide et fine sous lesquelles passaient, détail émouvant, des veines bleues dessinées comme des ruisseaux. Je n'avais qu'une envie, c'était de te saisir furieusement par les poignets et de t'embrasser à en faire dégringoler les lunettes studieuses qui te donnaient l'air de ce que tu étais à l'époque, une secrétaire.

Un jour, j'ai enfin proposé de t'offrir un café instantané au distributeur, et nous avons discuté. Tu m'as indiqué tes jours de présence à la bibliothèque, le mercredi et le vendredi de quatorze à dix-neuf heures, je m'en souviens encore, et ces plages temporelles se sont mises à illuminer ma semaine, j'ai réorganisé ma vie en fonction d'elles. J'aimais rester au long de ces heures à côté de toi ; j'aimais aussi que nous fussions silencieux, chacun plongé dans ses lectures. En vérité, mon esprit battait la campagne et les lignes se mélangeaient, les mots dansaient la sarabande devant moi. Ce n'est pas que je ne comprenais pas ce que je lisais, mais la signification des phrases s'entortillait en permanence à la curiosité que j'éprouvais pour ton corps. Car, tu sais, durant ces après-midis, je te respirais continûment, comme une fleur. J'inspirais discrètement, aussi à fond que mes poumons le permettaient, et de cette façon je te faisais descendre en moi, je t'inhalais. Par une sorte de naïveté de jeune homme qui évalue mal la coquetterie des femmes et le savant outillage qu'elles ont à leur disposition, j'étais alors incapable de faire la différence entre ton eau de toilette – citronnée, printanière – et le parfum de ton corps. Tu avais pour moi tout entière cette fragrance acide et fraîche d'agrume ou de fleur blanche qui donnait une touche d'évanescence à ta beauté. Je crois que ces séances de contemplation de tes avant-bras et d'inhalation de tes molécules les plus volatiles m'auraient suffi, que je n'aurais jamais fait un pas de plus et m'en serais tenu à la relation de camaraderie superficielle qui s'était tissée entre nous si un soir, au moment de partir, tu ne m'avais dit sur un ton qui n'admettait aucune repartie : « Viens prendre un verre chez moi. »

Comment nous avons fait l'amour pour la première fois, je ne saurais trop le raconter, tant ce fut pour moi l'expérience d'une déflagration, ta nudité faisant tourner sous mes yeux un kaléidoscope d'émotions morcelées, sans que jamais ne se stabilisât une image d'ensemble. Il y avait la douce langue de petits poils quasiment invisibles parcourant ton plexus solaire, s'étalant de ta gorge jusqu'à ton nombril. Et ton nombril lui-même, orné d'un petit diamant qui révélait ton côté diablesse. Et les trois grains de beauté strictement alignés, comme s'ils avaient été posés au stylo le long d'une règle, à gauche de ton ventre. Mais aussi la cicatrice d'une opération de l'appendicite, ourlet plus clair sur ta peau sanguine ; tes aisselles rasées, dures comme du papier de verre ; l'os de tes genoux mou et blanchâtre comme un pilon de poulet ; l'autre piercing que tu dissimulais par tes cheveux, en haut de ton oreille ; la chaînette dorée que tu portais à la cheville droite ; la pointe de tes seins concurrencée par les nombreuses éminences des glandes sébacées presque aussi grosses et disposées en couronne autour d'elle ; la vulnérabilité soyeuse de ta nuque ; tes tempes où les veines se mirent à crépiter pour m'envoyer des messages en morse ; les dernières côtes de ta cage thoracique qui me faisaient penser, je ne sais pourquoi, à un piano ouvert ; ta langue d'un rose plus soutenu que tes gencives, elles-mêmes moins pâles que tes lèvres ; le mascara autour de tes yeux qui commençait à baver en nuages charbonneux ; l'aspect de peluche ébouriffée de tes sourcils mal épilés au centre, si bien qu'on voyait là encore quelques racines sectionnées ; le duvet de ta lèvre supérieure où la salive de nos baisers avait déposé des perles ; l'édredon douillet, émouvant de simplicité et d'abandon du seul pli de ton ventre ; la nuance azur tachée de marron de tes yeux, comme une source ou plutôt une résurgence limpide dans laquelle on aurait jeté un café... Tous ces détails s'agitaient devant moi et, si je peux les égrener comme les perles d'un chapelet, je serais bien incapable de recomposer la totalité de ton être à ce moment-là. Tu étais comme un ciel d'août d'un noir profond semé d'étoiles. Je crois d'ailleurs que c'est en raison de cette impression de vertige et de munificence, pour rattraper quelque chose de toi, de ta vérité unique, comme on voudrait retenir de l'eau dans ses mains – mais c'est idiot, n'est-ce pas ? – que je t'ai dit, dès la première fois, oubliant la prudence : « Je t'aime. »

Il faut dire que, même à trente ans passés, je débutais. L'adolescence fut pour moi une période assez bête, vécue la tête dans les livres. Je préférais la compagnie des auteurs morts à celle des garçons de mon âge, dont les centres d'intérêt m'indifféraient, sans parler des filles, qui m'inspiraient une espèce de crainte sacrée. Si bien que mon éducation sentimentale, ma conception des débuts d'une relation par exemple, je ne me les suis pas forgées *in situ*, au contact de la réalité rugueuse, mais plutôt en fréquentant, vers quinze ou seize ans, les auteurs surréalistes, au premier rang desquels André Breton. C'est dans les pages de *L'Amour fou* où Breton vante la magie convulsive de la rencontre, dans laquelle il voit un hasard objectif et une coïncidence astrologique, que j'ai puisé ce qui constitue, aujourd'hui encore, les éléments de base de ma grammaire affective. C'est à Breton que je dois cette idée que la femme aimée vous apparaît progressivement, à travers des présages et des étincelles, comme la traîne d'une comète.

Lorsque Breton évoque la rencontre qui fut décisive pour lui, celle de Jacqueline Lamba, qu'il fit le 29 mai 1934, je comprends immédiatement les comparaisons qu'il utilise, si éthérées ou farfelues soient-elles. Quand il dit qu'elle a des cheveux « de pluie claire sur des marronniers en fleurs », que son sourire évoque « un écureuil tenant une noisette verte » ou encore qu'elle a un « teint rêvé sur un accord parfait de rouillé et de vert », teint qui surpasse le souvenir « d'une petite fougère inoubliable rampant au mur intérieur d'un très vieux puits » sur lequel il s'est penché à Villeneuve-lès-Avignon, je n'ai aucun effort de compréhension à faire, c'est comme si Breton s'adressait à moi par télépathie.

Il existe sans doute des hommes qui, lorsqu'ils s'éprennent d'une femme, sont captivés par la qualité d'une *âme*, qu'ils s'imaginent voir en transparence derrière les traits du visage. Mais ce n'est pas mon cas : je n'avais aucune idée de ton âme ou, pour employer un terme moins grandiloquent, de ta personnalité, lorsque je suis tombé amoureux de toi, et d'ailleurs je ne t'envisageais pas comme une *unité psychologique*, mais plutôt, à l'instar de Breton avec les femmes qui lui plaisaient, comme une *multiplicité symbolique*. Tu avais dans mon esprit les couleurs et les contours fluctuants d'un rêve.

Après l'adolescence, je me suis bien sûr rendu compte que cette conception de l'être aimé comme illumination, comme dispersion de flammèches ou galaxie en formation, était inopérante et même dangereuse, car elle m'a enchaîné à des filles qui n'étaient pas faites pour moi, dont le caractère n'était pas compatible avec le mien, bref je me suis aperçu de l'aberration et de l'immaturité d'un tel goût de l'enchantement sans explication et pourtant, vois-tu, je n'ai jamais pu m'en défaire, je n'ai jamais souhaité que l'amour fût autre chose qu'une manière de s'aventurer dans une forêt obscure.

Je me suis senti bien seul, durant ces longues années que j'ai mises à perdre mon pucelage – ce qui ne m'est finalement arrivé, comme tu le sais, qu'à vingt et un ans, un record pour ma génération ! Mais peu importe, je n'avais pas envie d'étreindre trop vite le réel ; je préférais me promener dans les rues de Paris en recherchant des hasards miraculeux et des correspondances poétiques, les yeux embués par l'espérance.

Combien de fois ne suis-je pas revenu, à cette époque, à la rue Gît-le-Cœur, dont le nom me fascinait, voie très ancienne qui part de la Seine et dont la perspective est fermée par l'immeuble du 27, rue Saint-André-des-Arts ? Chaque fois que j'y revenais, en plein milieu de ce Quartier latin où la splendeur des passantes me ravageait la cervelle, le panneau indicateur me faisait sursauter. *Rue Gît-le-Cœur* : ce nom provoquait une commotion, tant il résumait mon état d'esprit. J'avais le sentiment que c'était mon cœur à moi qui gisait là, sur la chaussée.

Rue Gît-le-Cœur : en fait, le génie poétique de cette appellation, à laquelle André Breton fut sensible en son temps, recouvre une histoire bien prosaïque. Au XIIIᵉ siècle, cet endroit s'appelait la rue « Gilles le Queux », du nom d'un cuisinier qui y tenait son auberge, et petit à petit, par déformations successives, le toponyme s'est transformé en « Guy le Queux », puis « Gui le Preux », puis « Guille Queulx », puis « Villequeux », et l'orthographe définitive n'en fut arrêtée que par une ordonnance du 11 août 1844. N'empêche, j'aime penser à ce vagabondage étymologique et me dire que, le temps aidant, la langue a le pouvoir de changer « queux » en « cœur ».

Rue Gît-le-Cœur. Le monde est petit, tu sais, et c'est là qu'André Breton a finalement emmené Jacqueline Lamba, le soir du 29 mai 1934. Il l'avait abordée en début de soirée place de Clichy. Ils ont pris ensemble un premier verre, dans un bar qui existe encore, le Cyrano, et puis elle l'a laissé en plan, pour aller donner une représentation au Coliseum, une piscine reconvertie en music-hall où elle se produisait comme danseuse aquatique (Jacqueline Lamba avait un buste phénoménal, pourtant elle n'était pas seulement une danseuse de cabaret, loin de là. Elle venait d'un milieu plutôt aisé. Son père, ingénieur agronome, était mort dans un accident de voiture à Héliopolis alors qu'elle avait deux ans. Elle avait étudié les beaux-arts, fréquenté les milieux anarchistes et libertaires, enseigné le français en Écosse et en Grèce. Elle peignait, écrivait, rêvait de devenir artiste. C'est pourquoi la danse aquatique, numéro de nu dans lequel elle excellait, n'était pour elle qu'un gagne-pain transitoire). Après le spectacle, Jacqueline a rejoint André, ils sont allés s'attabler dans un autre café qui existe encore, au métro Anvers, Les Oiseaux. L'établissement a fermé ses portes à deux heures du matin. Ils se sont alors dirigés à pied vers les Halles – car à cette époque, c'est là qu'on terminait sa soirée – et sont entrés au Chien qui fume, brasserie qui existe toujours. Ensuite, ils ont repris leur balade nocturne, sont passés sous la tour Saint-Jacques, ont traversé le Pont-au-Change, et André Breton l'a adroitement menée jusqu'à la rue Gît-le-Cœur pour l'inviter à monter avec lui dans un petit hôtel.

Quelques jours plus tard, en se rasant le matin, transi par la puissance de cet amour naissant, Breton s'aperçut qu'il avait écrit longtemps auparavant, en mai ou juin 1923, un poème intitulé « Tournesol », qui était en fait une prophétie, puisqu'il racontait en langage codé toute la séquence de cette soirée (dans l'œuvre de Breton, soit dit en passant, les prédictions ne sont pas rares, j'en ai relevé plusieurs. Pour ne te donner qu'un exemple, dans la « Lettre aux voyantes », texte composé en écriture automatique en 1925, il écrit : « Il y en a qui prétendent que la guerre leur a appris quelque chose ; ils sont tout de même moins avancés que moi, qui sais ce que me réserve l'année 1939 »). Mais voici la manière dont « Tournesol » anticipe la première étreinte avec Jacqueline :

> « Rue Gît-le-Cœur les timbres n'étaient plus les mêmes
> Les promesses des nuits étaient enfin tenues
> Les pigeons voyageurs les baisers de secours
> Se joignaient aux seins de la belle inconnue
> Dardés sous le crêpe des significations parfaites
> Une ferme prospérait en plein Paris
> Et ses fenêtres donnaient sur la voie lactée. »

Le 14 août suivant, Jacqueline Lamba et André Breton se marièrent. Un an après, ils eurent une petite fille qu'ils baptisèrent Aube. Plus tard encore, les difficultés financières s'abattirent sur le couple, qui se déchira, se sépara...

Quoi qu'il en soit, je partage avec Breton cette idée que l'on ne tombe pas amoureux, que cela n'a rien d'une chute, et que l'opération par laquelle l'amour germe dans nos cœurs relève bien davantage du jeu de piste ou de la chasse au trésor. On suit des signaux énigmatiques dans la nuit, qui nous font dériver de notre trajectoire ordinaire et nous guident à travers les territoires de l'imaginaire et du fantasme – oui, l'amour pour moi a toujours ressemblé à une dérive psychogéographique, et lorsque je t'ai serrée nue dans mes bras pour la première fois, mon exaltation tenait précisément à la certitude intense que j'éprouvais d'être en train de me perdre.

Un jour, en fouinant dans le bac d'un bouquiniste, je suis tombé sur un petit livre en format poche, à la couverture noire cornée, intitulé *Rue Gît-le-Cœur*. Sans la moindre hésitation j'ai acheté ce fascicule d'une centaine de pages et suis allé le lire à la terrasse d'un café. L'auteur, Vitezslav Nezval, n'était autre que le chef de file du groupe surréaliste tchèque. Il était venu à Paris en juin 1935 pour participer au Congrès international des écrivains pour la défense de la culture, noyauté par les bolcheviks, et surtout pour rencontrer André Breton et toute la bande parisienne – Aragon, Éluard, Péret, Tanguy... C'est de ce voyage que Nezval a tiré un court récit, un peu candide.

À vrai dire, le livre de Nezval n'est pas marqué au sceau du génie et ne perce pas à jour le caractère envoûtant de la rue qui lui donne son titre ; de ce côté, je n'en ai tiré aucune lumière supplémentaire. L'auteur se révèle, au fil des pages, très influençable – il insère quelques poèmes de son cru qui sont de purs pastiches d'Apollinaire et voue à André Breton une admiration absolue, souvent pesante. Comme il est épris de justice et de pureté, il se sent aussi attiré par l'idéal communiste, avec la même ferveur d'écolier. Contrairement à ce qu'il escomptait, le Congrès international des écrivains pour la défense de la culture s'est transformé en une pantomime tragi-comique. Représentant le parti communiste russe et défendant la ligne du réalisme social, Ilya Erhenbourg est monté en tribune pour décrire les surréalistes comme des petits bour-geois décadents s'intéressant au rêve et à la pédérastie. Sans hésiter, André Breton s'est levé pour lui flanquer une bonne paire de claques. Nezval fut empêché de lire la communication qu'il avait préparée, une défense du surréalisme. En marge de ces séances cacophoniques, l'un des plus grands écrivains de cette génération à mon goût, René Crevel, à la santé ébranlée par la cocaïne et par les excès, s'est suicidé.

Difficile, après un tel fiasco, de continuer d'espérer concilier engagement communiste et avant-garde poétique, révolution prolétarienne et subversion des codes de l'art académique... Nezval s'est retrouvé livré à lui-même et à ses doutes. Avant de partir, il décida de se rendre une dernière fois rue Gît-le-Cœur – j'ai oublié de te dire qu'il y avait là un bar, qui n'existe plus de nos jours, où Breton et Éluard avaient leurs habitudes. Mais il ne poussa pas cette balade jusqu'au bout, désorienté qu'il était.

« Comme je savais que j'allais bientôt quitter cette ville, je revoyais souvent, en pensée, et apparemment sans raison, la rue Gît-le-Cœur. Un matin, je suis sorti avec mon appareil photo-graphique pour capter le charme de ces lieux de Paris où je revenais le plus souvent. Mais à peine arrivé aux abords de la rue Gît-le-Cœur, brus-quement, comme si j'avais été mordu, je me suis ravisé. Et pourtant, j'attendais encore quelque chose qui eût pu me prouver à nouveau que le rêve n'était pas fini. »

S'il en est une qui n'en avait pas encore terminé avec les rêves, et qui sut traverser les orages de la guerre en restant fidèle à sa vocation première (contrairement à Nezval qui vira stalinien et devint le grand poète officiel de la Tchécoslovaquie communiste après 1945), c'est bien la rue Gît-le-Cœur. À tel point qu'après les surréalistes, et par l'un de ces tours que réserve l'Histoire, sans que l'influence de Breton ni le poème du « Tournesol » n'y fussent pour rien, elle servit de berceau à une nouvelle avant-garde : en effet, les ténors américains de la *beat generation* y établirent leurs quartiers.

Au 9, rue Gît-le-Cœur, il y avait un petit hôtel, sans enseigne, tenu par M. et Mme Rachou depuis 1933 (j'ignore, soit dit en passant, si c'est dans cet immeuble qu'André et Jacqueline passèrent leur première nuit). Ayant l'esprit ouvert, les Rachou accueillaient volontiers les artistes, ils acceptaient d'allonger les ardoises ou de solder les dettes de leurs locataires en échange d'un manuscrit original ou d'une peinture. Dans le petit bar que tenait Mme Rachou, au rez-de-chaussée, on chantait et on buvait sec autour du poêle, dans une atmosphère bohème où les clodos de la Huchette se mêlaient aux artistes expérimentaux. Il y avait une quarantaine de chambres, des toilettes à la turque à chaque étage et de l'eau chaude seulement trois jours par semaine, les jeudi, vendredi et samedi. En 1957, M. Rachou mourut dans un accident de voiture et c'est sa veuve, petite bonne femme sèche et increvable comme un cep de vigne, qui fit face seule à la clique des beatniks arrivant en troupes joyeuses de Californie et de New York. Une descendante de la vieille et misérable paysannerie de Haute-Normandie – les Rachou étaient originaires des environs de Rouen – se retrouvant confrontée, à l'âge où les vieux d'aujourd'hui sont depuis longtemps en institution, aux plus jazzy, aux plus camés et aux plus bouddhistes des *hipsters* américains, telle est la confrontation improbable qui fit les plus riches heures de l'établissement.

William Burroughs habita ici de 1958 à 1962, occupant successivement les chambres quinze, dix-huit, vingt-neuf, trente, trente et un et trente-deux ; l'un de ses compères, Brion Gysin, se souvient qu'il tenait les fenêtres hermétiquement closes, qu'il y déambulait « dans un nuage ecto-plasmique de fumée » en interprétant à haute voix, comme un chaman en transe, les rôles des personnages de ses romans en cours. Il ne tapait à la machine qu'une petite portion de ses improvisations, laissant le reste suivre le destin de la fumée...

Non seulement c'est au Beat Hotel que William Burroughs termina *Le Festin nu* (ou, pour être plus proche de la vérité, que ses amis assemblèrent les divers lambeaux de ce texte et l'éditèrent) ; qu'Allen Ginsberg composa *Kaddish*, bouleversante méditation en vers sur la mort de sa mère écrite sous amphétamines ; que Gregory Corso accoucha de son poème le plus connu, *The Bomb* ; que fut mise au point la *dream machine*, stroboscope à contempler les paupières fermées, dont les flashs frappent le nerf optique et provoquent des visions hallucinées ; que le photographe anglais Harold Chapman prit les photos les plus célèbres des artistes *beat* ; mais c'est encore dans ce garni sentant l'urine de rat, le chou-fleur, les relents de vinasse et de chique que Burroughs et Gysin inventèrent un nouveau mode de création artistique – le tempo du lieu interdisant toute forme de travail discipliné –, le *cut-up*. Moins subjectif que l'écriture automatique des surréalistes, le *cut-up* réserve aussi une place plus importante à l'aléatoire : la technique consiste à rédiger un texte, à le découper en bandelettes, en séparant tantôt des phrases et tantôt des groupes de mots, pour réassembler l'ensemble en tirant les fragments d'un chapeau, au petit bonheur la chance. C'est ainsi que Burroughs composa *La Machine molle* en 1961 et *Le Ticket qui explosa* en 1962 – ouvrages cultes, bien qu'illisibles.

Hélas, les meilleures choses ont une fin et à l'hiver 1962, Mme Rachou dut annoncer à ses locataires qu'elle vendait son garni. Burroughs s'en alla à regret : « Il y avait un chat gris au Beat Hotel. Il était à Madame. Quand elle a pris sa retraite, elle a déménagé et s'est installée de l'autre côté de la rue, racontera-t-il avec nostalgie. Elle semblait si triste là, comme le sont les gens qui partent en retraite. Elle avait des géraniums, un vieux menton gris et un vieux chat gros, et elle s'est effacée dans un fondu… »

Les nouveaux propriétaires du 9, rue Gît-le-Cœur réaménagèrent l'immeuble de fond en comble pour le transformer en un quatre-étoiles, auquel ils donnèrent son nom actuel, l'Hôtel-relais du Vieux Paris. Tout, de l'enseigne métallique avec ses lettrines enluminées dans un style vaguement moyenâgeux au salon, des tapisseries criardes aux canapés dégoulinant de coussins, des pans de mur laissés à dessein en pierre apparente aux nombreuses poutres artificiellement vieillies et passées au brou de noix, vise ici à satisfaire les attentes convenues des *seniors* de l'*upper class* américaine voulant passer un week-end romantique à Paris.

Comble d'ironie, si tu te penches aujourd'hui sur les baies vitrées de cet établissement aussi discret que luxueux, tu verras, sur les murs, de petits cadres avec un liséré doré, comme s'il s'agissait de gravures de chasse. Si tu amincis vraiment la fente de tes yeux, tu reconnaîtras les photos de Chapman. Sur l'une d'elles, on voit Allen Ginsberg et son amant Peter Orlovsky, fous d'amour, qui rayonnent de bonheur dans leur mansarde *beat*.

Mais ne t'en fais pas… S'ils ont eu la peau du Beat Hotel, ils n'ont pas réussi à détruire son âme immortelle, qui s'est déjà réincarnée à deux reprises.

Sa première renaissance s'est faite dans un roman – *The Last Museum*, de Brion Gysin, publié en 1985. Voici ce qu'en dit l'auteur : « Mon idée est que mon héros meurt et trouve le vieux Beat Hotel… Cela devient une sorte de Bardo tibétain pour lui : sept étages, sept chambres à chaque étage, et il doit passer par tous les étages de l'hôtel. » Mme Rachou et son chat jouent le rôle de Virgile dans la *Divine Comédie*, qui guident le héros dans ce royaume des morts… Le roman, rempli de clés et de serrures, de métaphores cryptiques, n'a pas été un succès et n'a jamais été réimprimé – et pourtant il a frappé l'imagination d'un certain Steven Lowe, curateur d'une partie des œuvres graphiques de Burroughs, qui décida de faire construire un musée-hôtel dédié aux *beatniks* à Desert Hot Springs en Californie.

Et voici la seconde renaissance de chez les Rachou : à neuf mille kilomètres d'ici, en plein désert californien, il est un lieu ressemblant, de l'extérieur, à n'importe quel motel anonyme. Quelques casemates peintes en blanc, avec une aire de parking et une piscine. L'établissement compte huit chambres, chacune équipée d'une machine à écrire. Les meubles datent des années 1950 et des peintures de Burroughs – d'abscons barbouillages, avouons-le – les décorent. Il s'appelle le Beat Hotel.

Si, un jour, nous en avons les moyens, j'aimerais bien t'emmener passer une nuit là-bas. Les fenêtres donnent sur la vallée de Coachella, avec son paysage désertique hérissé de palmiers et des montagnes blanches en guise de *skyline*. Au petit matin, le corps poissé par l'océan de nos caresses, les muscles détendus, tes seins nus couverts par les draps, nous pourrons nous redire avec ferveur ces vers de Breton qui n'auront jamais sonné aussi juste :

> « Rue Gît-le-Cœur les timbres n'étaient plus les mêmes
> Les promesses des nuits étaient enfin tenues… »

Quai des Grands-Augustins :
la capitale du XXIᵉ siècle

Encore aujourd'hui, j'ai peine à me rappeler l'état de gaieté, d'excitation légère dans lequel je me trouvais, enfant, chaque fois que ma mère m'emmenait voir la Seine. Nous habitions un quartier légèrement excentré, derrière la place Gambetta dans le vingtième arrondissement – avant de déménager près d'Anvers, dans le neuvième –, et par conséquent ces visions de la Seine n'étaient pas fréquentes, mais réservées aux *grandes sorties*. Pour moi, c'était un peu comme aller à la mer.

Devant la largeur du fleuve – que, du haut de ma petite taille, je trouvais immense –, face au courant obstiné de ses eaux verdâtres, j'avais l'impression d'être confronté à la volonté sourde de la nature, d'assister au déploiement de forces élémentaires, comme si c'était un océan qui roulait à mes pieds sa masse et ses délires lunaires. Les algues qui s'accrochaient aux parois des quais, les troupes de canards frileux, les grands oiseaux qui survolaient le miroir des eaux et, par-dessus tout, les vaguelettes qui animaient la surface du fleuve, comme autant de ridules sur la peau d'un rhinocéros, me dépaysaient. J'étais un gamin de la ville, j'avais grandi la bille sur l'asphalte et d'un coup, il n'était plus question de murs ni de perspectives avares, l'horizon m'était donné. J'aurais pu passer des heures, alors, abîmé dans la contemplation des courants et des remous, des brisures de lumière, des labours profonds laissés par les bateaux-mouches dans l'énormité compacte des flots. Cette émotion s'est atténuée lentement, au fil du temps. À bicyclette, en bus, à pied, je traverse la Seine si souvent désormais que j'aurais tendance à n'y même plus prêter attention.

Malgré le mouvement que lui imprime la Seine, Paris est de l'avis de la plupart des observateurs une ville mesquine, repliée sur elle-même et tournée vers son passé. Paris fut la capitale du XIXe siècle comme New York celle du XXe, a-t-on coutume de s'entendre dire et répéter. Mais aujourd'hui, le pôle de développement du système s'est déplacé, la planète a changé de centre de gravité et la capitale française n'a guère de rôle à jouer dans le XXIe siècle, sinon celui d'un musée élégant où se presseront des foules de touristes toujours plus nombreuses.

Quelle pourrait être la capitale de notre siècle débutant ? Il faudrait sans doute la chercher du côté des villes du Sud qui abolissent les ordres de grandeurs, de ces régions du monde où la poussée verticale de l'humanité n'est pas un processus enrayé, où l'appât du gain et l'esclavage, les puissances conjointes du capitalisme et de la tyrannie continuent de faire des miracles. Ce sens de la démesure, cette ambition mégalomane sévissent par exemple dans le district de Pudong, rattaché à Shanghai. Au début des années 1990, ce n'était encore qu'un marécage occupé par la riziculture et des chantiers navals à l'abandon ; on y apercevait des carcasses de cargos rouillant au milieu des brouillards denses couvrant cette côte deux cent quatre-vingt-dix jours par an. C'est sur ces terrains gluants, dans cette zone délaissée par les plans d'industrialisation maoïstes, grande comme cinq fois Paris intra-muros, qu'en deux décennies seulement une ville futuriste de trois millions d'habitants a poussé. Sa *skyline* a d'abord été dominée par l'Oriental Pearl Tower, sorte de bilboquet prolongé par une flèche aiguë culminant à quatre cent soixante-huit mètres, jusqu'à l'achèvement en 2008 du Shanghai World Financial Center, quatre cent quatre-vingt-douze mètres, la plus haute tour de Chine à ce jour, ressemblant quant à elle à un décapsuleur biseauté. Entre ces deux édifices, la Jin Mao Tower, avec ses quatre-vingt-huit étages et ses quatre cent vingt et un mètres d'altitude, tient aujourd'hui le second rôle ; elle manque de caractère comme de fantaisie, puisqu'au point de vue architectural ce n'est rien d'autre qu'une reproduction janséniste de l'Empire State Building, privé de ses lumières et de ses surfaces rutilantes, en béton armé.

Si le critère est la folie des grandeurs, la course icarienne vers le zénith, c'est probablement en Chine que s'affirmera la capitale de notre jeune siècle, et la mise sera remportée par Shanghai ou par Pékin, soit par le poumon économique ou la tête politique de l'empire. Le nouvel aéroport de Pékin, achevé pour les Jeux olympiques de 2008 et réalisé d'après les plans de Sir Norman Foster, a la forme d'un dragon de trois kilomètres de longueur. Pour sa construction, neuf villages ont été rasés, près de dix mille personnes expropriées. Cinquante mille ouvriers y ont travaillé de jour comme de nuit. Quant au quartier général de la CCTV, siège de la chaîne de télévision officielle et organe majeur de la propagande du parti communiste chinois, il a été dessiné par une star européenne, le plus libertaire, le plus branché et le plus jouisseur des architectes soixante-huitards, le Hollandais Rem Koolhaas ; il aura fallu pas moins de cent mille tonnes d'acier pour édifier cette boucle trapézoï-dale défiant la pesanteur, ce bâtiment formant un coude en plein ciel avant de retomber sur le sol, lézard aux écailles de verre gris-bleu se mordant la queue à deux cent trente-quatre mètres d'altitude.

À moins que ce ne soit finalement l'émirat le plus riche de la péninsule arabique qui coiffe au poteau l'orgueil de la République populaire de Chine. Avec ses huit cents mètres de hauteur, le Burj Dubaï se dresse au-dessus des sables déser-tiques comme une citation théologique, une convulsion du péché tout droit sortie du cycle de la révélation abrahamique, l'ultime avatar de la tour de Babel dont l'insolence ne semble obéir à aucun dessein, ne servir à rien, sinon à titiller la colère de Dieu. Dans la baie de l'émirat, j'ai lu qu'un hôtel baptisé Hydropolis est en cours de construction, qui comptera deux cent vingt suites immergées dans les eaux, avec des murs en Plexiglas transparents, permettant de dormir au cœur du silence abyssal. Conçues pour résister à des tirs de missiles et des attaques de sous-marins terroristes, ces demeures du fond des mers offriront à leurs occupants, la nuit venue, des spectacles de bulles et de jets de sable colorés par des lasers et des flashs stroboscopiques, véritables feux d'artifice aquatiques, visions que n'aurait pas reniées le capitaine Nemo après avoir fumé une pipe d'opium.

Chacune de ces nouvelles réalisations, de ces prouesses techniques qui défient les limites de la résistance des matériaux provincialise davantage notre pauvre Paris, lequel ressemble de plus en plus à un vieillard moulu de rhumatismes. Nous avons cessé d'en imposer. Notre luxe dégénère en simple confort. En arpentant New York au début des années 1980, Baudrillard s'en plaignait déjà : « À Paris, le ciel ne décolle jamais, il ne plane pas, il est pris dans le décor des immeubles souffreteux, qui se font de l'ombre les uns aux autres, comme la petite propriété privée – au lieu d'être la façade miroir vertigineuse les uns des autres, comme celle du grand capital à New York… Ça se voit aux ciels : l'Europe n'a jamais été un continent. Dès que vous posez le pied en Amérique du Nord, vous sentez la présence d'un continent entier – l'espace y est la pensée même. » Il suffit d'avoir un peu voyagé pour se rendre compte que la capitale française manque d'ampleur, qu'elle ne part pas suffisamment à l'assaut de l'air, de la terre et de l'eau. Tassé sous son ciel, Paris somnole dans son bain pluvial, mal assis sur ses gypses friables et ses collines marneuses. Rem Koolhaas l'exprime lui aussi, dans son style typique de gourou postmoderne : « La *Bigness* flotte

au-dessus de Paris comme une couverture métallique de nuages, qui promet un renouvellement
potentiellement illimité mais indéterminé de
"tout", mais qui n'atterrit jamais, ne s'engage
jamais, ne revendique jamais sa place légitime. »
Que reste-t-il à espérer, en termes d'urbanisme,
dans de telles conditions ? « Paris ne peut devenir que plus parisien, diagnostique Koolhaas
– il est déjà en train de devenir hyper-Paris, une
caricature vernie. »

Cependant, je t'entends déjà qui voudrais
contre-attaquer : « C'est possible, mais moi je me
sens bien ici et je n'irais certainement pas vivre
ailleurs. Ni à Dubaï, où il n'y a rien qu'un étalage
de mauvais goût et de consumérisme climatisé,
ni à Shanghai, où quelques splendeurs sont pri-
sonnières d'un catafalque de ciment impersonnel
et surpollué... On s'en fiche pas mal, au bout
du compte, de ne pas avoir de grandes tours,
non ? C'est comme se vanter d'avoir une grosse
bite, c'est un truc qui fait plaisir aux mecs, soit,
mais qui dans la pratique ne rend pas la vie
beaucoup plus heureuse. »
Et tu as raison, il est très probable que le critère de la taille ne soit pas pertinent et ne per-
mette pas d'élire la capitale du XXIᵉ siècle. Car
nous en avons peut-être fini avec le mythe du
Progrès. Vouloir monter toujours plus haut,
ramasser notre énergie vitale et les efforts de
notre intelligence pour battre les records de nos
prédécesseurs, c'était le combat cardinal de la
modernité. Or, tu pourrais affirmer avec quelque vraisemblance que la ville du XXIᵉ siècle
n'aura pas de nom, qu'elle s'étendra sur les cinq

continents comme une lèpre. Appelons-la la Ville Standard, si tu veux – ou Banalopolis.

La Ville Standard n'a pas de centre et s'accroît de plusieurs dizaines de milliers d'hectares chaque année. Elle recouvre les rivages du Japon et de la Ligurie, s'élargit par cercles concentriques autour de Paris et de Tours, de Marseille et de Francfort, mais aussi du Caire, de Sao Paolo, de Kuala Lumpur, de Johannesburg. À quoi bon vouloir lui assigner des limites géographiques ? La Ville Standard est l'habitat terminal de l'humanité, dont le modèle de développement s'inspire de Los Angeles. Voilà le topo : les promoteurs défrichent un bout du désert du Mojave, ils arrachent les arbres de Joshua millénaires, plantent des alignements de maisons en préfabriqué, tirent un raccordement à l'aqueduc voisin, des câbles électriques, et relient la périphérie à la périphérie par des autoroutes, créant ainsi une vaste toile, un lacis de tentacules indifférenciés où jamais l'œil ne s'arrête sur un monument ni sur un recoin charmant...

En aucun cas, avant l'apparition de la Ville Standard, on aurait pu imaginer que l'humanité ferait un jour de la colle un matériau de construction essentiel : or, c'est bien la colle qui fait tenir les cloisons de placoplâtre, les dallages, les faux plafonds et les faux parquets, les structures en PVC, les vitres qu'elle fait adhérer au plastique, au métal, au ciment... La laine de verre assure l'isolation des toits et des gaines de Polyester font office de fondations. Banalopolis a inventé l'architecture jetable. Elle a remplacé les places publiques par des centres commerciaux, ces fameux « *malls* » devenus les Mecque des régions suburbaines, tous plus ou moins calqués sur le même schéma, tel le Mall of America de Minneapolis qui compte cinq cent vingt-cinq magasins, dix-huit restaurants, vingt-sept fastfoods, un musée des dinosaures, des montagnes russes et un parc Lego, où les ascenseurs sont transparents pour éviter les agressions et où les plafonds des parkings ont été surélevés afin que le visiteur, en sortant de sa voiture, ne soit pas envahi par une violente angoisse claustrophobique l'obligeant à avaler deux Xanax ou à déguerpir en quatrième vitesse...

Tu vois, on pourrait même aller plus loin : dans la Ville Standard, ce ne sont pas les façades qui définissent les volumes des habitations, mais la gestion de l'air conditionné. En fonction du budget, de la météo locale, de la puissance des machineries qu'on peut installer dans tel bâtiment à usage privé ou public, les *space-planners* calculent la volumétrie idéale puis habillent à la va-vite ces masses d'air fraîches, respirables et optimisées de parois de tôle. À Banalopolis, la contrainte thermique a rendu fréquent l'usage des atriums, qui se multiplient dans les magasins, les banques, les bâtiments administratifs et même dans les villas des particuliers. En effet, l'atrium est la ruse suprême, la meilleure combine pour créer un volume vaguement aristocratique sans avoir à payer pour son refroidissement.

Dans la mesure où plus d'un être humain sur deux habite déjà l'immense Standard City, il est bien possible qu'elle soit la ville de notre siècle et que, de plus, c'est là qu'il faille s'établir pour être en phase avec l'Histoire, pour n'être pas à côté de la plaque. On aurait un point de vue plus juste sur le XXIe siècle en habitant à Créteil-Préfecture que dans le Quartier latin, à Pierrefitte que dans le Marais ou à Clichy-sous-Bois que dans le seizième arrondissement. Car il faut bien vivre quelque part, n'est-ce pas, mais le lieu où l'on élit domicile définira aussi le type de vérité qu'on sera capable d'entrevoir et, si l'on opte pour un centre-ville muséifié, on risque de finir avec une âme d'antiquaire.

Mais je sens que je ne t'ai pas convaincue. À la verticalité démente de Shanghai ou de Dubaï, à l'horizontalité de basse intensité de Banalopolis, tu continueras de préférer Paris, même au prix d'un relatif aveuglement sur le sens de l'Histoire. Et je ne saurais te donner complètement tort. D'ailleurs, il n'est pas exclu que l'intra-muros de Paris joue un rôle important quand même au XXIe siècle, ainsi que le centre de Rome, de Barcelone, de Cracovie, de Prague, de Venise ou encore de New York, versée désormais dans la catégorie des villes du passé. Car l'idée-force du XXIe siècle n'est plus le progrès mais la préservation. Comment mettre fin au ravage, comment ralentir l'accélération générale qui nous mène inéluctablement à la catastrophe ? Comment préserver des parcelles de beauté, un cadre vivable à l'heure de la surdensité et de la raréfaction des ressources ? Shanghai poursuit sur la lancée aveugle et prométhéenne du XXe siècle. Très bien… À l'inverse, Paris est une sorte d'image en réduction de la planète. La Terre est belle, mais elle est limitée en espace comme en ressources. Si nous la saccageons, nous en mourrons. Il va falloir accepter de sanctuariser des parties entières du globe, si nous voulons survivre. Et de ce retournement de situation, de cette involution du progrès, qui nous amène à souhaiter maîtriser notre maîtrise, à brider la culture en la débarrassant de ses pulsions prédatrices, Paris est l'un des théâtres.

Tu comprends, on entend souvent moquer ou critiquer la gentrification des centres-villes, la maniaquerie méticuleuse avec laquelle on procède au sablage et à l'hydrogommage des façades de vieilles pierres saturées par les gaz carboniques, on raille la prolifération des pistes cyclables et la mise en réseau des espaces verts, la valorisation du patrimoine – sept cent soixante-sept « pelles Starck » rien que pour le centre de Paris, qui racontent les hauts faits de tel immeuble ou de telle impasse –, on a tendance à voir dans ces phénomènes une négation du vouloir-vivre, le symptôme de la décadence de toute une civilisation qui, au lieu de projeter ses rêves par-delà l'horizon, se contente de raconter à elle-même et aux barbares qui viennent la visiter en vainqueurs sa gloire passée. Les Parisiens seraient devenus des spécialistes de l'embaumement et du ressassement. Mais c'est peut-être une erreur de lecture que nous font commettre notre goût de l'autocritique et notre manque de confiance en nous. Il n'est pas impossible que la meilleure chose à faire avec Paris soit de le conserver précieusement dans son écrin, comme un legs pour les générations futures.

Voilà cependant qu'une drôle de saynète me ramène à la réalité. Sur le trottoir, à dix mètres devant moi, quatre femmes marchent côte à côte en ondulant. Elles se dandinent, lèvent les bras, poussent des cris et des hoquets de rire. En fait, elles dansent, complètement beurrées. Elles ont toutes un âge différent, ce qui laisse à penser qu'elles sont d'une même famille, davantage que copines – la plus jeune doit avoir seize ans et se montre la plus timorée de la bande ; la plus âgée, la soixantaine, cheveux courts teints en blond, est carrément déchaînée, qui improvise un numéro de french cancan. Son jean menace de craquer, mais qu'importe ! Elle se donne à fond. Je regarde l'heure : trois heures et demie de l'après-midi. C'est ça, aussi, le charme des grandes villes : le comportement de millions d'êtres humains n'est jamais prévisible, une bouffée de folie est toujours possible. En dépassant les Grâces, j'ai l'impression qu'on a vaporisé dans l'atmosphère perlée de cet après-midi d'automne du rosé de Provence.

Rue de Nevers :
plus d'étrons que de pavés

Je suis sûr que tu ne t'es jamais aventurée sous la voûte de la rue de Nevers, juste en face du Pont-Neuf, à l'angle du quai Visconti. Elle est très curieuse cette voûte, car elle est ornée d'une fresque, pas très belle, à motifs géométriques rouges et gris, dont je n'ai pu identifier le commanditaire ni la fonction officielle, malgré quelques recherches. Sur cette fresque, sont reproduits des vers qui proviennent d'un livre oublié, *Paris ridicule*, publié par l'un des poètes les plus sulfureux du XVIIe siècle (pas le genre d'auteur qu'on enseigne auxenfandézécoles), Claude Le Petit.

La présence de ce poème *in extenso* en un tel lieu a quelque chose de miraculeux, voire d'unique au monde : car l'auteur s'adresse au Pont-Neuf pour l'injurier. C'est comme si, à vingt pas de la statue de la Liberté à New York, on avait placardé un libelle tournant en dérision l'hypocrisie de la vieille dame verte, ou comme s'il y avait face au pont des Soupirs un extrait d'une satire des mœurs vénitiennes. Lève donc la tête, et tu pourras lire ces huitains affûtés :

« Toi qui vas les guêtres traînant
Au long des quais de la rivière
Lis ces vieux vers écrits au temps
Où ce beau coin de ton Paris
N'était plus qu'une fondrière
Indigne du bon roi Henry

Faisons icy renfort de pointes
Ce chemin nous mène au Pont-Neuf
D'un bon régal de nerf de bœuf
Saluons ces poutres mal jointes
Vrayment Pont-Neuf il fait beau voir
Que vous ne vous daygniez mouvoir
Quand les estrangers vous font feste
Savez-vous bien nid de filous
Qu'il passe de plus grosses bestes
Par-dessus vous que par-dessous

Pourquoy nous faites-vous la morgue
Avecque vostre nouveauté
Pont en cent endroits rajusté
Tout ainsi qu'un vieux soufflet d'orgue
Vous qui faites compassion
À la moindre inondation
D'où vous vient cette humeur altière ?
Est-ce à cause que vous avez
Cent égouts dans votre rivière
Et plus d'estrons que de pavez ? »

Chose curieuse, le poème est daté de 1668 sur la fresque, tandis que Claude Le Petit est mort en 1662. Il avait vingt-trois ans. Il fut condamné au bûcher et brûlé – après avoir été discrètement étranglé auparavant, ce qui représentait un traitement de faveur – en place de Grève. Son crime ? La police avait saisi chez l'imprimeur un recueil intitulé *Le Bordel des muses* avant publication, dans lequel Claude conchiait les autorités, raillait les frasques de la famille royale et de Mazarin, arrosait copieusement de foutre la Vierge Marie (« Mais puisque nos ayeux pour nous faire survivre / Ont foutre sur foutre entassé / Je puis bien commencer mon livre / Par là où le monde a commencé »). Il fut jugé promptement et condamné à la peine capitale. Il était avocat, s'y entendait en droit et pourtant sa demande d'appel fut renvoyée. C'était un bel esprit, un athée et il fit défaut à son siècle.

Il n'y a pas grand-monde qui sache encore qui était Claude Le Petit, de nos jours. Et pourtant, tu vois, ses rimes ont été peintes récemment en plein cœur de Paris ; la fresque semble neuve. Comme si la municipalité – ou un mécène érudit ? – avait voulu effacer l'injure faite au poète en place de Grève par cet hommage tardif, comme si la rive gauche avait voulu réparer sur le tard le mal commis sur la rive droite.

Pont-Neuf :
je suis ici à l'M veineux de la Seine

Quelle couleur a la Seine ? Je dirai qu'elle a une teinte hésitante, entre mélasse et bitume. Une chose est sûre, elle n'est pas bleue, ni verte – elle n'a rien de franc. Sans doute le ciel est-il en partie responsable de cette fadeur chromatique, ainsi que les toits de zinc. Le fleuve est étroitement inséré dans le camaïeu des gris parisiens, dont il ne parvient pas à s'émanciper ; au contraire, toute la grisaille environnante se reflète et se prolonge en lui (« il n'y a qu'à Paris qu'on peut bien peindre, disait autrefois Giorgio De Chirico pour se moquer de ses confrères qui se ruaient vers la Provence, il y a de telles nuances de gris ! »). Or, le gris spécifique de la Seine ne se laisse pas facilement définir, et c'est sans doute Paul Morand qui touche au plus juste, lorsqu'il évoque « sa couleur ventre-de-grenouille, sa glaucité de dos de truite ponctuée de noir ».

Je ne sais pourquoi, chaque fois que je me penche au bord d'un pont, comme en ce moment par-dessus le bastingage du Pont-Neuf, la vue de la Seine fait naître en moi des pensées de mort. Sans doute est-ce dû à cette idée très répandue qu'on peut se suicider, rien qu'en y plongeant. N'entre-t-il pas dans cette croyance assez fermement ancrée une part de fantasme ? D'abord, je te ferais remarquer que les ponts de notre capitale ne sont pas très hauts, moins de quinze mètres, ce qui rend la chute peu périlleuse, surtout que le fond est suffisant pour l'amortir. Ensuite, le fleuve n'est pas très large et le traverser, même pour un nageur peu entraîné, ne doit pas demander plus de cinq minutes. Un laps de temps trop court pour succomber d'hypothermie. Alors, d'où vient ce préjugé qu'un simple saut dans la Seine coûte la vie ? Le courant est-il ultraviolent, le fleuve réserve-t-il des trous et des tourbillons, des subtilités fatales ? Va savoir... J'ai tout de même l'impression que le choix de cette technique pour en finir nécessite vraiment un *concours actif de la volonté* et cela jusqu'au dernier soubresaut de l'agonie.

Mais peut-être est-ce un poème de Verlaine qui, m'ayant fortement marqué quand je l'ai lu pour la première fois à quinze ans, a associé dans mon esprit la Seine à des pensées macabres. Je peux encore te réciter les premiers vers du « Nocturne parisien » :

« Roule, roule ton flot indolent, morne Seine.
Sous tes ponts qu'environne une vapeur malsaine
Bien des corps ont passé, morts, horribles, pourris,
Dont les âmes avaient pour meurtrier Paris. »

Tu comprends ? Certes, la Seine élargit le champ de vision en plein cœur de la ville, elle souffle au visage un air de liberté rafraîchissant et cependant, elle n'est pas sans rapport avec le cafard parisien. C'est une redoutable tentatrice, une enjôleuse qui voudrait vous prendre dans ses bras, pour mettre un point final à votre mélancolie. Elle éteint les désespoirs qu'allume la capitale et c'est cette propriété, justement, qui lui confère sa douce couleur de cendre froide.

Un autre poète, Jules Supervielle (il était natif de Montevideo, ce qui explique peut-être une méfiance instinctive envers les charmes frelatés de notre capitale), prit au mot la vision de Verlaine. En 1931, il fila la métaphore dans une nouvelle intitulée *L'Inconnue de la Seine*. Dans une prose semblable à l'écoulement d'un rêve très lent, il retrace le destin d'une morte se laissant porter par les flots, jusqu'à la mer.

« "Je croyais qu'on restait au fond du fleuve, mais voilà que je remonte", pensait confusément cette noyée de dix-neuf ans, qui avançait entre deux eaux. C'est un peu après le pont Alexandre qu'elle eut grand-peur, quand les pénibles représentants de la police fluviale la frappèrent à l'épaule de leurs gaffes en essayant en vain d'accrocher sa robe. Heureusement la nuit venait et ils n'insistèrent pas. »

Cette frayeur passée, la noyée se laisse dériver dans une obscurité toujours plus profonde ; elle s'éloigne de Paris. Cette navigation fantastique dure plus longtemps que prévu, aussi décide-t-elle d'occuper différemment les jours et les nuits. Quand le soleil se lève, elle s'immobilise « dans quelque repli du fleuve », pour ne pas être vue ni ramassée. Elle ne se déplace qu'à la nuit tombée, lorsque « les étoiles viennent seules se frotter aux écailles des poissons ». Son unique désir, dans l'état de semi-conscience où elle baigne, est d'« atteindre la mer ».

« Elle allait sans savoir que sur son visage brillait un sourire tremblant mais plus résistant qu'un sourire de vivante, toujours à la merci de n'importe quoi. »

Finalement, elle franchit l'estuaire et se retrouve en plein Atlantique. Là, un être surnaturel vient à sa rencontre, le « Grand Mouillé ». Il lui attache un lingot de plomb à la cheville afin qu'elle se redresse à la verticale, puis l'emmène vers les profondeurs abyssales, où il règne sur une ample communauté de défunts que la Seine a rejetés, peuple sous-marin dont les membres se désignent par le nom de « Ruisselants ».

Or, la noyée de dix-neuf printemps a encore l'âme rebelle. Elle refuse de se plier aux usages loufoques de cette colonie, et tout particulièrement d'enlever sa robe. Les Ruisselants ont pour coutume de vivre nus, mais elle ne veut pas leur montrer sa poitrine. Les adultes la fuient, et bientôt même les enfants – pour qui elle aime à recueillir des coquillages – ont interdiction de lui rendre visite.

Le Grand Mouillé essaie de lui faire prendre goût à cette seconde vie des hauts fonds, en lui expliquant qu'au fil du temps son corps va devenir toujours plus dense et plus phosphorescent. Rien à faire, elle n'apprécie pas cette condition pire qu'humaine. Finalement, elle décide de

« mourir tout à fait enfin », détache le lingot de plomb à sa cheville et remonte à la surface, « avec un sourire d'errante noyée » (pour les Ruisselants, revenir vers le soleil, cela signifie redevenir un simple cadavre). Elle se suicide une deuxième fois.

Si bizarre que semble ce récit, il est, comme on dit, *inspiré de faits réels*. Non pas que les morts de la Seine chantés par Verlaine gîtassent quelque part dans la nuit atlantique, mais l'Inconnue de la Seine a bel et bien existé. Son effigie était même accrochée chez les écrivains et les artistes, dans les chambres des jeunes filles et des vieux garçons décadents de la Belle Époque. L'Inconnue de la Seine fut, soixante ans durant, la grande égérie des Parisiens raffinés. Qui était-elle en vérité ? Son état civil est demeuré mystérieux, ainsi que la date et les circonstances exactes de son décès. Tu fais la moue ? Attends, je vais te raconter cette histoire...

Derrière Notre-Dame, sur l'île de la Cité, quai de l'Archevêché plus exactement – à trois cents mètres d'ici – il y avait jusqu'en 1907 une morgue. Celle-ci exposait les cadavres non identifiés, pour que le public les reconnût. Un tel lieu, évidemment, attirait des curieux et des pervers qui venaient se rassasier de la contemplation des macchabées, dont certains avaient été repêchés dans le fleuve ou retrouvés congelés dans les rues, et qui tous avaient des faces grimaçantes. Un matin cependant, une jeune femme d'une très grande beauté fit son apparition à la morgue. Elle était jeune ; son visage avait été miraculeusement préservé, qui n'était ni enflé ni marbré. Mais il y avait quelque chose de plus troublant : elle souriait. Attention, je ne te parle pas d'un sourire ordinaire, mais d'une expression délicatement ambiguë comme celle de la Joconde (elle lui fut d'ailleurs souvent comparée). Deux mignonnes fossettes creusaient ses joues ; ses lèvres, plus épaisses et sensuelles en leur milieu, restaient jointes ; sa physionomie évoquait un juste équilibre entre la tension et le repos, entre le dégoût du monde et la joie souveraine. Les paupières de la jeune femme étaient fermées mais extrêmement paisibles, comme son front. En dehors du sourire, nulle contraction. La *rigor mortis* n'avait pu figer ces traits.

Le spectacle de cette morte était tellement saisissant qu'elle fut photographiée et qu'on fit un moulage de son visage. Si la photographie conserve quelque chose d'effrayant (l'emmêlement des cheveux évoque la sorcière, et le cou paraît davantage cassé que plié), le moulage n'a pas les mêmes travers, qui élimine ces dernières traces d'insalubrité. Il l'épure. Et c'est ce moulage qui se vendait comme des petits pains, que des milliers de particuliers exposaient chez eux, comme un bibelot.

Ainsi Malte Laurids Brigge, le héros de Rilke, n'a pas pu faire autrement que de la remarquer dans une échoppe, pas très loin de chez lui : « Le mouleur que je visite chaque jour a deux masques accrochés près de sa porte. Le visage de la jeune qui s'est noyée, que quelqu'un a copié à la morgue parce qu'il était beau, parce qu'il souriait toujours, parce que son sourire était si trompeur ; comme s'il savait. » L'écrivain Maurice

Blanchot en connaissait, lui aussi, une copie : « Quand je résidais à Èze, dans la petite chambre où je demeurais le plus souvent, il y avait (elle y est encore), pendue au mur, l'effigie de celle qu'on a nommée "l'Inconnue de la Seine", une adolescente aux yeux clos, mais vivante par un sourire si délié, si fortuné (voilé pourtant), qu'on eût pu croire qu'elle s'était noyée dans un instant d'un extrême bonheur. Si éloignée de ses œuvres, elle avait séduit Giacometti au point qu'il recherchait une jeune femme qui aurait bien voulu tenter à nouveau l'épreuve de cette félicité de la mort. »

À mesure que la célébrité de Rilke grandissait en Allemagne, celle de l'Inconnue de la Seine y prit de l'importance. À tel point qu'en 1934 Vladimir Nabokov, qui résidait à Berlin, lui consacra un long poème élégiaque en russe, langue dans laquelle il écrivait encore à cette époque (il ne pouvait qu'être sensible à cette nymphe, nouvelle Ophélie qui allumait le feu de la nécrophilie dans les cœurs de ses contemporains, lui qui cherchait le moyen de faire passer en contrebande, dans le domaine public, les visions les plus troubles engendrées par le délire sexuel) :

« De cette vie précipitant le terme,
et n'aimant rien sur cette Terre,
longuement je contemple le masque
blanc de ta face sans vie.

En longs échos qui se prolongent
j'entends la voix de ta beauté.
Dans la foule pâle des jeunes noyées
tu es la plus pâle et la plus aimable.

Reste avec moi, reste au moins en musique,
le sort t'alloua si peu de bonheur,
Et que tes lèvres d'outre-mort,
enchanteresses, me dédient leur sourire de
chaux.

Immobiles, bombées, tes paupières,
tes cils touffus et collés. Oh,
réponds : à jamais, vraiment à jamais ?
Toi qui sus si bien regarder ! »

En 1936, la romancière allemande Claire Goll
a publié elle aussi une nouvelle ayant pour titre
« *Die Unbekannte aus der Seine* », soit *L'Inconnue
de la Seine*. Claire Goll m'est si antipathique que
je ne l'ai pas lue, je te cite cependant cette réap-
parition littéraire de la jeune défunte (je ne les
énumérerai pas toutes, c'est impossible, vu
qu'elles pullulent jusque dans les littératures
anglaises et américaines !), parce qu'il y a dans
ce cas précis une coïncidence, ou plutôt un
parallélisme, qui m'étonne.

Claire Goll était la femme d'un poète surréaliste de troisième ou quatrième rang, dont seuls
quelques spécialistes connaissent encore le nom,
Yvan Goll. Certains des poèmes de Goll, com-
posés en français, ont été traduits en allemand
par Paul Celan – surtout par amitié, car ce dernier fréquentait assidûment le couple. Après la
mort d'Yvan en 1970, Claire se mit à entretenir
la renommée posthume de son mari, avec une
ardeur d'autant plus exaltée que l'astre déclinait
irrémédiablement. Cherchant de la publicité,
aveuglée par son amertume et son ressentiment,
elle se lança dans une très violente campagne

de diffamation contre Paul Celan, accusant cet immense écrivain – auteur de *La Rose de personne* et de *Fugue de mort*, sans nul doute la plus grande voix poétique allemande de l'après-guerre – d'avoir plagié les vers d'Yvan Goll. Ces calomnies, qui ne reposaient sur rien, finirent par user les forces de l'accusé, tant et si bien qu'il sombra dans la dépression. Dans la nuit du 19 au 20 avril 1970, Celan, qui résidait à Paris, sortit de chez lui. Il marcha comme un conjuré à travers les rues ; la Seine l'attirait comme un aimant. D'où se jeta-t-il ? On pense que c'est du pont Mirabeau, en hommage aux vers d'Apollinaire (« Sous le Pont Mirabeau / Coule la Seine / Et nos amours / Faut-il qu'il m'en souvienne / La joie venait toujours après la peine / Vienne la nuit, sonne l'heure / Les jours s'en vont, je demeure »). Toujours est-il qu'on repêcha son corps seulement le 1er mai. Quelle expression avait-il, après ce séjour prolongé dans le fleuve ? L'histoire ne le dit pas, mais le fait n'en est pas moins troublant : Celan connut la même fin que la belle inconnue chantée jadis par Claire Goll, sa persécutrice sans scrupules, plagiaire de Supervielle.

Mais il y a encore une évocation de la jeune noyée dont je voudrais te parler, car c'est la plus belle et la plus spectaculaire de toutes. Savais-tu que les sept cents pages du roman le plus célèbre d'Aragon, *Aurélien*, ont été d'une seule traite inspirées par le masque mortuaire de l'Inconnue ? Qu'elle en est la muse, la clé, sans laquelle le livre reste incompréhensible ?

L'as-tu lu ? Aurélien Leurtillois, le héros, est un jeune vétéran de la guerre de 14-18. Après les tranchées, l'expérience de la boue, des bombardements, des empilements de cadavres sous les tirs de la Grosse Bertha, il ne parvient pas à reprendre pied dans la vie civile. Comme il a du bien, des terres en fermage, il peut s'offrir le luxe de ne rien faire et décide de s'aménager un quotidien de riche célibataire, hédoniste et sans attaches. Il s'adonne à la « traîne parisienne ». D'ailleurs, il choisit comme emplacement pour son deux-pièces, sa garçonnière, une position on ne peut plus stratégique, puisqu'il habite à la pointe de l'île Saint-Louis. Les fenêtres de son logement donnent sur l'aval ; Aurélien ne se lasse pas de contempler les eaux.

« Je vous dis que ça me trouble... de penser que je suis ici à l'M veineux de la Seine... Ça bouleverse ma façon de regarder ce qui n'a jamais pu tout à fait me devenir familier... ça change si terriblement avec les heures et les saisons... et ça chante une chanson toujours la même... Mais pour revenir à l'M veineux... Je ne sache pas qu'on se tue en se tranchant le pli du coude comme on fait le poignet... »

Dans ses moments de spleen – car il en a, en dépit de son aisance et de ses plaisirs multiples –, Aurélien a l'impression d'habiter au cœur du fleuve, à la manière d'un noyé, bercé de part et d'autre par le passage d'un sang bleu. C'est pourquoi il s'identifie au masque de l'Inconnue qu'il a mis, lui aussi, au mur. Lorsqu'il fume, qu'il boit seul dans le silence des crépuscules ou du petit matin, son regard embué de larmes erre du masque au fleuve, interminablement.

Un soir, il croise dans une réception mondaine une jeune femme, l'épouse d'un pharmacien de province, Bérénice Morel. Au premier abord, il la juge franchement laide – mais c'est qu'elle a les yeux ouverts. Quelques semaines plus tard, en dansant avec elle dans un bal, il reste subjugué : « Se penchant sur elle, il la vit pour la première fois. Il régnait sur son visage un sourire de sommeil, vague, irréel, suivant une image intérieure. Ce qu'il y avait de heurté, de disparate en elle, s'était fondu, harmonisé. Portée par la mélodie, abandonnée à son danseur, elle avait enfin son vrai visage, sa bouche enfantine, et l'air, comment dire, d'une douleur heureuse. » À quoi tient une telle transfiguration ? À ce détail : Bérénice, en dansant, ferme les yeux. C'est alors qu'Aurélien se rend compte que sa partenaire et l'Inconnue de la Seine se ressemblent comme deux gouttes d'eau.

D'ailleurs, cet effet de miroir ne reste pas sans explication. Par un artifice romanesque un peu tiré par les cheveux, Aragon amène le lecteur à deviner que l'Inconnue, c'est en réalité la mère de Bérénice, qui quitta son père lorsqu'elle était petite et ne donna plus jamais de nouvelles (son père, ne voulant pas que son enfant apprît le suicide, n'identifia pas le corps et raconta à la petite Bérénice que maman était partie vivre dans un pays lointain, avec un autre homme dont elle était amoureuse, et qu'elle était heureuse...).

Après cette danse, l'obsession de Bérénice croît dans le cœur d'Aurélien. Il la revoit – toujours furtivement, en cachette. Elle est aussi amoureuse, mais – ingénue, altière – elle ne cède pas facilement à la tentation de l'adultère. Pour tromper son ennui, son attente de la possession, Aurélien va souvent nager, il ne trouve guère d'apaisement que dans les piscines. « Il aimait ouvrir les yeux sous l'eau et, déplongeant, repiquer entre deux eaux, comme un dauphin. C'était inouï en plein Paris, la caresse, l'enveloppement de l'eau. L'eau. L'eau... » Il a beau faire, ses pensées le reconduisent au même point.

Enfin, il ramène Bérénice chez lui. Après une longue cristallisation, ils vont pouvoir briser la glace, se tenir embrassés pour de bon. Après la domination de l'élément liquide, le feu va enfin les réchauffer, les faire revenir au monde. À peine s'ébauche leur étreinte, que Bérénice reste pétrifiée. Elle a vu le masque. Elle a compris. Ce n'est pas elle qu'il aime, mais le sosie d'une morte. Aurélien tente de lui expliquer que ce n'est qu'un hasard : « On trouve ce masque partout, chez les mouleurs, entre l'*Enfant à l'épine* et Beethoven mort... C'est le visage d'une femme qui s'est noyée... moulé à la morgue. *L'Inconnue de la Seine* comme on l'appelle... je vous jure... » Feignant la maladresse, Bérénice s'empare du moulage et le laisse tomber. C'était sans doute la meilleure chose à faire, pour conjurer le sortilège. Mais cela place leur premier moment d'intimité sous de mauvais augures. « Ils regardèrent tous les deux, avec consternation, les morceaux de blancheur à terre, la poudre sur le tapis, les éclats détachés, et pis que tout : les fragments du nez, la bouche... Ils avaient un peu commis un meurtre... »

Allez, tu supportes que je te raconte la fin ? Quatre cents pages plus loin, dans un épilogue abracadabrant et rajouté après coup, Bérénice s'éteindra dans les bras d'Aurélien. Et la prophétie sera enfin réalisée : pour être aimée, elle devait mourir.

Le Pont-Neuf est le seul de Paris à offrir des petits balcons, suspendus au-dessus de ses piles. Autrefois, les camelots y installaient leurs échoppes. Aujourd'hui, on peut s'y asseoir sur des bancs semi-circulaires ; j'en profite pour faire une halte.

Sous mes fesses, la pierre du banc est froide. La météo, en ce milieu d'après-midi, commence à tourner. Par une correspondance étrange, tandis que ces pensées morbides roulaient dans mon esprit, le ciel s'est assombri. Les nuages qui étaient dispersés tout à l'heure forment maintenant des coteries, unissant leurs efforts pour étouffer la lumière. La ville, qui brillait de mille taches de soleil éparpillées comme une route du Midi ombragée par les platanes, est en train de reprendre sa morgue habituelle.

Mais voici qu'une mouette vient se poser à deux mètres de moi, récompensant par cette visite mon immobilité prolongée. Elle fait quelques pas en dodelinant. Malgré la rumeur des voitures dans mon dos, j'entends le bruit mat de ses pattes palmées sur le parapet de vieux calcaire. Amusé, je remarque qu'elle tourne la tête vivement, par à coups, comme le ferait normalement un prédateur, une panthère en quête d'une proie. Elle a la pupille inexpressive. C'est étrange, d'ailleurs, tu ne trouves pas ? Les oiseaux ont des yeux en général beaucoup moins expressifs que les animaux terrestres, alors qu'on attendrait plutôt le contraire. Ce sont les familiers des anges, non ? Ils récoltent chaque jour des centaines de vues ahurissantes, mais de toutes ces beautés aériennes qu'ils côtoient, une fois revenus à terre, leurs yeux ne conservent pas même un reflet, qui ne semblent pas plus vivants que des boutons noirs cousus sur un chapeau à plumes. Mais la mouette a peut-être perçu mes réflexions. Elle émet un piaillement bref de protestation, et repart.

Tu te souviens du manège bizarre que nous avons observé, de retour d'une balade au jardin des Plantes, il y a deux ou trois semaines ? C'était un dimanche, à cette heure du début de soirée où tu te renfrognes, car tu te mets à penser à la reprise du travail le lendemain. Sur le pont d'Austerlitz, il y avait un attroupement d'une douzaine de personnes. Certains étaient venus avec des cabas, d'autres carrément avec des Caddies ; ils avaient tous apporté de gros blocs de chair de poisson sanguinolente, plus ou moins avariée. À l'aide de petits canifs, mains nues, ils découpaient cette viande de saumon, de cabillaud ou de thon, et en balançait des lambeaux à la volée, à une énorme nuée de mouettes qui voletaient en criant autour du pont (en fait, je vais un peu vite en besogne en disant qu'il s'agissait de mouettes. Après avoir vu ce spectacle insolite, je suis allé sur Internet, où j'ai découvert quelques sites tenus par des mordus d'ornithologie. Or, ces passionnés se vantent d'observer en plein Paris un grand nombre d'espèces que je suis bien incapable de distinguer entre elles : la mouette rieuse (très répandue, selon eux), la mouette pygmée (occasionnelle), la mouette de Sabine (occasionnelle), la mouette mélanocéphale (rare), la mouette tridactyle (rare), le goéland argenté (rare), le goéland leucophée (rare), le goéland brun (occasionnel), le goéland cendré (rare), le goéland à bec cerclé (occasionnel), le goéland à ailes blanches (occasionnel), le goéland bourgmestre (occasionnel), le goéland pontique (très rare), le goéland marin (très rare), et j'en passe... J'ai aussi appris que ces oiseaux viennent souvent de contrées lointaines, notamment de Scandinavie, du Danemark, de Lituanie, de Pologne, de République tchèque, et pas seulement de la toute proche Normandie, comme on pourrait le penser. En fait, ils fuient le froid et viennent passer l'hiver à Paris. En outre, ces sites m'ont confirmé que la petite séance à laquelle nous avons assisté n'avait rien d'exceptionnel. Tous les dimanches après-midi, quelques habitués se rendent au pont d'Austerlitz munis d'impressionnantes provisions de nourriture. Ils passent des heures à donner la becquée, sacrifiant ainsi à un improbable culte contemporain de l'Oiseau).

Nous sommes restés plantés là, un bon quart d'heure, à les regarder faire sans mot dire. Ils continuaient à balancer inlassablement leurs morceaux de poisson en l'air, sans se préoccuper de nous ni même du destin de ces largesses que les mouettes et les goélands happaient au vol, en général – mais pas toujours – avant qu'elles ne tombent dans la Seine. Et tout cela m'a fait penser qu'en ville, s'il est vraiment une force supranaturelle, susceptible de faire des miracles, de créer un engouement collectif pour le moulage d'une morte souriante ou pour les oiseaux de mer, c'est bien le manque d'amour.

Au square du Vert-Galant :
c'est ce qu'on appelle se transplanter, pensai-je

Quand il avait un peu de temps à perdre, Ernest Hemingway, qui passa à Paris la première moitié des années 1920, s'achetait un litre de vin, un morceau de pain et de la charcuterie, et il descendait au square du Vert-Galant. Il appréciait que l'île de la Cité s'achevât en pointe « comme l'étrave d'un navire » ; de plus, il avait repéré à ce niveau-là « les trous et les remous qu'engendraient les mouvements de l'eau contre les rives », créant ainsi d'« excellents coins de pêche ». Lorsqu'il venait pique-niquer ici en solitaire, Hemingway lisait d'un œil distrait un roman mais de l'autre, il observait les pêcheurs.

Ceux-là, des petits retraités pour la plupart, « pêchaient avec de très bons avançons, des engins légers et des flotteurs de plume et ils amorçaient leur coin de façon fort experte ». Ils ne ramenaient pas chez eux de truite ni de carpe, pas de poissons nobles, mais de grosses quantités de goujons, de quoi préparer de généreuses fritures. « Leur chair était tendre et douce, avec un parfum meilleur encore que celui de la sardine fraîche, et pas du tout huileuse. » À cette époque, Hemingway tentait de survivre en vendant ses nouvelles au Toronto Star et à d'autres magazines, activité qui lui rapportait peu, et il ne pouvait s'offrir le luxe d'acheter du matériel de pêche. Il en était réduit à regarder avec envie les pêcheurs, à rêver en silence de se joindre à eux.

Un jour, alors qu'il traversait une période de découragement, de baisse d'inspiration, Hemingway remonta jusqu'à La Closerie des Lilas. La lumière de l'après-midi déclinait. Il commanda un café crème – car il évitait l'alcool lorsqu'il voulait écrire – et se mit à noircir son cahier. Il ne vida même pas la moitié de sa tasse où le café refroidissait, tant il était tenu par la fiction qu'il jetait sur le papier. Il ne voyait plus la salle de la brasserie, ni les autres buveurs attablés, son esprit était obnubilé par l'image d'un fleuve et d'une truite nageant dans un trou. La nouvelle qu'il rédigea cet après-midi s'intitule *La Grande Rivière au cœur double*, et c'est l'une de ses plus célèbres. Pourquoi « au cœur double », me diras-tu ? Parce qu'elle contient deux êtres vivants, le pêcheur et le poisson, bien sûr, mais aussi parce qu'il existe effectivement aux États-Unis un cours d'eau baptisé *Two-Hearted River*, qui se jette dans le lac Supérieur au Michigan. Le héros de la nouvelle, Nick Adams, est comme Aurélien un vétéran de la guerre de 14-18. On le devine, car il n'en dit pas un mot et le récit reste muet sur son passé. Mais il a vu l'horreur de près et l'on sent que pour lui la pêche est, davantage qu'un passe-temps, une occasion de rééducation existentielle. Au contact de la nature, il a besoin de réapprendre les gestes les plus simples et les plus nécessaires à la vie. Cette nouvelle est présentée aujourd'hui dans toutes les universités du monde comme l'une des plus hautes réalisations de la fiction américaine. Le style en est sec, essentiel, la psychologie comportementaliste. Or, le paradoxe veut que ce bijou de la culture américaine ait été composé... à La Closerie des Lilas.

Dans son roman autobiographique *Paris est une fête*, où il use d'un style inhabituellement nostalgique et s'attendrit longuement sur les circonstances de sa jeunesse (il est vrai qu'il devait se tirer une balle dans la tête avant d'achever ces mémoires), Hemingway théorise presque, une fois n'est pas coutume, cette démarche qui consiste à s'emparer d'une réalité à partir d'une autre réalité. « J'écrivais une histoire que je situais là-haut, dans le Michigan, et comme la journée était froide et dure, venteuse, je décrivais dans le conte une journée toute semblable... C'est ce qu'on appelle se transplanter, pensai-je, et une transplantation peut être aussi nécessaire aux hommes qu'à n'importe quelle autre sorte de créature vivante. » Que veut-il dire par là ? Que la réalité immédiate ne suffit jamais aux êtres vivants, qui tirent leur force du mouvement ? Ou que c'est la nostalgie du Michigan qui permet d'écrire sur le Michigan à distance, mieux encore que sur place ?

Je n'en sais rien, mais tout de même, j'ai plaisir à penser que les gestes méthodiques, de boy-scout dirait-on, de Nick Adams pêchant les pieds dans la grande rivière ont en fait été étudiés sur des petits retraités au Vert-Galant. Ainsi, l'île de la Cité se trouve secrètement liée au gigantisme de la *wilderness* du Nord américain. Nos franchouillards portant bérets, consommant litrons de rouge et mangeant leurs goujons avec les arêtes ont apporté leur contribution, plus substantielle qu'il n'y paraît, à la place qu'occupe encore aujourd'hui le Michigan dans l'imaginaire mondial. Mais qui aurait cru que les petits et les grands espaces communiquaient si librement ?

Quai du Louvre :
de trop courtes apothéoses

On ne voit jamais que ce qu'on sait. Et c'est peut-être un long conditionnement qui nous permet de contempler les villes. Peut-être qu'avec d'autres *a priori*, un œil autrement formé, c'est d'abord la campagne que nous percevrions à Paris. Peut-être cesserions-nous de nous concentrer sur les édifices, sur les manifestations trop évidentes du travail humain, pour nous préoccuper de la nature et nous retrouver, plus heureux sans doute, en son sein.

Me voilà assis sur le bord d'une berge empierrée de la Seine, quai du Louvre. Bien sûr, il y a des pavés de grès, mais *entre* les pavés pousse un duvet de mousse d'un vert clair si lumineux qu'on dirait que le végétal sécrète lui-même une sorte de clarté interne. Le pavage de la berge est erratique et bosselé, soulevé par les racines des arbres centenaires. Sous mes pieds, des plantes aquatiques tanguent doucement dans le courant. En face, le bouquet de feuillages du Vert-Galant se dresse entre les flots, dominé par de vieux saules pleureurs aux chevelures ébouriffées, jouets du vent.

C'est peut-être à un tel glissement de perception, à cette optique décalée que voulait nous inviter Raymond Queneau, qui commence son recueil de poèmes consacré à Paris, *Courir les rues*, par ces vers déroutants :

« La botanique examinée au bas des murs rouille de l'asphalte
la palpation imaginable les élève à la dignité de plantes
émanées de la terre
au rang de différends »

(Peut-être trouveras-tu la clé de ces derniers mots ? Pour ma part, je subodore un calembour ou une contrepèterie dans la chute de ce poème, dont je n'ai malheureusement jamais trouvé la combinaison.)

C'est à cette autre lecture de l'environnement urbain que sont rodés les spécialistes de la flore, herboristes amateurs ou professeurs de sciences naturelles. En 1866, un botaniste d'origine finlandaise, un certain William Nylander, publia un petit traité intitulé *Les Lichens des jardins du Luxembourg*. Il y recensait pas moins de trente-trois espèces et trois variétés de lichens. Trente ans plus tard, Nylander reprit son enquête, en se donnant une aire de travail bien plus vaste. La conclusion à laquelle il aboutit, et qu'il exposa dans *Les Lichens des environs de Paris*, a quelque chose d'inquiétant : la totalité des trente-trois espèces qu'il avait observées précédemment avaient disparu, suite à la construction de nombreuses usines sur les terrains vagues qui encerclaient la ville ; le boom de la seconde révolution industrielle avait asphyxié la végétation de la capitale. Nylander en tirait des vues pessimistes sur le futur des villes en général, pensant que la raréfaction de l'oxygène finirait par avoir des conséquences dramatiques sur les hommes eux-mêmes.

Si passionnante soit-elle, cette approche singulière de Paris comme écosystème fut laissée peu ou prou en jachère jusqu'à la publication, en 1948, d'une étude de Maurice Bouly de Lesdain – un petit trésor de style, entre nous soit dit – intitulée *Écologie (phanérogames – mousses – lichens) de quelques sites de Paris*. Dans l'introduction de son ouvrage, Bouly de Lesdain s'explique sur les circonstances particulières dans lesquelles il mena ses repérages. C'est sous l'Occupation qu'il fut contraint de résider à Paris. Manquant de loisirs, et d'un tempérament manifestement plus bucolique qu'héroïque (mais sait-on jamais ?), ce patient docteur résolut d'employer les vacances forcées que lui offrait l'Histoire à passer au crible divers sites : le parc Monceau, le cimetière Montmartre, le jardin des Plantes, le jardin des Tuileries et enfin les berges de la Seine entre les ponts de Grenelle et de Bercy.

À propos de ces berges, notre savant a d'abord soin d'identifier les différents *milieux* susceptibles d'y offrir un support à la végétation. Ainsi les escaliers, les murs qui maintiennent le lit du fleuve ou qui limitent le chemin de halage, et les parapets qui les surmontent, forment tous une « station calcaire », où viennent se nicher la *barbula muralis*, le *bryum argentum* de même que, plus rarement, l'*homalothecium sericeum*. On y trouve aussi des lichens, dont le plus fréquent est le *candellaria granulata* ; hélas, souligne Bouly de Lesdain, il a grise mine, ses thalles sont le plus souvent ternis, sauf pendant la saison pluvieuse, où ils retrouvent parfois – mais pour de trop courtes apothéoses – leur brillante coloration jaune vitelline.

Mais l'empire du calcaire n'est pas tout-puissant et les berges sont également constituées d'autres matières : certains endroits sont maçonnés en béton, des pierres meulières et autres roches siliceuses ont été employées pour les murs et les chemins de halage. Cet autre milieu est propice au déploiement de la *lecanora dispersa*, qu'on distingue d'assez loin grâce à sa teinte bleuâtre et passagère. Et puis, il y a des replis plus intimes dans ce panorama végétal. Au ras des murs, par exemple – Queneau avait raison –, il n'est pas exclu de trouver des plantes naines comme l'*erigeon canadensis* ou le *caloplaca inscrutans var. urbana*, avec ses beaux thalles dorés. À la base des troncs des peupliers qui bordent les murs, s'épanouit allègrement la *lecanora hageni*. En outre, sur les quais, on rencontre une forme légèrement mutante du *fontinalis antipyretica*, aux rameaux grêles, couverts de feuilles étroites, plante inattendue que les hameçons des pêcheurs ramènent du fond de l'eau.

Mais Bouly de Lesdain ne se contente pas de ces descriptions méticuleuses, il exerce également ses capacités spéculatives à résoudre de petites énigmes. Par exemple, celle-ci : pourquoi les tablettes des balustrades des parcs sont-elles souvent couvertes de lichens, tandis que les balustres qui les supportent en sont toujours dépourvues (alors que c'est le contraire en province) ? Réponse : la pluie tombant sur ces surfaces horizontales les lave de la suie et des dépôts de la pollution urbaine, et malgré l'érosion que cela entraîne, ce milieu est plus propice à la flore que les piliers des balustrades qui, subissant le ruissellement de l'eau toxique, sont noircis et définitivement inorganiques. Ou encore, celle-là : pourquoi les pauwlonias, ces arbres d'ornement originaires de Chine, se couvrirent-ils de fleurs roses d'une abondance et d'un parfum jamais vus dans nos contrées au printemps 1941 ? Cette question, Bouly de Lesdain ne fut pas le seul à se la poser, elle attira aussi l'attention de l'un de ses confrères, un certain de Cugnac, dont il cite un article publié dans le bulletin annuel de la Société botanique de France, « À propos de la floraison des paulownias à Paris en 1941 ». Le consensus qui s'établit dans la communauté scientifique sur cet épineux problème fut le suivant : sous l'Occupation, le trafic automobile parisien avait tant diminué, les consommations de charbon et de bois de chauffage avaient tellement baissé que l'air de la ville s'est trouvé libéré des gaz si néfastes pour le vivant ; la flore en connut un vif regain.

Est-ce l'obscure conscience des souffrances de la guerre qui finit par donner un ton plus pascalien au botaniste ? La conclusion de l'ouvrage de Bouly de Lesdain est amère, comme celle de Nylander. Je te cite ces quelques phrases d'une lucidité désabusée : « L'étude des lichens qui végètent dans une grande ville est souvent bien décevante car on se trouve en présence de plantes malades qui, n'ayant pu s'adapter aux milieux si variés qu'elle présente, ont dû au contraire subir leur influence. » Rongées par les insectes (particulièrement nombreux aux alentours de la place de la Concorde) et les acariens, cette végétation chétive présente rien de moins que des « spores difformes ou avortées, ainsi même parfois que les thèques » – pire, la gélatine manque « dans un hyménium que l'iode ne colore plus que partiellement ». Laides, contournées, fanées avant d'atteindre la fleur de l'âge, ces plantes sont de plus, dans leur écrasante majorité, stériles.

Pour ma part, il m'est arrivé une aventure assez curieuse alors que je sortais de la Bibliothèque nationale où j'avais fait ces lectures, qui me bourdonnaient encore dans la tête. Je suis descendu sur le quai de la ligne 14, à la station François-Mitterrand. Là, je laissai mon regard traîner par terre : j'eus la surprise de remarquer que les concepteurs du lieu avaient fait sceller entre deux carreaux du sol un clou de métal, pareil à ceux qui servaient autrefois à délimiter les passages piétons, sur lequel était gravée cette citation : « "Cette mousse est douce, ne s'affaisse pas brusquement quand tu te couches dessus." Linné. »

Quel botaniste réfréné reconverti dans l'architecture d'intérieur, quel baroque designer d'ambiance ou représentant des pouvoirs publics avait donc commandité cette inscription aussi discrète que saugrenue ? Était-ce une réponse aux vers de Queneau (qui aimait tant le métro) ? L'objectif était-il de compenser l'absence de flore digne d'intérêt dans les volumes monumentaux de la ligne 14 par des *évocations* de mousse ?

Quelle qu'en fût la motivation, je perçus dans ce geste une ironie involontaire. Un jour ne viendra-t-il pas, à ce rythme, où l'on inscrira sur des plaques les noms des plantes listées par Bouly de Lesdain, aux emplacements signalés par ce dernier ? Et tout appauvrissement du réel se solde-t-il nécessairement, en ville, par un surcroît de langage ?

Quai du Louvre, un peu plus loin :
les vagues déchaînées
de la catastrophe en cours

Sur un mur de meulières, une œuvre de *street art* attire mon regard. Il s'agit d'un grand dessin découpé, collé sur la paroi, représentant une Vierge à l'enfant, de facture très classique. Dans une banderole, au-dessus de l'auréole qui coiffe la Madone, on peut lire cette phrase sibylline : *Only after disaster we can resurrect*. Dans la main de l'enfant Jésus, se tient debout un petit personnage – Bart Simpson – qu'on ne remarque qu'en s'approchant. Sur le tee-shirt de Bart, un deuxième slogan : *Skate or die*.

J'essaie de comprendre quel lien on peut établir entre ces deux formules : nous serions aux avant-postes de l'Apocalypse – nous n'aurions d'autre choix que de surfer sur les vagues déchaînées de la catastrophe en cours, ou de sombrer ? Je m'attarde en vain à vouloir percer cette charade, quand le son cuivré, céleste et gourmand des cloches de Notre-Dame se met à vibrer dans les airs. Je ne sais pas quelle fête religieuse ou quelle occasion elles célèbrent ;

apparemment, elles retentissent sans raison. Sur le mur, pas loin de Bart Simpson, une araignée détale.

Chaque détail aurait-il un sens ?

Pont du Carrousel :
voici un chien, enfermé dans ce sac

Un soir, tu t'amusais à me balancer à la figure toute la gaudriole dont tu te sentais capable. Nous avions bu quelques verres de rosé à L'Écluse, pas loin de Saint-Michel. Il faisait doux, le souffle tiède du printemps charriait pollens phosphorescents et phéromones ; en tout cas, tu étais émoustillée, tu avais envie de poser aux affranchies. Oh, tu n'avais rien d'inouï à raconter, tu me parlais de ce jour où tu avais pris une douche toute nue avec une de tes amies, une métisse, et du plaisir que tu avais pris à regarder les gouttes ruisseler sur le grain serré de sa peau, formant de rapides serpents que tu tentais d'attraper. Tu me disais comment, avec ton ex, vous aviez fait l'amour dans l'océan à Étretat en plein hiver, transis par les vagues glacées, peinant à vous réchauffer par le contact.

Ce n'est pas vraiment ton genre de parler de ces choses, mais ce soir-là tu avais décidé de me piquer, de me montrer quelles fantaisies insoupçonnées cachait ta jeunesse. Je crois que, dans les premiers temps, tu me trouvais un côté ennuyeux ; j'étais pour toi le stéréotype du rat de bibliothèque. Tu voulais asticoter mon soi-disant esprit de sérieux. Tu minaudais, que c'en était incroyable. Fréquemment, un petit triangle de langue mutine apparaissait au coin de tes lèvres. Tu le faisais surgir, comme un mouchoir rouge, pour réveiller la bête en moi, juste avant de porter ton verre à ta bouche, puis d'évoquer un autre détail croustillant qui te revenait à l'esprit. Tes joues se coloraient, ton regard scintillait. À la fin, j'en ai vraiment eu assez de passer pour un benêt à tes yeux – ton petit jeu ne m'impressionnait pas – et j'ai décidé de recourir à un argument imparable, le pont du Carrousel. Oui, ce pont même sous lequel je suis en train de passer au milieu d'une foule de promeneurs insouciants !

J'ai donc réglé nos consommations et t'ai dit : « Si je comprends bien, tu n'as pas froid aux yeux, c'est ça ?

— Parfaitement, as-tu répondu, passablement pompette.

— Tant mieux. Dans ce cas, viens avec moi ! »

Il n'était pas très tard, onze heures et demie, la nuit ne faisait que commencer – mais pour accomplir mon dessein, c'était déjà suffisant. Tu portais, je te revois, une grande robe de toile bleue avec des imprimés blancs rappelant des nuages – un vêtement plutôt yéyé, comme un ciel de prairie froufroutant autour de tes hanches dodues. Il faisait trop chaud pour les bas, aussi tu exhibais des jambes nues, tes bras aussi étaient découverts ; cuisses et avant-bras ocellés de taches de rousseur comme il se doit quand on est tigresse. Là-dessus, ta chevelure se balançait comme un feu sombre en écho aux lueurs lointaines du crépuscule.

Quand nous sommes descendus sur le quai par un étroit escalier de pierre, tu m'as demandé : « Où allons-nous ? » Je n'ai pas répondu. Nous étions sur la rive gauche, face au Louvre, aussi tu te sentais en sécurité et n'as pas insisté.

En approchant de la voûte du pont, toutefois, un détail t'a alerté : tu as vu jaillir de la pénombre une silhouette, celle d'un homme petit, cheveux gris acier coupés très court qui luisaient comme du papier de verre sous l'éclat des réverbères ; il s'est mis à pisser dans la Seine en nous regardant, s'exhibant et souriant de toutes ses dents. Ta main a serré la mienne plus fort. Puis nous nous sommes engouffrés dans l'obscurité complète qui régnait sous les arches.

Le temps que nos prunelles s'adaptassent, nous en étions réduits à l'écoute. Il y avait là tout un étrange paysage du souffle : couinements de souris, soupirs de cheval enrhumé, cris de chat ayant avalé une arête, chuchotements bergmaniens. Quand nos prunelles ont atteint leur niveau de dilatation maximal, nous avons pu discerner des formes mouvantes, ici le galbe d'une paire de fesses, là l'ovale branlant d'une tête, ou bien un agencement impliquant un groupe – mais à l'odeur musquée comme à la raucité des râles, il était clair que cette assemblée sauvage n'était composée que d'hommes. D'un coup, ta robe qui flottait majestueusement comme la voile d'une goélette n'était plus qu'un mouchoir. Tu ne protestais pas. Même tes doigts relâchaient leur emprise sur les miens. Tu étais complètement prise au dépourvu.

(S'il y a, parmi tous les écrivains dont je t'ai parlé, un type gêné aux entournures sur la question de l'homosexualité, c'est bien André Breton. Or, j'ai appris en lisant *Rue Gît-le-Cœur* qu'il aimait spécialement le pont du Carrousel. Non pas pour ces agapes clandestines – qui ne s'y déroulaient probablement pas encore –, mais à cause du rôle que joue ce lieu dans *Les Chants de Maldoror*. Ironiquement, le passage est pédérastique à souhait (voilà d'ailleurs un autre mystère : pourquoi Breton appréciait-il tellement l'œuvre de Lautréamont, ce poète précoce né à Montevideo et foudroyé à vingt et un ans, alors qu'elle est saturée de fantasmes masculins et que son épopée du mal est plus bariolée qu'un char de la *gay pride* ? Breton n'avait-il donc pas perçu l'expression d'un amour latent pour les garçons qui traverse tout le livre ? J'ai peine à le croire... Toujours est-il que Lautréamont, avec une prescience déroutante, avait clairement associé le pont du Carrousel au déchaînement des passions *contre nature*, bien avant que ces arches n'abritassent effectivement les turpitudes de la communauté homo.) Voici l'argument du sixième chant de Maldoror : un jeune adolescent, Mervyn, grandit dans les beaux quartiers, du côté du Palais-Royal. Il écrit des lettres où il déclare son amour fou à Maldoror : « Quand je pense à vous, ma poitrine s'agite, retentissante comme l'écroulement d'un empire en décadence ; car, l'ombre de votre amour accuse un sourire qui, peut-être, n'existe pas : elle est si vague, et remue ses écailles si tortueusement ! Entre vos mains, j'abandonne mes sentiments impétueux, tables de marbre toutes neuves, et vierges encore d'un contact mortel. Prenons patience jusqu'aux premières lueurs du crépuscule matinal, et, dans l'attente du moment qui me jettera dans l'entrelacement hideux de vos bras pestiférés, je m'incline humblement à vos genoux, que je presse. »

Par retour de courrier, Maldoror lui donne rendez-vous sur le pont du Carrousel. Mervyn, ce « fils de la blonde Angleterre », est heureux, car il pense avoir trouvé un mentor, un aîné qui l'initiera aux plaisirs défendus. Mal lui en prend ! Il a sous-estimé la dépravation du personnage. Sur le pont, indifférent à la confiance que le jeune homme lui porte, comme à ses yeux en pleurs, à ses supplications, le cruel Maldoror le fourre dans un gros sac de jute et le roue de coups, le frappant sur le parapet de pierre, se délectant d'entendre casser ses os. Puis il offre le sac à des bouchers pour qu'ils achèvent au plus tôt la bête qui y gigote. « Voici un chien, enfermé dans ce sac ; il a la gale : abattez-le au plus vite. » Les bouchers cognent à l'aide de marteaux. Au moment de porter le coup fatal, entendant des gémissements un peu trop humains jaillir du sac, l'un des garçons bouchers est pris d'un doute. Ils ouvrent le sac, libèrent Mervyn. Le jeune garçon échappera à la mort cette fois-ci, mais elle viendra un peu plus tard : Maldoror le pendra à l'éminemment phallique colonne Vendôme.)

Donc, tu n'en menais pas large. Je t'entendais déglutir avec difficulté. Tu te taisais, pour que ta voix ne dénonçât pas ton sexe. C'est en tant que femme, je crois, que tu te sentais spécialement intruse, menacée. Mais cette précaution du silence était bien inutile car, si noir fût cet endroit, tout en toi criait la féminité, ton parfum, la courbe de ta poitrine, la générosité de montgolfière de ta robe. Je t'ai guidée jusqu'à ce qu'enfin, nous retrouvassions l'air libre. L'éclairage parisien ne t'avait jamais paru si salutaire.

Nous avons encore fait cent mètres d'un pas somnambulique, vérifié en regardant par-dessus notre épaule que personne ne nous suivait. Non, nous étions bien seuls, tranquilles à présent. C'est alors que je me suis aperçu d'un détail insolite, que je n'aurais pu prévoir, Jeanne : une larme avait roulé sur l'une de tes joues. Une larme unique, qui peinait à descendre, restant accrochée au duvet léger de la pommette comme une goutte de pluie sur un pétale. Je ne savais que dire et regrettais de t'avoir imposé cette épreuve. J'allais prononcer une excuse, mais cela n'a pas été nécessaire. Tu t'es simplement blottie contre moi en murmurant : « Pardon. » Et j'ai aimé sentir ton corps, l'ajuster au mien en serrant. Tu avais été si distante, à L'Écluse, si fière et inaccessible. Je te retrouvais.

Chaque fois que je repasse sous ce pont – même du côté rive droite, comme en ce moment –, ces images me reviennent en mémoire, d'autant plus qu'il s'agit d'une scène d'un folklore disparu. Car il n'y a plus d'orgies nocturnes sous les arches du pont du Carrousel, rive gauche. Tout est rentré dans l'ordre du jour au lendemain. Et pour obtenir ce résultat, il n'a même pas été nécessaire d'organiser des gardes à vue, de ficher le milieu. Non, le moyen employé fut à la fois beaucoup plus simple et plus efficace. Un violent éclairage de néons a été installé là. La nuit, le promeneur ignorant peut se demander pourquoi le pont du Carrousel est si violemment illuminé *par en dessous* alors que les autres, laissés à l'obscurité, servent d'abri aux clochards. En fait, ce déluge de watts n'a d'autre but que de décourager la débauche.

Carrousel du Louvre :
le sommeil est plein de miracles

Un jour viendra, Jeanne, où cette ville ne sera plus. Où ce paysage demeurera inhabité, où cet hémicycle de collines et de marécages installés en bordure d'un fleuve aura sombré dans la désolation. Il faut se résoudre à la fin de tout, même et surtout de ce qui nous paraît permanent. Mais à quoi ressembleront les ruines de Paris ? Te l'es-tu déjà demandé ?

Les artistes des siècles passés qui ont tenté de représenter Paris détruit ont eu tendance à marcher dans les pas d'Hubert Robert. Inspirés par sa frappante *Vue imaginaire de la Grande Galerie du Louvre en ruine*, qui remonte à 1796, ils ont pensé que c'est la forêt qui viendrait ici prendre sa revanche. Qu'une fois vacants, les bâtiments seraient progressivement recouverts par une nature luxuriante, gorgée de sève et emplie de pépiements d'oiseaux, de grondements de bêtes sauvages. En 1851, le romantique Alphonse de Lamartine peint en vers cette *reconquista* végétale :

> « ... Je ne vis plus qu'une forêt profonde,
> Qui, d'un fleuve fangeux couvrant les bords obscurs,

Croissait languissamment sur les débris des murs ;
Le flot, triste et dormant sous son arche écroulée,
D'un murmure plaintif remplissait la vallée
Où la Seine, jadis reine de ces beaux lieux,
Roulait avec amour dans son sein orgueilleux
Les ombres des palais qui couronnaient les rives
(...)
Là, le Louvre, abaissant ses superbes créneaux
Cachait ses fondements parmi d'humbles roseaux ;
Sur les tronçons brisés de ses larges arcades
Le lierre encore traçait de vertes colonnades,
Et, croissant au hasard sur des chiffres chéris,
Le lys pétrifié s'ouvrait sur ces débris. »

(Soit dit en passant, si le Louvre suggère des images sylvestres à Robert comme à Lamartine, c'est peut-être en raison de son passé. Selon l'explication la plus rationnelle, son nom dériverait de l'ancien français *lauer* ou *lower*, terme qui signifie « château » ou « tour de guet » et qui vient de l'Est, qui nous fut légué par les envahisseurs germaniques. Mais une autre piste étymologique, tout aussi plausible, bien plus belle, veut que la première forteresse du Louvre fût construite sur un lieu-dit nommé *lupara*, du latin *lupus*. Y avait-il, du temps de la première occupation romaine, un chenil installé sur cette rive ? Ou bien un bois, d'où sortaient les loups pour rapiner dans les enclos et poulaillers de la proche cité ? Si cette dernière hypothèse est juste, il faut imaginer ici même, en lieu et place du célèbre musée, un terrain marécageux planté d'arbustes bas, sur lequel le lit de la Seine s'épanchait largement après les pluies automnales et où retentissaient, la nuit, d'interminables hurlements...)

Cinq ans après Lamartine, en 1856, un plumitif de second rang, grand noceur et bagarreur, bavard invétéré, Joseph Méry, publiait une nouvelle intitulée *Les Ruines de Paris*. Ce récit de quelques pages, au style ampoulé, évoque deux voyageurs qui remontent la vallée du Rhône « en *steam-table* ». Ils survolent une France dépeuplée et le soir, découvrent du haut des airs « quatre-vingts kilomètres de ruines moussues, lesquelles, d'après leurs calculs, devaient appartenir à l'ancienne capitale de France, nommée Paris, selon les uns, et, selon les autres mieux instruits, *Parigi* ou *Lutetia*, mot qui signifiait dans une langue ancienne, *boue* ». Mais la ville entière n'est qu'« une assez vaste forêt où les lianes voilent les arbres et les hauts gazons la terre ». L'hallucination verdoyante de Lamartine est confirmée.

L'argument est repris et développé quelques années plus tard par un autre lettré tombé dans l'oubli, malgré un talent bien supérieur à celui de Méry, un certain Alfred Franklin. Bibliophile s'il en fût jamais, il entra comme employé à la Bibliothèque nationale de la rue de Richelieu en 1856, alors qu'il n'avait que vingt-cinq ans, et fut mis à la retraite d'office en 1906, à soixante-quinze ans révolus. Franklin connaissait la nouvelle alambiquée et trop brève de Méry, il avait lu Lamartine et admirait sans doute Hubert

Robert. En tout cas, on lui doit un très divertissant petit roman, publié sous pseudonyme par modestie, *Les Ruines de Paris en 4908*.

En 4908, à en croire Franklin, la face du monde aura beaucoup changé. D'ici là, suite à un cataclysme, le continent européen sera retourné à la barbarie. La première puissance mondiale aura son siège à Nouméa, en Calédonie. Franklin imagine qu'une flottille part du Pacifique en mission de reconnaissance dans l'hémisphère nord. Elle est placée sous les ordres de l'amiral Quésidor ; ses vaisseaux abordent l'estuaire de la Seine le 3 février 4908. Là, Quésidor et ses hommes découvrent une peuplade d'environ deux mille sauvages, lointains descendants des Français. Leur « grande préoccupation est la recherche du plaisir » et leur premier hobby, après la bagatelle, c'est le « renversement du chef », autrement dit l'agitation révolutionnaire. Aidé par les indications des autochtones, Quésidor décide de remonter le fleuve avec ses troupes, à la recherche de l'ancien et mythique Paris. Et en effet, il découvre les restes d'une cité grandiose, avec « des dômes, des colonnes, des portiques, des flèches élancées, des combles immenses, des frontons, des statues, des chapiteaux, des entablements, des crêtes, des corniches ». Ces merveilles gisent sous des monceaux de sables et des entrelacs de plantes sèches. Quésidor établit un campement. Un colossal travail de fouilles débute. Il faut libérer les monuments de la gangue de terre et de racines dans laquelle ils sont enserrés depuis la catastrophe, pour retrouver le témoignage de la cité disparue.

Une inscription à demi effacée ? Les archéologues qui accompagnent l'expédition identifient le « Pont des Lézards ». Une colonne couverte de hiéroglyphes ? Ils en déduisent que c'était l'écriture des anciens habitants de Lutèce. L'enseigne d'un bougnat où la réclame « Vins et charbons » est délavée ? Ils recomposent, patiemment, les lettres d'une devise : « *Vincit in bello* » – il vainc à la guerre ! Mais un vestige en particulier va donner à nos découvreurs du fil à retordre. Près de la Mairie du Louvre (*sic*), ils tombent en effet sur une statue équestre de femme, à laquelle manque la tête. Sur le socle fendu, « on a trouvé ces mots tracés à la craie : *République française. Pucelle d'Orléans.* Phrase inexplicable qui complique le problème au lieu de l'éclaircir ». Certains des savants calédoniens émettent l'hypothèse qu'il s'agit d'une Amazone ; mais « la statue est trop complète, rétorquent les autres, car tout le monde sait que les Amazones se faisaient couper la mamelle droite, qui les eût gênées dans le maniement de l'arc »...

Pourtant, les recherches tournent court car, au contact des lointains descendants des Français, un esprit de fronde s'empare du contingent et de Quésidor lui-même. Ils décident de faire sécession et de fonder une nouvelle République, en désobéissant aux ordres formels de Nouméa. Plus qu'un objet de curiosité, Paris devient leur capitale d'adoption (d'autant plus que les femmes indigènes ont de sérieuses séductions...).

Ces jeux d'esprit sont comiques et cependant, pour ma part, en cette année 2011, tandis que je traverse la place du Carrousel, d'où j'ai une vue plongeante sur la tranchée des Champs-Élysées, j'ai tendance à penser qu'au jour de la dégringolade finale, de l'Apocalypse si tu préfères, ce paysage sera intact et stérile. Les ruines de Paris, je me les imagine figées – autrement dit, je vois une ville muette, déserte, inorganique. Où rien ne prolifère, sinon des lichens chétifs semblables à ceux qu'observait Bouly de Lesdain. Quand Paris sera inhabité, alors c'est que l'atmosphère terrestre sera parvenue à ébullition, ou que les sols seront irradiés, en tout cas il n'y aura plus assez de vitalité en réserve sur cette portion du globe pour recréer une jungle. La culture aura mis *knock-out* la nature et celle-ci ne pourra guère répliquer. Ces ruines ne ressembleront pas à celles du Parthénon, ni à ces manoirs dont les toits se sont effondrés et où les chauves-souris et les chouettes s'en vont nicher. Les fenêtres des bâtiments seront béantes, comme des pupilles ouvertes sur le néant. Les anciens appartements, les fonds de commerce, les lieux publics se rempliront progressivement de bris de verre, de plâtre, de gravats. Les volumes retentiront d'échos. Chaque fois qu'un nouveau pan de bâti se détachera, d'année en année, il créera un affaissement au cœur de l'absence. Mis à part ces vacarmes intermittents, rien ne se produira. Nul ne viendra en ces lieux. Et finalement, comme dans la prophétie ironique de l'Écclésiaste, la ville retournera à la poussière – il n'en restera qu'une fine pellicule, pas plus imposante que le résidu noir qui subsiste au fond d'un cendrier.

Maintenant je regarde la pyramide du Louvre, Jeanne, et je souris – elle et ses armatures d'acier, ses petits carreaux suspendus, elle sera la première à tomber ! Elle est si vulnérable... Puis ce sera Beaubourg, la tour Eiffel, l'Opéra-Bastille, la Grande Bibliothèque, la Fondation Cartier, enfin les immeubles qui s'étioleront comme des dents cariées.

De fait, celui qui a eu la vision la plus convaincante, la plus *actuelle* des ruines de Paris, c'est encore Baudelaire dans son *Rêve parisien*. Dans ce poème, il raconte comment, un matin, au sortir d'une nuit agitée, les visions d'un Paris minéralisé se sont imposées à son esprit :

> « Le sommeil est plein de miracles !
> Par un caprice singulier
> J'avais banni de ces spectacles
> Le végétal irrégulier,
>
> Et, peintre fier de mon génie,
> Je savourais dans mon tableau
> L'enivrante monotonie
> Du métal, du marbre et de l'eau.
>
> Babel d'escaliers et d'arcades,
> C'était un palais infini,
> Plein de bassins et de cascades
> Tombant dans l'or mat ou bruni (...)
>
> Et tout, même la couleur noire,
> Semblait fourbi, clair, irisé ;

Le liquide enchâssait sa gloire
Dans le rayon cristallisé. »

Mais tu vas dire que j'ai tort et que je m'illusionne encore une fois sur les pouvoirs de la littérature. Pourquoi est-ce que je m'entête à prêter un don de divination aux poètes, et pourquoi prendre au sérieux ces fables nihilistes ? Je sais que je ne te convaincrai probablement pas, pourtant c'est exact, je suis prêt à soutenir que certains textes contiennent les germes de l'avenir et franchissent la barrière du présent – en un sens, pourtant, qui reste à préciser. Tu vois cette pyramide, par exemple ? Eh bien, un lettré du XVIIIᵉ siècle l'avait déjà imaginée, un type tout à fait inconnu de nos jours, un certain Bernard-François de Balzac – oui, le père d'Honoré de Balzac, le célèbre auteur de *La Comédie humaine*.

Bernard-François de Balzac fit une carrière de clerc puis de fonctionnaire sous l'Empire. Franc-maçon, il ne se contentait pas de ce rôle modeste d'administrateur, et se considérait aussi comme un humaniste, un visionnaire, un peu à la manière de Pierre Mabille, le médecin touche-à-tout d'André Breton. Philosophe du dimanche, Bernard-François Balssa, de son vrai nom, avait l'ambition immodeste et naïve, sinon de changer le monde, du moins d'y apporter quelques améliorations.

En 1809, il publia à compte d'auteur, chez Mame, imprimeur à Tours, la somme de ses réflexions sous un titre pompeux : *Mémoire sur deux grandes obligations à remplir par les Français*. En ces temps-là, on avait encore des rêves de puissance en France, et les clercs de l'Empire se croyaient sérieusement appelés à peser sur les destinées de l'univers – aussi Bernard-François voyait grand. Il voulait que Paris se dotât d'une construction magnifique, destinée à rayonner pour des millénaires, à la manière des merveilles du monde antique. « Perpétuer la grandeur du peuple français, et faire éclater éternellement sa reconnaissance pour le fondateur de son empire ; tel est l'objet du monument à élever. » C'est pourquoi Bernard-François s'interroge : quel est le genre d'architecture le plus résistant, c'est-à-dire le plus endurant à l'usure naturelle mais aussi le plus pérenne du point de vue symbolique, le mieux à même de flatter le goût des hommes de toutes les époques ? « La forme pyramidale semble présenter plus de solidité que les autres », conclut Bernard-François, qu'inspire l'exemple des anciens Égyptiens. Les pharaons n'ont-ils pas fait réaliser, de toute l'Histoire connue, les constructions qui ont le mieux survécu aux révolutions politiques, esthétiques, comme aux assauts climatiques ? En plein cœur de Paris, Bernard-François rêvait qu'on édifiât une pyramide. À son sommet, il imaginait une esplanade défendue par des dentelles de pierre semblables à celles du château de Vincennes. Et tout en haut, une statue gigantesque, supérieure en taille au colosse de Rhodes. Emporté par cette description, il se demande même si, quand le monument sera terminé, on sentira, à son sommet, la pluie tomber du ciel, ou si elle n'aura pas plus tôt fait de remonter du sol vers les nuages, par évaporation : « Sans doute qu'à une aussi grande élévation l'eau du ciel est presque aussitôt repompée que tombée » !

Après avoir esquissé son projet architectural, il s'interroge sur l'emplacement propice. Et il a une fulgurance. Un seul lieu à Paris lui paraît digne d'accueillir une pyramide : « Élevée au milieu de la grande cour, entre les Tuileries et le Louvre, elle ferait disparaître le défaut de correspondance entre les portes principales de ces deux palais. » Le carrousel du Louvre est donc à ses yeux l'endroit idoine pour élever ce mausolée à la grandeur napoléonienne. Seul défaut de cet emplacement, sa taille est modeste... « Mais l'espace serait-il assez grand pour admettre cette énorme masse ? Et les vents qu'elle contrarierait ne produiraient-ils pas constamment dans tous les environs des courants d'air vifs désagréables, nuisibles à la santé ? »

Les songeries mégalomanes de Bernard-François ont-elles déteint sur le fils, de telle sorte qu'Honoré se sentît tenu de bâtir à lui seul une cathédrale romanesque en plein Paris ? Je l'ignore, mais il est quasiment certain que Ieoh Ming Pei, l'architecte qui jeta les plans de la pyramide en verre du Louvre, achevée en 1989, d'une hauteur de vingt-deux mètres à peine, sans esplanade et sans statue à son sommet, ignorait tout de ce texte. Un unique exemplaire du *Mémoire* de Bernard-François Balssa est conservé à la Bibliothèque nationale, dans la salle des documents rares. Il faut avoir une habilitation universitaire pour le consulter ; un bibliothécaire vous l'apporte cérémonieusement, servi sur un coussin de velours. Ming Pei, architecte sino-américain dont l'agence est située au cœur de Manhattan, dans Pine Street, n'avait pas la possibilité de pénétrer ces arcanes, et pourtant il arriva à la même conclusion (mais sans doute sa création lui fut-elle plus ou moins indirectement inspirée par la mort de Louis XVI… En effet, Louis-Philippe prit la décision d'implanter l'obélisque, cadeau du vice-roi d'Égypte Méhémet Ali, précisément au centre de la place de la Concorde, où le régicide avait été consommé. Nul hasard dans ce choix : il s'agissait bel et bien de restaurer un principe d'autorité vertical, un sceptre de pierre, pour effacer la souillure de la décapitation du roi. Or, il est probable que Ming Pei, après le tournant des années 1970, la libération sexuelle, le grand mouvement de contestation et d'égalitarisme qui a secoué l'Occident, ait voulu répondre à sa manière par un symbole féminin – la pyramide, utérus accueillant pour les morts – à la provocation phallocratique de la Restauration. Par un subtil jeu de ricochets, la pyramide de Ming Pei est une réponse tardive à 1793).

Tout cela indique mieux, ma Jeanne, en quel sens l'écriture est à mon sens un art divinatoire. Il y a, en effet, deux manières d'envisager le temps. Soit le temps est une pure succession, une flèche projetée dans le vide, auquel cas l'archer ne la rattrapera jamais, pas plus qu'on ne peut jeter un coup d'œil par la serrure pour voir au-delà du présent. Soit le temps est au contraire une carte, au sens géographique du terme, ou un blason, dans lequel les événements s'interpénètrent comme autant de symboles pour former un sens unique. Et si tel est le cas, lier le passé à l'avenir en enjambant le présent n'est pas une affaire de pouvoir surnaturel, mais simplement de science héraldique : il suffit d'avoir la bonne clé de lecture, de posséder un art de l'interprétation suffisamment rodé. Chaque symbole en induit un autre. Pour connaître la suite de l'Histoire, il suffit donc de lire le présent en se situant du point de vue de l'éternité.

Universal Resto :
une sorte d'abondance neutre,
ou de chaos aseptisé

Que fais-tu quand tu te sens triste, démoralisée ? Quand tu n'as le cœur à rien ? As-tu une parade pour faire passer les moments d'ennui et de découragement ? Pour ma part, j'ai recours à un petit rite qui risque de t'étonner. Si je ne t'en ai jamais parlé jusqu'à présent, c'est aussi qu'il s'agit d'une lubie peu compréhensible.

Ce genre d'état semi-dépressif me tombe en général dessus aux heures creuses de l'après-midi. Alors, je me dirige vers le centre commercial aménagé sous le carrousel du Louvre, autour de la pyramide inversée. Plus précisément, je me rends à cet étage spécial qui propose ce qu'on appelle en anglais commercial un *food court* – c'est-à-dire une série de self-services, offrant tous des cuisines différentes, mais donnant sur une salle de restaurant unique. Cet endroit est presque inconnu des habitants de Paris, qui ne le fréquentent guère, mais conseillé dans les guides touristiques et bondé à toute heure de la journée ; on l'a judicieusement baptisé l'Universal Resto.

Concrètement, c'est un immense *open space* avec des tables en Formica et des chaises standard, pareilles à celles qu'on peut trouver dans les restaurants qui bordent les autoroutes ou dans les cantines des tours d'entreprise ; les banquettes couvertes de toile synthétique émettent des feulements de hyène lorsqu'on s'assoit dessus et, çà et là, sont prévues des poubelles avec abattants permettant d'éliminer en un seul geste expiatoire les reliefs de son plateau-repas. L'Universal Resto offre un coup d'œil panoramique sur la mondialisation, dont il est en quelque sorte le modèle réduit. Il réunit pas moins de quatorze établissements et, la fréquence de mes accès de mélancolie aidant, j'ai fini par connaître leurs noms par cœur, ainsi que leurs cartes : l'Asian Délices vend des nems et des rouleaux de printemps, du porc au caramel et des nougats chinois ; le Café Muffin des cookies et des pancakes ; le Charlie Chicken des poulets grillés sur une rôtissoire géante ; le Crêpe Folies des spécialités bretonnes, galettes de sarrasin ou de froment ; le Cruchot, La Tarterie et Le Douce France des versions *discount* des classiques de la gastronomie française ; le Parilla un choix de fajitas, quesadillas, guacamole et chili con carne ; le Libanais shawarmas, houmous et fallafels ; le Marrakech Express des « couscous maison » ; le Tapas del Sol la « chaleur de la cuisine espagnole », selon son slogan pas très inventif ; le Matsuri des sushis et l'Universal Burger l'espéranto de la *junk food* hyperglycémique.

Eh oui, il m'arrive souvent de passer là une heure ou deux. Pire encore, je ne mange jamais rien. Je me contente, pour justifier ma présence, d'acheter une bouteille d'eau minérale gazeuse, que je consomme dans un gobelet en plastique, à petites gorgées. Comme en ce moment. Et j'observe. Longuement.

D'accord, cela peut te paraître franchement bizarre. Pourtant, je remarque souvent d'autres hommes qui ont des comportements similaires au mien... Il y a les contemplatifs qui aiment bien s'attarder sans raison sur le quai du RER ; et ceux qui traînent dans les gares à regarder les trains partir ; ou encore ceux qui vont dans les parkings aux abords des aéroports, pour assister aux décollages et aux atterrissages des avions. Moi, c'est à l'Universal Resto que je vais me ressourcer.

Ici, se côtoient dans un brouhaha indistinct des Américains et des Russes, des Israéliens et des Saoudiens, des Sud-Africains et des Hollandais, des Chinois et des Japonais, sans l'once d'une tension. L'Universal Resto est capable de réconcilier les contraires, d'aplanir la totalité des malentendus planétaires, et c'est ce qui le rend si précieux. À l'Universal Resto, tout est clair – car tout est consommé. C'est une sorte d'abondance neutre, ou de chaos aseptisé. Mais ce n'est pas le seul avantage.

Quand tu entres dans n'importe quel café parisien, les yeux des serveurs et des clients se tournent vers toi et te jaugent en quelques secondes – nous vivons dans une vieille société de cour, n'est-ce pas, où l'habit fait loi. Ici, aucun code commun n'autorise de telles évaluations ; tu n'es personne ; chacun est un ovni pour l'autre. Impossible d'écouter la conversation de tes voisins, ils parlent dans une langue que tu ne comprends pas. C'est là toute l'astuce : le monde entier est là, ouvert et accueillant, apaisé, mais il n'y a aucune valeur ni aucune expérience à y partager. Nous sommes seulement juxtaposés. Une telle absence de relations authentiques entre les êtres pourrait te sembler sinistre, voire glaçante – et pourtant, chez moi, cela produit l'effet inverse. Mes petits tracas, mes élans de désespoir sont aussitôt relativisés. Je me sens incomparablement léger, à l'Universal Resto. J'ai très vite envie de sourire, voire de rire. La Terre, ce n'était donc que cela ? Une mangeoire suspendue dans le cosmos ? Je m'en souviendrai, de cette planète...

En général, je fais durer ma bouteille d'eau aussi longtemps que possible. Puis vais la jeter à la poubelle pour effacer toute trace de mon passage et, quand je remonte à la surface, je suis à nouveau détendu et plein d'optimisme.

Rue de Rohan :
une modernité shootée à l'air pur

Dans la distance, j'aperçois une horloge publique. Il n'est pas tard, cinq heures à peine passées. J'ai encore le temps de me promener un peu avant de rentrer – et c'est bien ce que je compte faire, m'offrir un supplément de méditation.

Moi qui n'ai jamais porté aucune montre au poignet, j'aime bien glaner l'heure ainsi, en jetant un coup d'œil aux cadrans électroniques des parcmètres ou aux horloges de rue. C'est une manière plus aléatoire, donc plus agréable de se repérer dans la journée. Quant aux montres, elles m'ont toujours fait l'effet de menottes (bon, d'accord, j'exagère un peu : j'ai l'heure sur mon portable. Mais pour cette raison, justement, je l'allume peu, ce que tu me reproches souvent).

Autrefois, le fonctionnement de ces horloges publiques avait un mécanisme lui-même incroyablement poétique. Elles ne marchaient pas à l'électricité, mais à l'air comprimé. Toutes les minutes, pendant vingt et une secondes, les compresseurs de la SUDAC – entendre, la Société Urbaine d'Air Comprimé – envoyaient de l'air dans un réseau spécial de près de soixante-cinq kilomètres courant sous les rues de Paris : cette impulsion déplaçait les aiguilles d'une bonne centaine d'horloges publiques (dont celle-ci, qui se trouve face à la Comédie-Française) et de plus de cinq mille horloges privées. Tu souris, incrédule ? C'est que tout le monde l'a oublié aujourd'hui, mais Paris a été à la fin du XIXe siècle et jusque dans l'entre-deux-guerres une authentique capitale *steampunk*, où le lobby de l'air tenait la dragée haute à celui de l'électricité. Cette source d'énergie non seulement servait à envoyer les mails de l'époque – les fameux « pneumatiques », messages encapsulés qui voyageaient dans des tubes sous Paris – mais actionnait aussi des scies, des machines à tisser, à coudre, à hacher, des broyeurs, des ascenseurs ou encore des pompes à bière. Là-bas, à l'autre bout de l'avenue de l'Opéra, il y a le fameux Café de Paris. Bien, ses deux cent cinquante lampes à incandescence étaient allumées automatiquement par un moteur à air comprimé.

Derrière ces installations fantastiques, ce rêve d'une modernité shootée à l'air pur, il y avait un inventeur hyperactif, le bien nommé Victor Popp, fondateur de la SUDAC. Il fit édifier, pour alimenter son réseau, une usine avec d'énormes compresseurs sur une berge de la Seine, quai de la Gare – aujourd'hui, ce bâtiment se dresse encore au 3, quai Panhard-et-Levassor, et il a une telle majesté, avec sa grande nef métallique en un seul berceau et ses briques vernissées, qu'on l'a transformé en École nationale d'architecture.

Le plus étrange, vois-tu, c'est que ces installations souterraines n'ont pas été réellement démantelées. Tout le monde s'est renvoyé cette tâche infinie comme une patate chaude. Les Postes, Télégraphes et Téléphones ont fini par récupérer l'infrastructure de la SUDAC, avec pour mission de la réformer. Et puis... le projet s'est perdu dans les fosses profondes des armoires administratives.

Qu'y a-t-il dans ce labyrinthe de tuyaux vides où l'air circulait autrefois à toute allure ? Certaines jonctions doivent être obstruées par la poussière, d'autres submergées par l'eau. À coup sûr, ces vestiges sont peuplés : à quel point grouillent-ils de fourmis et de cafards, d'araignées, de souris et de rats qui se faufilent par ces tentacules innombrables d'une cave à l'autre, maintenant qu'ils ne risquent plus d'être emboutis par un pneumatique ni catapultés par une violente expiration ? Je n'en sais rien, mais j'aime bien penser à toutes ces vies parallèles qui s'égaient dans la doublure invisible de notre métropole.

157, rue Saint-Honoré :
j'ai demandé de l'aide aux icebergs, aux baleines, au soleil

Le Café de la Comédie, à deux pas du Louvre, n'est vraiment pas le genre d'endroit où l'on s'attendrait à faire une rencontre extraordinaire. Il fait partie de ces bars parisiens que j'appelle des *cocottes-minute* : on entre, on sort, c'est plein à bloc et ça turbine, on boit un express ou on avale un burger, tout est pressuré. Ce n'est pas un lieu pour l'âme, mais pour l'estomac.

Et pourtant, c'est là que j'ai fait la connaissance d'Hors Humain, un soir de décembre, alors que le froid sévissait dehors – le mercure était descendu sous zéro et des souvenirs de neige verglacée s'accrochaient aux trottoirs, comme une mue d'innocence. Je précise la saison et la température, car c'est ce qui m'a porté à m'intéresser à l'homme assis à côté de moi, lequel, bien qu'il fût déjà onze heures du soir, buvait un thé chaud : en effet, il était pieds nus. Ses pieds, qui dépassaient entre les tables comme il étirait ses jambes, étaient légèrement violacés. Au bout des orteils, ils avaient une couleur aubergine. Sur le dessus, ils semblaient au contraire très blancs, comme si le sang n'y passait plus.

« Vous ne portez pas de chaussures ? » ai-je demandé, ou plutôt constaté, en m'adressant à l'inconnu. Pour ma part, j'avais déjà bu quelques verres et j'étais dans cette phase où le vin rend expansif et liant.

« Non, m'a-t-il répondu. Je n'en mets plus, ça fait des années. »

Je hochai la tête, dubitatif.

« Les chaussures, tu sais comment j'appelle ça, moi ? Des "cercueils à lacets". C'est vrai, quoi, il faut avoir un côté Jean Valjean pour accepter de porter des godasses, d'avoir un ou deux kilos ficelés en permanence au bout des jambes. Et puis, ça oblige à s'abaisser souvent pour nouer ses lacets, à faire des courbettes. Sans parler des pompes des autres, qu'il faut cirer. Tu comprends ? Quand on a des chaussures, on est un bon citoyen, on appartient à cette humanité qui m'insupporte. D'ailleurs, je me présente : je m'appelle Hors Humain. Attention, pas Inhumain ! Hors Humain...

— Qu'est-ce que vous lui reprochez, à l'humanité ? Vous avez des griefs ? On vous a fait du mal ?

— Pour commencer, et d'un, je suis né dans un camp nazi. »

À ces mots, j'ai mieux observé mon homme. Il avait les traits taillés à la serpe, des cheveux bruns mi-longs tombant aux épaules comme un apache et un buste en V, des pectoraux musclés saillants sous un tee-shirt noir. Comme protection contre le froid, il ne portait qu'une veste de toile anthracite et on aurait dit une rock star, vraiment, il me faisait penser par le physique à Iggy Pop. Tout, dans les mouvements de ses bras, dans sa manière de s'asseoir, indiquait l'agilité ; même immobile, on devinait qu'il avait la souplesse d'un chat.

1945. J'ai fait un rapide calcul mental. S'il était vraiment né dans un camp, comme il s'en vantait, il avait au minimum soixante-six ans.

« Impossible.

— Comment ça, impossible ? Tu ne me crois pas ?

— Non, vous êtes bien trop jeune pour être né au temps de la Seconde Guerre mondiale.

— Attends voir ! » Il a tiré du fond de sa poche un vieux portefeuille fatigué et bourré à craquer comme si c'était une valise, dont il a sorti son passeport.

J'ai lu la mention : « Né à Halle-Saale le 13 janvier 1944. » Et aussi, à côté de son nom Jean Haberey, cette indication : « (surnommé le Hors Humain) ».

« On peut faire inscrire un pseudo sur son passeport ?

— Oui, mais c'est un privilège qu'on accorde très rarement. Dans mon cas, c'était surtout pour simplifier le travail des flics. Comme je monte tout le temps sur les toits, ça leur permet de se passer mon signalement. "Tiens, le Hors Humain se balade sur les toits du sixième... Tiens, il grimpe sur Notre-Dame." Maintenant que le pseudo est officiel, c'est plus facile pour eux. D'un commissariat à l'autre, ils se donnent le mot : le Hors Humain est de sortie... Comme je ne fais rien de mal, ils ont renoncé à me pister ou à me coffrer pour rien.

— Et Halle-Saale, c'est où ?

— Près de Leipzig. C'était un camp de travail pour femmes et enfants. Attention, hein, pas un camp d'extermination. Mais quand même... Le camp était situé juste à côté d'une usine d'armement, alors les Alliés ont bombardé régulièrement la zone. Des centaines d'enfants et de femmes sont morts là-bas sous les bombes des Américains et des Anglais, mais ça les livres d'histoire n'en parlent pas. Il y avait un camp sud et un camp nord ; la partie sud a été totalement détruite, rasée par les bombes.

— Vous êtes donc né dans la partie nord, c'est ça...

— Je précise quand même que je n'ai pas été conçu sur place ! Mais, oui, c'est là que ma mère a passé la fin de sa grossesse. Et je suis sûr d'un truc, c'est qu'au fond du ventre de ma mère, j'entendais les explosions, les bombes. J'avais déjà compris ce que c'était que l'humanité : un ring de *kick boxing*. Les Alliés, les Allemands, les Russes : je ne suis du côté de personne, moi, et je n'en veux à personne, parce que l'humanité n'est qu'une vieille dingue qui passe son temps à se dévorer elle-même, qui ne prend pas soin de ses enfants, qui les abandonne et les tue sans relâche. C'est pourquoi moi, Hors Humain, je dis : "Ciao !" Je n'en veux pas de votre condition humaine misérable, je vais traverser le temps, mais sans vous... Je vois que tu ouvres des yeux comme des billes. Ça te parle, mon histoire ? »

Il avait raison, ma curiosité était piquée. Nous venions à peine d'entamer la conversation, mais il me plaisait bien, ce Hors Humain. Pas à cause de sa philosophie expéditive – dans sa façon de s'exprimer, il y allait un peu à la truelle. Il le reconnaissait lui-même, d'ailleurs. À un moment donné, il s'en est même excusé : « Je cause n'importe comment, comme un docker qui balance ses paquets. Mais on va trouver le fil. Ouais, je te le promets, si on continue à discuter tous les deux, on va trouver un fil. » Non, ce qui me plaisait chez lui, ce n'était pas tant ses considérations grandioses sur le cours du monde, qu'un certain côté malicieux, joueur dans sa manière d'être. On sentait que ce type avait fait son école dans la rue, qu'il était autodidacte, qu'il avait ramassé des bribes de lectures et de conversations au hasard et qu'avec ça, il s'était fabriqué une sagesse de bric et de broc. Cela lui donnait un ticket d'entrée dans le monde des bourgeois et des intellectuels et lui permettait, au passage – mais il n'y a pas de sot profit, n'est-ce pas ? – de leur soutirer de l'argent. Un peu plus tard, il m'a expliqué comment il gagnait sa vie – passionné d'arts martiaux, il se faisait embaucher comme coach sportif par des cadres stressés, à qui il donnait des leçons de souffle. Tu m'as bien entendu, il leur apprenait à se servir de leurs poumons. Avec sa tchatche exceptionnelle, il leur expliquait que, s'ils arrivaient à rester maîtres de leur respiration en toutes circonstances, s'ils avaient de bonnes techniques de souffle en somme, ils supporteraient mieux et plus longtemps la fatigue, ils auraient une meilleure endurance, ils seraient aussi capables de contrôler leur trac avant de prendre la parole en public ou de mener une négociation délicate. Bref, Hors Humain avait, en voyou magnifique, en braqueur de nuages, trouvé le moyen de vendre aux riches la chose la plus gratuite qui soit : l'air qu'ils respirent.

Mais revenons à cette soirée de notre rencontre. « Attends, je vais commander quelque chose », ai-je dit. J'ai appelé le serveur et repris un ballon de Sancerre ; Hors Humain s'est excusé, il ne buvait jamais d'alcool, mais a accepté un nouveau thé. « Tu as un peu de temps devant toi ? lui ai-je demandé.

— Moi ? Bien sûr ! a-t-il dit. Il n'y a pas plus libre que moi. Je n'ai aucune obligation sociale d'aucune sorte.

— Et qu'est-ce que tu fais dans ce bar ?

— J'attendais une femme, mais je crois qu'elle ne viendra plus.

— Bon, alors nous voilà tranquilles pour un moment. Parle-moi de ce camp. Tu en as gardé des souvenirs ?

— Non, pas grand-chose... Maman m'a dit que, quand j'étais petit, je parlais des petits mots allemands. C'est un prêtre allemand qui m'a baptisé. Mais tu sais, même si je n'ai aucune image précise du camp dans la tête, je suis sûr que c'est resté là, profondément en moi, dans ma mémoire animale. Tu comprends ? J'ai longtemps continué à sentir les détonations, les bombes qui éclataient tout autour alors que j'étais minus, que j'attendais comme un petit furieux au chaud dans le corps de ma mère. Ça m'a marqué. Ça m'a interpellé. Et durant les premiers mois, je suis sûr que j'ai inhalé la fumée de la poudre et des cadavres, car il y avait aussi des fours crématoires pas très loin. Tant et si bien qu'à quatre, cinq ans, je souffrais de convulsions pulmonaires...

— C'est quoi, ça, un genre d'asthme ?

— Non, c'est autre chose. Dans l'asthme, t'as les bronches qui se remplissent de flotte, tu as mal aux poumons. Mais les convulsions, c'est plus proche de la panique, de l'hystérie. Tu sens que tu vas mourir... T'as peur. Et t'as qu'une envie, c'est de te mettre à courir. Si tu es sûr que t'es en train de crever, tu ne vas pas rester là tranquille assis à cette table, non, t'auras envie de frapper, de fuir à toutes jambes... C'était un énorme problème, car ma mère m'avait placé en pension – elle a dû travailler dur après la Libération, elle ne pouvait pas me garder, la pauvre – et les curés, les maîtres ne savaient pas quoi faire de moi. Je ne pouvais pas rester à l'école, tenir en place, je me levais de ma table à tout bout de champ pour me barrer...

— Mais t'allais où ?

— Ça dépend. On était rue Vaubecour, à Lyon. Souvent, je descendais dans les caves. À cette époque, il y avait encore des trappes à charbon. Hop, j'en ouvrais une et me glissais dedans.

— Mauvaise idée, on respire encore plus mal sous terre...

— Tu ne m'as pas compris. Je sentais que j'allais mal et je ne voulais pas mourir devant les gens, sur le trottoir. Des fois aussi, j'allais dans la Saône. Je descendais les marches du quai et je m'immergeais dans l'eau glacée. Le froid, ça te détend, ça t'apaise. Souvent aussi je filais dans l'église du quartier, parce que j'aimais bien le Christ, j'adorais son personnage. Il me ressemblait. Il se tenait là, sur sa croix, et il étouffait comme moi, il avait du mal à respirer. On se parlait, lui et moi.

— Et les médecins ne pouvaient pas t'aider ?

— Bah... C'était juste après la guerre. Les médicaments, il n'y en avait pas beaucoup, même pour les bourgeois bien portants c'était la dèche en ce temps-là, alors un chaton dans mon genre... Non, ils étaient plutôt désemparés. Par contre, tu sais pas ce qu'ils ont trouvé ? Ils m'ont fait des électrochocs.

— À quel âge ?

— J'avais cinq ou six ans. Ils m'ont imposé ça et là, je t'avoue, j'ai du mal à leur pardonner, même aujourd'hui. J'en veux pas aux Allemands, même si mon père a été déporté à Buchenwald, parce qu'il n'y avait pas que des salauds chez eux, mais vraiment, faire des électrochocs sur un gamin de six ans, c'est trash, c'est comme le violer. Surtout que ça se passait à l'institut médico-légal Édouard-Herriot, au milieu des cercueils. On m'emmenait chez les macchabées pour le faire.

— Et pourtant, t'as survécu...

— Oui, grâce aux techniques de souffle que j'ai trouvées par mes propres moyens. Parce que, c'est ça qui est extra, avec le souffle. C'est précisément quand tu n'arrives pas à respirer que tu es dans le souffle. Regarde, toi, ta respiration, tu n'y penses jamais. Tu as une respiration typique d'intellectuel, de cérébral, très haute. C'est dû aux mères, ça. Oui, aux mamans... Ce sont les femmes qui transmettent le souffle aux gosses, quand elles les ont dans leur ventre. Mais comme elles sont gênées par la grossesse durant cette période, elles halètent, elles respirent seulement avec la gorge et le haut des poumons. D'une façon superficielle, en fait. Les enfants naissent, et ils ne savent pas comment respirer. Mais moi, à cause de mes problèmes, j'ai dû apprendre. J'étais une anomalie, donc il fallait faire une alchimie avec mon mal. Tu comprends ? C'est la nature qui m'a beaucoup calmé. Pas seulement la Saône... Par exemple, quand j'étais gamin, tout petit, je me posais des pierres, mais alors des grosses, hein, sur le thorax, pour les enlever et produire une sensation de dégagement, après. Je continue, même aujourd'hui. Avec un pote que j'entraîne, quand il est là pour m'aider, je me pose dessus un rocher, quatre-vingt kilos sur ma petite poitrine – t'as vu, j'ai un petit gabarit – et je reste comme ça, bien tranquille, avec mes techniques de souffle pas possibles. Quand j'ai une nana, tiens, comme celle qui devait venir ce soir – dit-il en me montrant l'horloge qui indiquait déjà minuit –, c'est très platonique. Attention, hein, va pas t'imaginer des choses, je fais l'amour aux femmes, mais c'est moins pour le sexe lui-même, je veux dire, moins pour les parties génitales qui se frottent les unes contre les autres, que pour faire du souffle ensemble. Dans la sexualité, le souffle c'est un truc terrible, ça t'ouvre l'horizon, je t'assure. Les nanas, elles en reviennent pas, elles adorent. Et quand on a fini, on ne s'allume pas une cigarette, pas question. J'ouvre grand la fenêtre, je leur dis : "Surtout, ne me parle pas de ton dernier mec. On s'en tape complètement de tes histoires et de tes ex. Ce qu'on va faire maintenant, chérie, c'est beaucoup mieux. Toi et moi, on va respirer."

— Pas mal.

— En amour comme à la guerre, le souffle c'est la clé du succès. C'est vrai. Regarde, moi j'ai commencé la boxe quand les autres arrêtent, à trente et un ans. Je suis rentré dans l'équipe de France. J'avais déjà fait pas mal d'arts martiaux et puis j'étais passé par l'armée... J'ai dit à mon entraîneur : "Ramène tous tes petits copains, parce que ça va être leur fête, je te jure, je vais les démolir"...

— Tu t'entraînais ?

— Bien sûr, un entraînement de dingo... J'avais la rage contre l'humanité. Alors, je ne tapais pas dans un sac, mais directement sur les murs. Tu piges ? Comme ça, j'avais à la fois le coup et la douleur, en même temps. J'avais mal aux mains à en chialer, j'allais jusqu'au sang, jusqu'à l'os. J'ai fait dix-sept combats, dix-sept victoires. Et tu sais pourquoi ? Les boxeurs ne savent pas s'oxygéner, ils cognent comme des imbéciles, en apnée. Moi, je restais en ventilation constante. Et j'attendais le moment, dans le combat, où ils étaient essoufflés, pour leur sonner la tête... Même les super-mastards ne pouvaient rien contre cette ruse de l'air. J'ai aussi beaucoup appris avec le Capitaine Nemo.

— Le Capitaine Nemo ?

— Oui, l'éléphant du bois de Vincennes – c'est comme ça que je l'appelais. Pendant un an, je suis allé dans son box, la nuit, lui apporter des oranges. Et puis, petit à petit, je me suis mis en plus des oranges à lui réciter mes poèmes. Quand il a été bien habitué à ma présence, je lui ai dit un soir : "Viens, on va faire du souffle ensemble." Alors, j'ai mis ma bouche dans sa trompe, comme ça. Et quand il soufflait, j'avais les cheveux qui volaient, et j'inhalais. Après, j'expirais en lui. Ses poumons de géant au bout de mes poumons de freluquet. Et ça marchait...

— C'était pas dangereux ?

— Si. Parfois, fallait pas l'approcher. Les éléphants, quand ils ont leur mout – tu sais ce que c'est ?

— Non.

— Hé oui, je m'en doutais. T'as la gueule d'un mec qui connaît plein de trucs, sans vouloir te vexer, mais le mout des éléphants d'Afrique, t'as jamais vu. C'est le rut. Dans ces moments-là, il était très sympa. Avec sa trompe, il m'écartait doucement. Il aurait pu m'éclater comme un rien contre le mur, mais il ne l'a pas fait. On était copains.

— T'as vraiment appris des choses avec lui ?

— Oui, ça t'étonne ? Les bêtes ne sont pas comme les humains. Elles savent respirer. L'odorat, pour les animaux, c'est ce qui permet de trouver la nourriture et aussi de sentir le danger, c'est une question de vie ou de mort... Les hommes peuvent trouver le souffle, mais à condition de se laisser aller aux forces de la nature. Comment tu crois que j'ai fait pour décrocher mon record du monde ?

— Parce qu'en plus, tu détiens un record du monde ?

— Ah oui, tu t'en serais pas douté hein ? Tu as en face de toi un homme, en chair et en os, qui est inscrit dans le Livre Guinness des records.

— C'est le record de quoi ?

— Du choc thermique.

— Attends, ça commence à faire beaucoup, là. Je vais recommander à boire. »

Hors Humain ne voulait plus de thé ; j'ai repris une grande chope de bière blonde, pour changer. Passé une certaine heure, le vin blanc m'agace. Ces péripéties qu'il m'avait déballées en vrac tournoyaient dans ma tête. J'étais peut-être tombé sur un affabulateur... Mais il y avait le passeport, c'était une sorte de preuve. À moins qu'il ne s'agît d'un faux... Il a repris la parole avec l'intuition très sûre du marlou : « T'as du mal à me croire, pas vrai ? Mon record, si tu veux, tu peux aller le vérifier sur Internet...

— Ah oui ? »

J'ai sorti mon téléphone portable de ma poche.

« Vas-y, tape *horshumain* tout attaché, point *org*. Voilà... Ça charge ? »

Effectivement, la première page d'un site s'est affichée très lentement, où l'on voyait sa silhouette dessinée sur un fond ocre. Il m'a pris le téléphone des mains, a cliqué sur un lien interactif pour enclencher une vidéo, laquelle a commencé à se dérouler au ralenti, mon appareil ramant au fond du Café de la Comédie. Dans ce petit film qui ressemblait, sur ce support, davantage à un diaporama qu'à autre chose, j'ai vu mon bougre d'Hors Humain rajeuni de trente ans. L'action se déroulait en juillet 1984 au Groenland. Il avait alors les muscles deux fois plus gonflés qu'aujourd'hui et ressemblait à un culturiste. Il portait les cheveux courts aussi. Sur le premier plan, on le voyait arriver, vêtu seulement d'un pantalon de karateka, courant pieds nus sur la banquise. Puis il se mettait à faire des pompes sur la neige, au bord de l'océan. Dans une mise en scène assez kitsch typique des années 1980, il tournait ensuite son regard vers le soleil et supportait sans ciller la brûlure de ses rayons.

La séquence suivante le montrait dans un hélicoptère, en vol stationnaire à vingt mètres au-dessus de l'eau. Aux alentours, des icebergs gigantesques. En cet endroit du globe, m'a expliqué Hors Humain, l'eau est la plus froide du monde. Comme c'est de l'eau de mer, salée, elle gèle en dessous de zéro. Du coup, elle est à moins deux degrés. C'est alors que, sur l'écran minuscule de mon téléphone portable, Hors Humain est apparu en slip dans l'ouverture de l'hélicoptère. À part ce sous-vêtement, il ne portait rien – ni combinaison ni bonnet. Il avait même refusé de s'enduire de graisse, pour que la beauté de l'exploit fût plus pure. Et le plus surprenant, c'est qu'il n'hésite pas. Il ne médite pas son geste. À peine a-t-il trouvé son équilibre sur la barre de l'hélico qu'il saute, directement dans l'océan Arctique. Et il se met à nager comme un fou, pendant deux bonnes minutes, pour regagner une sorte d'iceberg flottant où il s'enveloppe dans une couverture de survie en aluminium. (Plus tard, Hors Humain m'expliquera que l'organisation de cet exploit – voyage au pôle Nord, hélicoptère, location du bateau, cameramen, huissier – avait coûté cent millions d'anciens francs. C'est un magnat de la publicité qui avait financé l'opération, dans le but de tourner un spot promotionnel pour les slips Hom.

Les médecins qui avaient examiné Hors Humain avant qu'il se jetât à l'eau avaient émis un avis défavorable au projet. La Lloyd, qui d'ordinaire assure les cascadeurs, avait refusé d'engager le moindre sou dans cette affaire. Il avait donc sauté comme ça, sans aucune espèce d'assurance et bien que les meilleurs cardiologues de la Salpêtrière lui promissent une mort certaine. Comble d'ironie, pour finir, le directeur de la communication des slips Hom avait refusé le spot. D'une part, les images d'Hors Humain nageant étaient ratées, car même s'il y avait des hommes-grenouilles armés de caméras *waterproof* autour de lui, l'eau du grand Nord était trop noire et leurs téléobjectifs n'avaient saisi que du flou. D'autre part, quand il sortait de l'eau, son sexe était minuscule à cause du froid, et c'était mauvais pour l'image de la marque. Qui n'affiche que des modèles pourvus d'une flatteuse éminence.)

« Et t'as ressenti quoi, sur le moment ?

— C'était comme un seppuku. Ouais, je t'assure. Je me suis enfoncé jusqu'à huit mètres dans la flotte, ça c'est les hommes-grenouilles qui me l'ont dit, et j'avais l'impression que mon ventre s'était ouvert, que mes organes s'étaient dispersés dans l'océan. Je suis remonté à la surface. J'ai utilisé un tempo de souffle très rapide, les images se bousculaient dans ma tête, je voyais une lumière immense sur l'océan, la glace, les ours blancs, les phoques. Pas loin de moi, il y avait des mecs qui filmaient dans des canots. Le médecin leur hurlait d'aller m'aider : "Repêchez-le ! Vous ne voyez pas qu'il va mourir ?" Mais ils continuaient à filmer. Rétrospectivement, je me demande ce qu'ils voulaient, ces publicitaires à la noix, et si ça ne les excitait pas l'idée de me tuer ce jour-là. Passons. J'ai recommencé trois fois, j'ai accepté de sauter du haut du mât du bateau pour faire d'autres prises de vue, sous d'autres angles, et au troisième choc en une heure je suis tombé en hypothermie. Soudain mon corps est devenu mou, j'avais perdu toute ma fluidité, mon énergie. Je sentais la mort venir, comme quand j'étais petit immergé dans la Saône ou caché dans des caves, comme sous les électrochocs. Je me croyais encore dans l'océan, dans la lumière. L'hypothermie est une mort très douce, ton foie se congestionne, et petit à petit tes organes vitaux déconnectent, il ne reste qu'une écume de rêve dans ton cerveau, de lucidité gelée, jusqu'à l'extinction définitive. Le médecin du bord voulait me faire une piqûre, que j'ai refusée. Aujourd'hui, je suis sûr qu'elle m'aurait fait claquer, son injection hypodermique. Mon corps ne pouvait plus supporter un nouveau trauma. J'ai demandé de l'aide aux icebergs, aux baleines, au soleil, et j'ai travaillé mes souffles, doucement, pendant des heures au cours desquelles je suis revenu progressivement à la vie.

— C'était une renaissance ?

— Oui, tu as prononcé le mot juste. Une renaissance. Je suis revenu à Paris, il faisait trente et un degrés dehors, on était en juillet, mais moi je n'appartenais plus à ce monde-là. J'avais traversé la mort. J'avais laissé mon foie, mes intestins, mes poumons, mon cœur là-bas, dans l'océan Arctique, dans le grand Nord. Deux mois plus tard, j'ai enlevé mes baskets et me suis mis à marcher pieds nus. Et j'ai décidé de changer de nom. J'ai abandonné Jean Haberey, l'ai laissé derrière moi comme une défroque. C'est à ce moment-là que je suis devenu le Hors Humain. »

Au cours des mois qui suivirent, j'ai eu l'occasion de retrouver plusieurs fois Hors Humain dans des cafés, d'échanger de nouveau avec lui. Nous nous sommes aperçus que nous avions en commun la passion d'explorer Paris de fond en comble. En dehors des cours de souffle qui le faisaient vivre, et dont je n'ai jamais su s'ils tenaient de l'entraînement sportif sérieux ou du charlatanisme, Hors Humain était un curieux qui employait son temps à imaginer de nouvelles manières de s'approprier la ville, de la transformer en terrain d'aventures. À l'heure où je te parle, il est possible qu'il soit en train d'escalader à mains nues la façade d'un monument, ou de faire de la corde à sauter les yeux bandés sur le toit d'un immeuble haussmannien, ou de nager dans la Seine, ou de descendre dans les égouts pour s'y immerger (oui, c'est l'une de ses marottes et celle-là, je t'avoue que je ne la comprends pas). Souvent aussi, il va dans les cimetières après la tombée de la nuit. Il ne le fait que lorsqu'il se sent dans un état spécial, une sorte de transe lui permettant d'entrer en contact avec les fantômes. Alors, dit-il, il sent comme des cordes attachées dans son dos. Il crie aux enfants morts : « Venez les gosses, surtout les plus courageux, accrochez-vous à moi, je vais vous sortir de là ! » Et il prétend sentir leur poids sur lui et les tracter, leur offrir une escapade. Après ces séances de spiritisme sauvage, où il a l'impression de transporter une foule d'enfants agrippés à ses omoplates, il est vanné, complètement épuisé. Mais si tu veux le voir, si un jour la fantaisie te prend de vouloir l'observer en action, il faut que tu te rendes sur la passerelle Debilly, près du palais de Tokyo. Cette passerelle, il l'appelle « l'ambassade du Hors Humain ». Il fait souvent le poirier, là-haut, sur ces arches métalliques arrondies. La nuit, il danse sur ces poutrelles avec des torches à la main. Ou bien il fait des pompes, des rétablissements. C'est son lieu électif, l'endroit où il aime passer du temps. Si rocambolesque qu'elle puisse paraître, l'histoire de Hors Humain est véridique de part en part – aussi réelle qu'irrationnelle. Car Hors Humain est le nom d'une folie comme seule peut les faire éclore notre ville.

Place Colette :
le Doigt du marié

Récemment, nous sommes allés passer un week-end chez tes parents, à la campagne. Ils habitent une ferme de la Sarthe qu'ils ont restaurée. C'est une longue bâtisse quadrangulaire entourée de haies de peupliers. Dans la cour, tes parents ont fait répandre de la terre battue, d'un orange criard qui évoque Roland-Garros. Un vieux chien retenu par une chaîne aboyait à chacun de nos passages, de sa grosse voix asthmatiforme.

Bon, je ne peux pas dire que je me sente spécialement à l'aise dans cette campagne, avec tes parents j'ai tendance à me gendarmer, cependant, là-bas, les divers objets du monde me donnent l'impression d'un surcroît de réalité. Comment te l'expliquer ? J'ai le sentiment que les chaises sont *plus* chaises, que les bols sont *plus* bols, que les pierres sont *plus* pierres, l'herbe *plus* herbe, les arbres *plus* arbres et les étoiles *plus* étoiles qu'à Paris. Les objets coïncident mieux avec eux-mêmes, ils n'essaient pas de trahir leur essence ni de lui faire un enfant dans le dos. Là-bas, tout acquiert une force d'évidence rafraîchissante. Le lit où nous dormions avait des draps rugueux et une profondeur dans laquelle nous nous étendions pour un sommeil sans rêves, comme des animaux fourbus et satisfaits ; tandis qu'à Paris, on flotte durant la nuit à la surface du repos, une partie de nous-mêmes reste en éveil, qui continue à vibrer avec les souterrains du métro et le bitume des chaussées. Dans la grande ville, les étiquettes dansent, des glissements et des métamorphoses sont toujours envisageables. Si l'on n'y prend garde, une fourchette peut se transformer en arme d'un crime passionnel, un stylo en gadget érotique, une bouteille de vin en matraque, un parcmètre en piège à distraits. Les lumières des téléviseurs dansent derrière les fenêtres des salons éteints comme des feux follets de cimetière ; les arcades et les recoins d'ombre abritent des menaces. Un vieillard à l'imperméable malpropre peut être membre du Conseil d'État et un clochard au froc crotté avoir passé une thèse sur les représentations du Christ dans la peinture du Quattrocento. On ne saurait donner un nom stable aux choses ni aux êtres, dans la capitale. Une marge est sans cesse laissée au doute, à l'appréciation vagabonde, si bien que nous vivons en exil de toute certitude ; nous n'habitons pas sur Terre, mais au milieu de nos chimères.

Par exemple, je me suis souvent demandé si la bouche de métro trônant au milieu de la place Colette, dessinée par un artiste, Jean-Michel Othoniel, était appropriée à son usage ou déplacée, belle ou d'un mauvais goût invraisemblable – ou les deux à la fois ? Elle est tout en métal argenté et en perles de verre, on dirait un gros bijou, un entortillement de bracelets toc. Deux couronnes géantes en coiffent le berceau. Manifestement, l'artiste a voulu marquer le coup et surpasser Baltard dans la fureur ornementale ; il a fièrement posé ce double symbole monarchique pile entre le palais du Louvre, où régna Louis XIV, et les jardins du Palais-Royal, voulus par le cardinal de Richelieu.

N'arrivant pas à me décider sur cette pièce de mobilier urbain mégalomane, je suis allé voir spécialement la rétrospective baptisée « My Way » (en hommage douteux à Frank Sinatra), consacrée à Othoniel par le centre Georges-Pompidou, au printemps dernier. C'était très drôle, car je suis entré dans l'expo en même temps qu'une conférencière accompagnant un groupe, dont j'ai pu écouter les explications à distance. Elle se lançait dans des commentaires d'autant plus théoriques que les œuvres exposées versaient dans l'humour gras, voire salace. La guide a omis de faire remarquer à ses visiteurs une petite réalisation près de l'entrée, poétiquement intitulée *L'Âme moulée au cul*, et qui consistait en une demi-sphère jaune, de la taille d'une mandarine, posée sur un plateau. Dans la pièce suivante, une série de sculptures étaient accrochées au mur, qui représentaient des orifices pénétrés par des objets hétéroclites, gant en plastique, mégot ou déchet... Les titres des œuvres ne laissaient guère de doute : *L'Anus vert*, *La Queue du massacre*, *Le Doigt du marié* ou encore *Le Seuil de la très longue peine*... « On remarque ici, professait la conférencière à chignon poivre et sel tiré et petit tailleur fané, que l'artiste ne craint pas de sonder la blessure profonde et le tourment qui sont le propre de la psyché humaine. Cependant, s'il s'intéresse aux déchirures de l'être, son travail n'en garde pas moins une très grande singularité, qui refuse obstinément tout nombrilisme et propose une satire vigoureuse des mœurs contemporaines. » Elle brodait. La matière des sculptures – le soufre – lui inspirait de subtiles tirades sur la raréfaction du marbre et du bronze dans la statuaire postmoderne, tandis qu'elle me semblait, à moi, avoir pour fonction principale d'évoquer crûment la puanteur et le pet, les aspects les moins glorieux de l'analité. Deux salles plus loin, nous nous sommes retrouvés devant une installation grandiose : au bout de fils de nylon suspendus au plafond, pendaient des anneaux de verre teinté, et dans chacun d'eux était enfilé un pénis détumescent, en verre lui aussi. « Là, vous devez remarquer un splendide travail sur la couleur. »

Quant à moi, non seulement j'ai découvert à cette occasion que Jean-Michel Othoniel était obnubilé par les trous en général et les anus en particulier, mais que, plus il avançait dans sa carrière, et plus il délaissait le soufre et les matériaux prosaïques, pour fleurir ses orifices d'ornements kitsch, de perles rutilantes et de guirlandes de métal poli. Et je me suis dit que c'était tout de même très drôle de lui avoir confié le design d'une bouche de métro, qu'il avait mis sa dialectique à profit en cette occasion et su transfigurer, en une sorte de trésor fastueux, cette ouverture d'ordinaire un peu crasseuse qui donne sur les intestins de la ville.

Dans cette expo où tu n'es pas venue, je me suis rapproché à un moment donné d'une grande verrière qui surplombe la fontaine dessinée par Niki de Saint-Phalle et Jean Tinguely, à l'extérieur. J'ai regardé les formes enfantines modelées par Niki de Saint-Phalle qui tournoyaient au milieu du bassin rectangulaire, notamment la célèbre bouche rouge, entre les lèvres de laquelle jaillit un jet d'eau faiblard, puis le cœur, le serpent en tire-bouchon, le crâne.

Ce crâne a une longue histoire, car l'artiste a dessiné le même, à peu de choses près, pour le poser sur la couverture d'un livre désormais épuisé, qui n'a eu aucun succès, justement nommé *Mon secret*. Du format d'un grand cahier, ce récit n'est pas imprimé dans une typographie ordinaire, mais tracé dans une écriture d'écolière toute ronde, assez désagréable à suivre à la longue. Niki de Saint-Phalle y raconte, en usant d'un vocabulaire simple, comment son père, quand elle était petite, au beau milieu du jardin si ma mémoire est bonne, a déboutonné son pantalon et lui a plongé de force sa verge dans la bouche. Elle explique ensuite que sa vocation d'artiste dérive de ce viol et que, si elle écrit en grosses lettres dactylographiées, fait ces dessins et ces sculptures puérils, n'en finit plus de célébrer le monde de l'enfance, c'est uniquement pour redonner une voix à la petite fille que son père a brisée, cet après-midi-là, en plein soleil.

J'étais dans l'exposition d'Othoniel, mon regard ne pouvait plus lâcher la fontaine – en particulier la bouche, le serpent et le cœur –, et je comprenais que, lorsque la mairie de Paris avait permis à Niki de Saint-Phalle d'implanter, à deux pas de

Beaubourg, une œuvre qui serait admirée chaque année par des millions de touristes du monde entier, l'artiste en avait profité pour mettre son secret vénéneux et obsédant sur la place publique. Quant à Othoniel, il avait utilisé exactement de la même façon le métro de la place Colette : il en avait aussitôt fait l'un de ces trous dont son art s'évertue à transfigurer l'obscénité en beauté royale. À l'évidence, de nombreux artistes contemporains travaillent à partir de leurs hantises sexuelles ; depuis qu'on leur a confié certains lieux de Paris, ce sont donc des fragments de libido, des obsessions érotiques qui se trouvent intégrés au tissu urbain et dont l'exposition assumée produit un effet d'inquiétante étrangeté, comme si on assistait à une psychanalyse.

Et finalement, cela renforce ce que je te disais à l'instant. Ici, on ne peut pas tabler sur la réalité comme dans une vieille ferme de la Sarthe. Ce serait une bévue que de prendre les objets au pied de la lettre. Car, même lorsqu'ils remplissent honorablement une fonction utilitaire, ils sont, comme les rêves, la réalisation d'un désir. Tu imagines t'asseoir en terrasse près d'une fontaine, et tu contemples les séquelles d'un inceste. Tu crois t'engager dans une bouche de métro, et c'est dans la crasse soufrée et nauséabonde d'un anus retourné en parure de vieille princesse décadente que tu t'enfonces sans le savoir. Ici, on est de toutes parts encerclé par la folie des autres et il faudrait être vraiment imperméable ou insensible – tu n'es pas de cet avis ? – pour ne jamais se laisser contaminer.

Jardin du Palais-Royal :
je ne compte que les heures tranquilles

Ce lieu, le jardin du Palais-Royal, est sans doute l'un de ceux où l'on appréhende le mieux le *vide paradoxal* de Paris. Surtout lorsqu'on marche au centre de la double rangée de tilleuls qui longe les parterres et dont les feuillages forment, sur près de trois cents mètres, un tunnel d'un vert épais. Sous cette nef de branches, les passants sont plutôt rares, les traces de leurs semelles restent longtemps imprimées sur l'allée sableuse où des pigeons viennent picorer. Des feuilles mortes et des débris de chatons roussis jonchent le sol. Le vent soulève par moments des voiles de poussière blanche. Au fond, on aperçoit les grilles du parc coiffées de lances dorées.

Rien n'a été conçu, dans ce jardin, pour retenir les promeneurs. Il n'y a pas de jeux pour enfants, à peine un minuscule bac à sable propre à susciter la nostalgie des plages. Pas de table pour pique-niquer, pas de baraque à crêpes, les pelouses sont interdites au public.

C'est pourquoi j'ai pu passer des dizaines, voire des centaines de fois par ici sans remarquer la seule curiosité qui vaille le coup d'œil : au centre d'une pelouse se dresse, sur un piédestal, « le petit canon du Palais-Royal ». De la taille d'un gros pot à crayons ou d'une lunette astronomique, ce bibelot, installé sur la méridienne de Paris, est braqué vers le ciel. À partir de 1786, le sieur Rousseau, horloger tenant boutique juste à côté et très en avance sur la logique publicitaire, prit l'habitude de tirer un coup à midi pile, pour indiquer l'heure du déjeuner aux habitants du quartier. Or, cette tradition s'est perpétuée. Le petit canon a continué à tonner tous les midis jusqu'à nos jours, malgré un silence prolongé entre 1914 et 1990 (il a fallu laisser passer pas moins de soixante-quinze ans après la Grande Guerre pour que le son d'une détonation ne fût jugé insupportable par les Parisiens). Sous le canon, une devise latine : « *HORAS NON NUMERO NISI SERENAS* » (*Je ne compte que les heures tranquilles*), qui cadre bien avec l'impression de vacuité heureuse qui se dégage de ce jardin. On voit mal, en effet, ce qui pourrait venir en perturber la sérénité.

Car le voilà, le paradoxe : ici, on est vraiment au milieu de la capitale, et pourtant il ne se passe rien. On se croirait dans la cour d'une maison de retraite opulente (sans doute les jardins de l'Élysée produisent-ils le même effet de superfluité au cœur de la ruche). Tu connais la *théologie négative* ? Il s'agit d'une manière de se rapporter à Dieu, qui procède à l'envers. Au lieu d'expliquer qui est Dieu, quels sont ses propriétés et ses pouvoirs, la théologie négative part du présupposé que Dieu est inconnaissable et se lance dans l'énumération de tout ce qu'Il n'est pas. Ainsi, Dieu n'est pas le ciel. Dieu n'est pas le Soleil. Dieu n'est pas une ville. Dieu n'est pas un rêve. Dieu n'est pas un livre. Dieu n'est ni une pierre, ni aucune matière. Dieu n'est pas un mot, car un mot ne peut avoir créé l'univers... Et tu peux continuer ainsi, des heures durant. Une fois que tu as supprimé la totalité de l'existant et du concevable, il reste quelque chose. Et ce quelque chose, cet ultime reliquat de ton interminable soustraction métaphysique, c'est Dieu.

Eh bien, j'ai l'impression que l'aura de Paris repose sur un tel tour de passe-passe. Tu n'as jamais été frappée par les expressions du langage ordinaire ? On dit « monter à Paris ». Ou bien, un provincial affirmera qu'il est venu vivre en région parisienne « pour se rapprocher ». Mais à quelle altitude grimpe-t-on ? Et près de quoi vient-on se blottir ? La ruse de Paris, c'est que tout le monde s'accorde à penser que c'est ici le centre – malheureusement, au centre du centre, on n'observe rien de rien. Aucune essence supérieure ne se manifeste, la vie n'est pas surélevée. Ainsi, habiter cette capitale, c'est côtoyer une béance. C'est être arrivé à l'ultime retranchement censé nous livrer enfin l'essence de Dieu, et constater que le résultat est nul. C'est n'avoir rien d'autre, pour se consoler de l'inexistence d'un principe supérieur, d'une vérité transcendante, d'une solution à l'énigme de l'univers, que sa propre foi et le spectacle de celle de ses semblables.

Et le jardin du Palais-Royal, justement parce qu'il a ces rangées d'arbres fades, ces arcades grises de château abandonné, ces allées de poussière, ces parterres figés dans la lumière de l'après-midi comme s'ils baignaient dans un formol douceâtre, est bien la matérialisation de ce vide hypostasié. Il permet de sentir que Paris est un mystère ne s'autorisant que de lui-même. Comme lorsqu'on avance dans la voie d'une religion, c'est l'illusion que nous avons de progresser vers la divinité qui confère une ombre de vraisemblance à celle-ci.

Galerie Vivienne :
Serge Plantureux, Libraire

À l'époque de mes quinze ans, lorsque je commençais à marcher régulièrement dans Paris, la
galerie Vivienne était encore une sorte de *no
man's land*. Elle était ouverte au public, soit,
mais rares étaient les passants qui s'aventuraient
sous ses grandes verrières aux carreaux brisés.
L'espace était hanté par des roucoulements
lugubres de pigeons, les courants d'air y sif-
flaient, les marches en étaient édentées et des
gravats traînaient sur le sol, jamais balayés.

On eût dit que la prophétie annoncée par
Aragon dans son *Paysan de Paris*, en 1924, s'était
réalisée : « Le grand instinct américain qui tend
à recouper au cordeau le plan de Paris, va bientôt rendre impossible le maintien de ces aqua-
riums humains déjà morts à leur vie primitive »,
écrivait-il à propos des passages. Pour sa part,
il regrettait par avance cette disparition pro-
grammée. Les passages, ajoutait-il, « méritent
pourtant d'être regardés comme les receleurs de
plusieurs mythes modernes, car c'est aujourd'hui
seulement que la pioche les menace, qu'ils sont
effectivement devenus les sanctuaires d'un culte

de l'éphémère, qu'ils sont devenus le paysage fantomatique des plaisirs et des professions maudites, incompréhensibles hier et que demain ne connaîtra jamais. »

Ce n'était donc que le squelette décati d'un ensemble architectural ayant connu son heure de gloire dans la première moitié du XIXe siècle, que je visitais il y a vingt ans. Cette galerie marchande fut créée à l'initiative d'un spéculateur, maître Marchoux, notaire de son état, qui en confia la réalisation à l'architecte François-Jean Delannoy, premier grand prix de Rome. Elle fut inaugurée en 1826, sous la Restauration, et comptait à l'époque soixante-dix boutiques de mode, cafés, librairies et marchands d'estampes. Le succès fut immédiat, car maître Marchoux avait bien étudié son projet. La zone la plus agitée de Paris, la plus juteuse du point de vue commercial, était alors située dans les environs des jardins du Palais-Royal, dont l'animation n'avait d'égale que celle des souterrains des Halles aujourd'hui (précisons que, dans ces parages, la prostitution florissait). L'emplacement de la galerie Vivienne avait donc été calculé de façon à prolonger l'itinéraire obligé des chalands qui déambulaient sous les arcades du Palais-Royal. Bientôt, un passage voisin et concurrent ouvrit ses portes – la galerie Colbert –, sans jamais atteindre le même niveau de fréquentation.

En 1828, fut installé le clou du spectacle : un Cosmorama ouvrit en pleine galerie Vivienne. Avant le cinéma, une telle attraction, qui figurait le mouvement des astres sur d'immenses toiles vernissées, à mi-chemin entre le planétarium et la baraque de foire, exerçait un pouvoir de fascination inédit sur les foules. L'engouement était tel qu'Honoré de Balzac en rend compte dans *Le Père Goriot* : ses protagonistes, les habitants de la pension Vauquer, ont pris l'habitude de « parler en rama ». C'est ainsi qu'à l'heure du dîner, ils se plaignent du « froidorama », se demandent comment va « cette petite santérama », avalent avec appétit une « soupeaurama » tout en s'étonnant de la mine maussade du « Goriorama », dont le nez finit en « cornorama », etc.

Au numéro 13 de la galerie Vivienne, vécut aussi un des hommes les plus charismatiques du XIXᵉ siècle, Eugène-François Vidocq – lequel inspira à Balzac le personnage de Vautrin, autre héros du Goriorama. L'escalier qui mène au 13 est monumental, mais il fallait au moins cela pour cette force de la nature que le registre du bagne, lors de son incarcération de 1798, décrivait en ces termes : « Vingt-deux ans, taille de cinq pieds, deux pouces, six lignes (soit environ un mètre soixante-dix) ; cheveux, sourcils châtains clairs, barbe de même ; visage ovale bourgeonné ; les yeux gris, le nez gros ; bouche moyenne, menton rond et fourchu, front bas, ayant une cicatrice à la lèvre supérieure côté droit ; les oreilles percées. » Né à Arras, Vidocq avait fugué dès l'âge de seize ans, non sans avoir détroussé ses parents. Il s'était engagé dans l'armée révolutionnaire, en avait déserté, s'était fait voleur, escroc, spécialiste des « faux en écriture publique et authentique », champion de savate (l'ancêtre de la boxe). Il fut condamné à maintes reprises aux travaux forcés et parvint chaque fois à s'évader. Il excellait dans le transformisme, c'est-à-dire l'art du déguisement, qui lui permettait d'échapper aux poursuites. En 1806, il devint indicateur pour la police. En 1811, il fut placé par le préfet de Paris à la tête de la Brigade de sûreté dont la tâche était d'infiltrer le *milieu*. Son service, aux méthodes peu orthodoxes, multiplia les captures. En 1827, il fut contraint à la démission et, l'année suivante, il publia des *Mémoires* qui devinrent sur-le-champ un best-seller. C'est à cette époque que Vidocq, qui comptait autant d'admirateurs que de détracteurs, autant de fidèles protecteurs que d'ennemis s'étant jurés d'avoir sa peau, habita la galerie Vivienne, une adresse qui convenait à sa munificence. C'est alors que sa silhouette trapue arpenta régulièrement l'escalier du numéro 13.

Mais les bonnes choses n'ont qu'un temps et, vers 1850, la galerie Vivienne périclita. Vautrin-Vidocq était parti depuis longtemps, le Cosmorama avait fermé ses portes et surtout, l'interdiction de la prostitution avait porté un coup fatal à la prospérité du quartier. Hermance Marchoux, la fille du notaire, résolut sagement de léguer la galerie à l'académie des Beaux-Arts qui en est, encore à ce jour, propriétaire. Au XXe siècle, l'ensemble fut presque laissé à l'abandon.

Tout cela explique, Jeanne, que j'éprouve de la surprise quand je pénètre dans cette galerie en ce début de XXIe siècle. Les choses ont été reprises en main énergiquement, c'est le moins qu'on puisse dire. La mosaïque, avec ses motifs géométriques roses, jaunes, noirs et blancs, a été restaurée. Sur le seuil, un cartouche ancien mais rénové précise : « G. Facchina. Mosaïste de l'Opéra. Rue Legendre N° 2 bis à Paris. » Tout près de l'entrée, dans le chambranle d'une porte, j'aperçois une plaque de bronze prometteuse : « Serge Plantureux, Libraire, 2e étage (sur rendez-vous). » Un libraire qui reçoit chez lui, sur rendez-vous, et répond à un tel patronyme – est-ce une *couverture* ?

L'actuelle galerie Vivienne compte un show-room Jean-Paul Gaultier, un magasin de jouets en bois pour enfants rois, des marchands de livres rares et anciens, dont l'un s'est spécialisé dans la littérature sur Paris, une boutique vendant des globes et des cartes anciennes, un salon de thé – et tout cela sent le neuf, l'opulence, l'argent frais. Le passage est décoré par de grands lauriers en pots. Dans leur terreau, poussent des touffes de lierre. Des branches séchées, à vocation décorative, sont suspendues aux luminaires. Il n'y a plus un seul carreau cassé aux verrières. À l'évidence les partenaires financiers, les architectes, les maîtres d'œuvre, les experts des bâtiments de France n'ont rien négligé pour redonner son lustre au lieu – et pourtant, il y manque un détail crucial : la clientèle. La galerie reste inerte, les portes des boutiques ne tintinnabulent pas, les vendeurs bâillent derrière les comptoirs et vous attendent dans la pénombre avec des faces de pierrots lunaires écoutant de la musique atonale. C'est drôle, non ? On s'est donné ce mal pour rien, simplement parce que Paris est Paris, que la galerie a une valeur immobilière inestimable et qu'il paraissait encore plus extravagant de la laisser en jachère.

Place des Victoires :
le lapin aux pommes de terre que cuisinait ma grand-mère

Mais la richesse réserve bien des surprises, qui ne se trouve pas toujours là où l'on croit. Tiens, puisque nous sommes place des Victoires, c'est l'occasion de jeter un coup d'œil entre ces deux toits ternes, situés dans l'axe de la rue d'Aboukir et lui faisant face : là, il y a un bâtiment sur lequel flottent deux drapeaux, l'un français et l'autre européen. L'as-tu déjà remarqué ? C'est une bâtisse en pierre de taille, de dimension modeste, on dirait une sous-préfecture de province ou un manoir de médecin de campagne. Elle a deux ou trois étages, de hautes fenêtres à meneaux blancs, avec des rideaux aux plissés qu'on devine, de loin, statiques et poussiéreux. Sa porte cochère, classique bien qu'assez grande, ne semble apparemment protégée par aucun policier ni aucune caméra de vidéosurveillance. Et pourtant, dans ses caves, à vingt-huit mètres sous terre, est stockée la quatrième réserve d'or au monde. Plus de deux mille six cents tonnes en lingots, pour une valeur totale estimée à soixante-dix milliards d'euros, tel est le magot de la Banque de France.

Contrairement aux lingots fabriqués en Suisse ou en Afrique du Sud, qui pèsent tous exactement mille grammes et affichent le même degré de pureté, les briquettes de métal précieux *made in France* s'offrent le luxe d'être légèrement imprévisibles, de jouer avec les conventions légales. C'est ainsi que leurs contours sont irréguliers, comme s'ils avaient été fabriqués par une classe de primaire s'exerçant à la pâte à modeler. Leur poids oscille entre 995 et 1 005 grammes, leur longueur est d'environ 26,5 centimètres, et l'or n'en est pas tout à fait pur, à 0,005 % près.

Mais pourquoi sont-ils planqués ici, et non dans quelque bunker militarisé à la localisation tenue secrète ? L'explication en est aussi simple que déroutante : dans ce coin-là – n'oublions pas que nous sommes sur la rive droite –, le sous-sol est très marécageux. Impossible de creuser un tunnel pour accéder à la chambre forte : les parois couleraient au fur et à mesure qu'on leur donnerait des coups de pelle. Les Français ont enfoui leur grisbi dans une boue molle et liquide, et bien malin celui qui la traversera.

Finalement, Jeanne, je trouve cela plutôt rassurant. Même dans ce monde où l'argent est devenu une abstraction numérique, une farandole de chiffres s'agitant frénétiquement dans les gigabytes des ordinateurs, le trésor de la Banque de France est encore d'une basse matérialité. Il est constitué d'or, caché dans un trou fangeux et protégé par les murs anciens de l'hôtel de La Vrillière. Voilà qui est rustique, comme le jambon au torchon, les escargots au beurre aillé et le lapin aux pommes de terre que cuisinait ma grand-mère. On croit que les chiffres dansent, mais peut-être surestimons-nous leur légèreté. Car il est possible que les chiffres, les vrais, pas ceux qu'on tire de son chapeau pour épater la galerie, ne fréquentent guère les salles de marché ni les clubs en vogue, mais préfèrent rester chez eux, près du poêle, à somnoler durant les longues soirées d'hiver. Oui, il faut être capable de s'imaginer les très gros chiffres comme des pensionnaires ennuyeux et maussades d'une maison de repos, qui tuent le temps en faisant des réussites ou en mitonnant des plats en sauce. Ils sont si discrets qu'ils n'éveillent aucun soupçon et que personne ne leur cherche noise. Même les voleurs, si occupés à courir après tout ce qui brille, ne s'en soucient pas et en oublient d'échafauder, au moins en imagination, un moyen de triompher de cette boue.

Mais comment t'y prendrais-tu, toi ? Faut-il l'aspirer à la pompe, la congeler d'abord pour l'attaquer à la pioche ensuite, ou se faufiler à travers elle dans une sorte de bathyscaphe armé d'une foreuse – à ton avis ?

Rue Étienne-Marcel :
les prairies de zinc

Étonnamment, le ciel est quelque chose de très local, je veux dire par là que son apparence change énormément suivant les régions. Ces variations tiennent autant au bâti, à la composition géologique des terrains et à leur qualité de réflexion de la lumière, qu'au climat. C'est ainsi qu'en pays de Loire le ciel est d'un bleu clair, pastellisé – d'une couleur mièvre qui inspire de la langueur –, tandis qu'en Bourgogne il est d'un bleu dense, soutenu, souverain. La lumière fait pâlir le ciel de la Sarthe comme une photo surexposée, alors qu'elle introduit une impalpable vibration dans l'outremer bourguignon. Et, qu'on aime ou non Paris, une chose certaine c'est que le ciel au-dessus de cette ville a une beauté fantastique, surtout en cette saison, l'automne, et encore plus en fin d'après-midi, comme à présent.

Selon moi, c'est à cause du nombre et de l'ampleur des nuages. Nous ne sommes pas si loin de la mer ; la gamme complète des nimbus, cumulus, cirrus et cumulo-nimbus vogue par cascades jusqu'ici, poussée par le vent. Là-dedans, les rayons du soleil, quand ils deviennent obliques, jettent toutes sortes de teintes violacées, orangées, dorées, verdâtres. Les façades et les toitures de Paris ne concurrencent pas le crépuscule, le laissant installer au-dessus de leur neutralité ses explosions de couleurs. Autant la grisaille qui domine durant la journée est usante à la longue, autant les embrasements du soir ont une magie tahitienne.

S'il est un poète qui l'a compris, c'est bien Jacques Réda. On dirait qu'il a voulu faire, dans son recueil bizarrement intitulé *Les Ruines de Paris* (bien qu'il ne traite nullement de ce bon vieux thème), du *cloud-painting*, à la manière du peintre britannique John Constable qui, lorsqu'il séjournait dans son cottage du Sussex, s'en allait tous les après-midis en extérieur croquer le ciel, et dont les relevés sont si précis qu'ils ont donné du grain à moudre aux météorologues. De même, on dirait que Jacques Réda s'est souvent arrêté, au beau milieu d'une rue de Paris, pour sortir de son sac un bloc-notes, un stylo et tenter de fixer sur-le-champ par des mots l'équilibre complexe de la tombée de la nuit :

« Vers six heures, l'hiver, volontiers je descends l'avenue à gauche, par les jardins, et je me cogne à des chaises, à des petits buissons, parce qu'un ciel incompréhensible comme l'amour qui s'approche aspire tous mes yeux. Sa couleur à peu près éteinte n'est pas définissable : un turquoise très sombre, peut-être, l'intense condensation d'une lumière qui échappe au visible et devient le brûlant-glacé de l'âme qu'elle envahit. »

Ou bien :

« Rose framboise ardent mais d'un rose de sorbet – de sorbet tombé de son cornet et qui roule dans la poussière – le soleil est en proie à une dilatation qui ferait peur, s'il n'y avait en plus cette couleur de fond de jour de fête, et bientôt de soie ancienne qui s'effrite au lieu de craquer. »

Ou encore :

« D'une vivacité de forge luttant contre un vent d'asphyxie, rouge est cette lueur qui dure au-dessus du Luxembourg. Mais rouge signifie mal, il faudrait dire rapide, bien qu'elle semble en même temps pour toujours immobile – et justement : rien ne peut mieux convenir qu'une notion de suspens vertigineux inclus par la vitesse engendrant le cramoisi foncé et qui fonce de cette lueur. »

Quant à moi, je n'ai jamais peint ni même essayé d'écrire les ardeurs des ciels de l'automne parisien, mais à une époque je les ai systématiquement photographiés. Quand j'ai commencé à habiter en chambre de bonne, chaque soir je déplaçais ma chaise de bureau pour la mettre sous la lucarne, que j'ouvrais en grand. Je devais ensuite m'asseoir à califourchon dans le cadre du vasistas, puis me glisser au-dehors, en une lente reptation le long du pan incliné du toit, jusqu'à attraper enfin une arête de zinc me permettant de me hisser au sommet de l'immeuble.

J'avais de la chance : mon terrain de jeu était immense. En passant d'un niveau à l'autre par des échelons de fer rouillés plantés le long des conduits de cheminée, je pouvais me balader à ma guise sur plusieurs hectares de toiture, faire le tour d'un pâté de maisons de cinq cents mètres de côté. Il y avait une corniche, depuis laquelle j'aimais contempler la saignée de l'avenue Trudaine, avec les feuillages ronds de ses platanes comme des têtes somnolentes. Du côté est, j'avais une vue plongeante sur le métro aérien et la station Barbès-Rochechouart. Les dômes blancs du Sacré-Cœur surplombaient le panorama vers le nord.

J'ai fini par connaître comme ma poche ces toits, avec leurs raccourcis, leurs pièges, ici et là des combles inhabités dans lesquels je pouvais me réfugier, toussant dans l'obscurité et la poussière, quand un voisin avait donné l'alarme. Et j'avais un rituel : quasi quotidiennement, je prenais une photographie du coucher de soleil, avec un Reflex argentique. Tu sais bien, ces clichés, je les ai conservés ; ils sont chez nous, dans deux boîtes à chaussures planquées dans l'armoire. Quand je les revois, ils m'émeuvent encore. Non qu'ils aient une quelconque qualité artistique – de ce point de vue, pour être sincère, ils sont plutôt ratés, car mon appareil était bon marché, mes cadrages approximatifs et mes tirages ont considérablement jauni. Pourtant, chacun d'eux donne un aperçu des possibilités du ciel de Paris : et celles-ci sont proprement inouïes, qui vont de l'or d'une téquila *gold* au dégradé fruité d'un punch planteur. La photo que j'estime avoir le mieux réussi, en outre, je l'ai faite en prenant un risque considérable. Une fois, je suis sorti sur le toit alors qu'il tombait une grêle drue. C'est le vacarme furieux qu'elle faisait sur le zinc de ma soupente qui m'avait donné envie de voir ça de plus près. Comme les grêlons me cinglaient la face et que ça glissait pas mal, je n'ai guère parcouru qu'une trentaine de mètres, courbé. Je clignais trop des yeux pour bien ajuster ma photo. Cependant, au tirage, j'ai été stupéfait par le résultat : l'air vivait d'un bleu électrique, on aurait dit un céleste Blue Lagoon.

Au bout de plusieurs mois de sorties journalières sur le zinc, j'ai ressenti le besoin d'agrandir mon champ d'action. J'avais fini par me lasser du trapèze délimité par les rues de Dunkerque, de Rochechouart, du Delta et du Faubourg-Poissonnière, ces perspectives ne me réservaient plus de surprises. J'ai cessé de photographier les ciels et j'ai moins souvent ouvert mon vasistas. Mais la nuit, je me suis mis à arpenter la capitale en quête d'échafaudages. Voilà comment je procédais : je choisissais les parages d'un monument remarquable, ou un quartier qui me plaisait et que je voulais voir d'en haut. Puis je cherchais une façade en ravalement.

Un échafaudage est une forteresse mal protégée : seul le premier étage est difficile à conquérir. Des bâches, des palissades de tôle ondulée en défendent les issues. Cependant, sitôt qu'on a pénétré à l'intérieur, on s'y déplace sans encombre ; les niveaux communiquent par des échelles métalliques et des trappes aux abattants toujours ouverts. On arrive sans peine jusqu'au dernier étage. Là, les choses se compliquent. Certains échafaudages s'élèvent véritablement jusqu'au niveau des toits, d'autres s'arrêtent quelques mètres avant. Il y a alors un passage périlleux, durant lequel il faut grimper sur les crêtes de l'immeuble. Gouttière, œil-de-bœuf, surplomb ou échauguette, force est de composer avec l'existant.

Les échafaudages ont aussi un vilain défaut : leurs échelles d'aluminium ne sont pas fixées, mais seulement accrochées et souvent mal calées. Lorsqu'on met le pied sur le premier barreau, il est rare que ne retentisse un claquement. Ces chocs répétés alertent les habitants, qui s'imaginent recevoir la visite de cambrioleurs en maraude et appellent parfois la police. Souvent, je me suis retrouvé avec une patrouille stationnée au pied de l'échafaudage. Parfois, ils braquaient leurs lampes-torches vers les hauteurs et me sommaient de descendre avec un haut-parleur. Je devais donc rester longtemps silencieux, tapi dans l'ombre, à attendre qu'ils s'en allassent. Recroquevillé, je finissais par m'engourdir et me refroidir jusqu'à la moelle.

Mais de ces inconvénients, j'étais toujours largement dédommagé par les éblouissements qui m'attendaient là-haut. Même après des dizaines, que dis-je, des centaines de montées, la féérie opérait à chaque fois. Soudain, Paris n'était plus du tout étroit. Ce n'était plus une ville où les rues sont mesquines, les habitations exiguës, les bars minuscules et encombrés. L'espace ne m'était plus compté. Au contraire, la capitale se transformait en un paysage de cimes, d'autant plus beau que, comme la nature elle-même, il n'avait été conçu ni agencé par aucun architecte. Je veux dire par là qu'on ne construit jamais des immeubles pour leur aspect d'en haut, pour l'esthétique de leurs sommets. Je retrouvais ainsi, quel que fût le quartier – environs de l'Opéra, du Panthéon, du Rex, du jardin des Plantes, de Saint-Eustache, des Invalides ou de l'arc de triomphe –, un désordre grandiose comme seule la nature est capable normalement d'en orchestrer, en montagne.

Plus tard, j'ai découvert une technique bien utile. Quand on vadrouille sur un toit, on peut, à l'aide d'une banale clé plate, forcer la plupart des vasistas des immeubles haussmanniens, pourvu que ce ne soit pas des Velux hermétiques ou des fenêtres en PVC. Le plus souvent, en effet, sur ces vasistas, il n'y a pas de mastic entre la vitre et l'armature de fer, ou bien celui-ci est si sec qu'il s'effrite. Il suffit donc, en introduisant l'extrémité de la clé à l'intérieur, de pousser le loquet bloquant, pour ouvrir. Cette astuce me facilitait la tâche. Si je continuais à monter par un échafaudage, je finissais toujours par trouver une quelconque trappe donnant sur un couloir de chambres de bonne, et redescendais par l'escalier de service. Comme l'Esquimau qui cherche un endroit où la glace est plus mince, pour y percer un trou et pêcher, je passai un moment à prospecter, errant d'une lucarne aveugle à l'autre, éclairant les intérieurs au briquet, pour être sûr d'atterrir dans des parties communes.

Une nuit, je fis quand même un faux pas. J'avais ouvert un vasistas et m'étais déjà engagé dedans, les pieds ballant dans le vide. C'est alors que mes yeux ont discerné, dans l'obscurité, une forme blanche. J'ai stoppé le mouvement et suis resté en arrêt, à observer. Sous moi, une femme seule dormait, enroulée dans une couette. Son épaisse chevelure brune s'égouttait sur l'oreiller. Elle avait les épaules nues. J'entendais le bruissement de sa respiration, de ses soupirs. De la profondeur de la chambre, émanaient des bouffées d'air chaud, des odeurs animales de sommeil. Je restai longtemps ainsi, immobile, à contempler la dormeuse. Si, réveillée par le courant d'air, elle avait ouvert les yeux, elle aurait sans doute été prise de frayeur et se serait mise à crier. Elle aurait eu cette vision cauchemardesque d'un inconnu penché au-dessus d'elle comme une chauve-souris accrochée au plafond. Mais son sommeil était pareil à une eau calme, dont aucune brise n'agite la surface. Ému, je finis par me retirer à pas de loup.

Si j'allais sur les toits, c'était pour admirer des paysages urbains et non pour jouer les voyeurs. Et pourtant, il m'arrivait de temps à autre d'avoir, presque malgré moi, la vision d'un gros type assis sur ses W-C ou d'une jeune fille sortant de la douche. Une fois, je suis tombé sur une scène vraiment insolite, dans le quartier de la gare de l'Est. Sur la façade d'un immeuble borgne, une unique fenêtre était allumée, au dernier étage. Il n'y avait pas de rideaux et à l'intérieur on voyait une pièce éclairée par un plafonnier, sans aucun meuble, à part une chaise au centre. Sur la chaise, était assis un homme outrageusement maquillé, portant une perruque blonde et vêtu seulement d'un porte-jarretelles. Il fumait nerveusement, en croisant et décroisant ses jambes poilues enveloppées dans des bas résilles. Planqué derrière une cheminée, je le contemplais avec une sorte d'horreur sacrée. Et puis soudain, quelqu'un est entré, l'ampoule s'est éteinte, plongeant la pièce dans des ténèbres douteuses.

En une seule occasion, il y eut une course-poursuite. Cette nuit-là je n'étais pas seul, mais en compagnie d'un ami. J'avais réussi à l'entraîner sur mes toits, bien qu'il eût le corps lourd et manquât d'aplomb dans les parties d'escalade, pour boire une bouteille de rosé. Nous étions à la proue du navire, c'est-à-dire à l'angle des rues de Rochechouart et du Delta, d'où l'on avait une vue majestueuse sur le Sacré-Cœur. Le monument avait plus que jamais la forme d'un sein de pierre. Nous biberonnions, un de ces nectars provençaux dont l'acidité s'oublie grâce à la fraîcheur. Il était près d'une heure du matin, nous dévalions gentiment la pente nocturne et nous refaisions le monde en parlant. Les spots électriques dirigés vers le Sacré-Cœur lui donnaient un aspect étonnamment statique. De nuit, tous les objets cachés dans l'ombre semblent confusément en mouvement, tandis que les choses qu'on éclaire en acquièrent une immobilité surréelle.
Quand j'ai entendu des portières claquer, deux ou trois, toutes ensemble, en contrebas dans la rue du Delta, j'ai eu comme un pressentiment. Qui pouvait débarquer ainsi à cette heure ? Je me suis avancé, à plat ventre jusqu'à l'extrême bord du toit, pour en avoir le cœur net : pas de doute, c'était la police. « Viens, ai-je dit, il faut filer. » Mieux valait prendre de l'avance car,

pour revenir à ma chambre de bonne dont nous étions partis, nous devions franchir deux toits de tuile. Sur ce type de couverture, il faut marcher en canard, en ayant toujours le talon appuyé sur une tuile et la pointe du pied sur une autre ; la progression est laborieuse. À peine avions-nous terminé cette traversée délicate, que deux types surgirent derrière nous : « Police ! Arrêtez ! » Je me retournai pour les fixer et n'en crus pas mes yeux : en fait de flics, nous avions affaire à deux hommes-araignées. Ils étaient en tenue moulante d'alpinistes, avec des cordages à l'épaule. « Aïe, fis-je à l'adresse de mon compagnon de beuverie, ça s'annonce mal... » Mais que vis-je ? Il était en train de finir la bouteille de rosé cul sec (car il ne voulait rien laisser perdre) et, quand il l'eut terminée, il la lança. Elle atterrit sur le pare-brise d'une voiture garée, où elle se fracassa. Comme au poker, il venait de *doubler la mise*. Il s'essuya le menton. Les *spider-men* de la police nationale n'étaient plus qu'à une centaine de mètres.

Ils étaient agiles, équipés, entraînés, à jeun. Mais nous avions un avantage sur nos poursuivants : chaque fois qu'il fallait franchir un obstacle, escalader une verrière ou une échelle, ils procédaient dans les règles de l'art. Ils s'encordaient, s'assuraient mutuellement. Tandis que nous, pardon ! Nous galopions *free style*, on aurait dit que nous faisions du patin à roulettes sur le zinc. C'est ainsi que nous pûmes regagner ma chambrette, changer rapidement de vêtements (sans allumer la lumière), pour ressortir comme si de rien n'était dans la rue quelques minutes plus tard, tandis qu'ils étaient encore là-haut à réviser leur brevet d'alpinisme.

Jeanne, au début de cette balade je t'ai parlé de ma descente dans les catacombes. On ne peut pas dire qu'elle m'ait converti, je n'ai jamais été tenté de devenir cataphile. Ces lieux sont trop confinés pour moi, trop sombres et visqueux, utérins. Mais pendant une période qui a duré trois ou quatre ans, j'ai fait partie d'un cercle secret, moins organisé que celui des spéléologues amateurs des carrières de la ville, car ses membres ne se fréquentent pas entre eux, n'ont pas de forum sur Internet pour échanger, ni de pseudos, ni aucun signe de reconnaissance : je veux parler de ceux qu'on pourrait appeler les *altipèdes*, en raison de leur goût pour les promenades en altitude, ou encore, par référence aux alpinistes, les *toituristes*. Hors Humain appartient à ce petit club. Or, je suis convaincu que nous ne sommes pas des cas isolés et que de nombreux jeunes gens, à Paris, mais aussi à Rome, à Berlin, à Londres, à Barcelone, sont fanas des toits, qui multiplient les sorties clandestines, à un rythme quasi quotidien. Car c'est une vraie drogue. En ville, on étouffe constamment, par manque de place et pollution, et l'on a besoin d'air. Mais il suffit d'une lucarne ou d'un échafaudage pour accéder à un plan supérieur, où le regard porte enfin jusqu'à l'horizon, où l'on est aux premières loges pour assister au ballet des nuages, où l'oxygène violent brûle les poumons, où la ville elle-même se résume à un désert bleuâtre.

Hélas, tout cela a cessé, Jeanne, et aujourd'hui je ne vais plus là-haut, même lorsque j'aperçois un malheureux échafaudage sans défense. Ma fréquentation des toits s'est arrêtée net. Un soir, je suis allé voir un ami, qui habitait une chambre de bonne près de l'Opéra-Comique. Sa chambre, comme plusieurs autres au même étage, avait la particularité d'avoir une seule fenêtre, au plafond, et d'être équipée d'une échelle de ramoneur accrochée au mur. Nous avions profité assez souvent de ce dispositif spécial pour explorer les toits au-dessus de chez lui, qui avaient une forme rare, puisqu'ils étaient arrondis. Ce soir-là, mon ami était effondré. Nous étions un 5 janvier. Dans la nuit du jour de l'an, un petit couple d'amoureux de ses voisins – elle avait dix-sept ans et lui dix-neuf – était monté sur le toit, pour y faire l'amour. Mais il faisait froid, le zinc était givré, ils étaient soûls et ils avaient roulé sur la pente en demi-cercle, pour s'écraser dans la cour en contrebas. Ils étaient morts sur le coup, le crâne fracassé.

Cette histoire m'a ouvert les yeux. Cela va peut-être te sembler incroyable, Jeanne, mais jamais, pas un seul instant l'idée ne m'avait effleuré auparavant que je pusse dégringoler. J'allais tous les jours sur les toits sans même me rendre compte que c'était réellement dangereux, que le toiturisme s'apparentait à un flirt avec la mort. J'ai revu par flashs les risques que j'avais encourus – la fois où je m'étais balancé, au-dessus du vide, tenant par la seule force de mes mains aux barreaux à moitié descellés d'une fenêtre ; un saut vertigineux que j'avais fait d'un immeuble à l'autre ; une longue escalade en opposition entre deux conduits de cheminée ; un chéneau dans lequel j'avais marché, longeant le vide, sur plus de cinquante mètres –, j'ai revu toutes ces péripéties et me suis rendu compte que j'avais vraiment cherché l'accident de toutes les manières imaginables. De ce moment, j'ai cessé de me balader sur les immeubles de Paris, préférant laisser à d'autres adolescents immortels le privilège d'explorer les prairies de zinc et de tutoyer les cumulus. Aujourd'hui encore, alors que je viens de me remémorer les grandes heures de cette passion, il me vient l'envie de toucher mon corps avec incrédulité. Comment se fait-il que je ne me sois pas rompu les os ?

(Tout cela me rappelle deux tableaux que Nicolas de Staël a peints en 1952, intitulés *Les Toits* et *Les Toits de Paris*. Ces tableaux me fascinent. Si Nicolas de Staël a commencé très tôt à peindre, il aurait très bien pu comme artiste ne jamais trouver sa voie. Son génie faillit ne pas éclore. De Staël est tout sauf un précoce. Né en 1914, il se cherchait encore à trente-cinq ans. Ses toiles de jeunesse sont bien faites, certes, mais sans véritable puissance. En 1941, il peignait des natures mortes avec des poires, des verres d'eau, des pipes et des drapés malhabiles imités de Cézanne ; ou alors, il se servait de sa maîtresse comme d'un modèle et lui donnait une mine de consternation glaciale, inspirée de la période bleue de Picasso. Jeune, de Staël était déjà très beau, élancé, les cheveux en bataille, le regard intense, des cernes sous les yeux – bien sûr mais, du point de vue artistique, ce n'était qu'une coquille vide. Aucune toile signée de son nom qui n'eût pu être peinte par un autre ou qui ne sentît fortement la citation. Il concassait, méditait, malaxait des influences. Et puis, comme par enchantement, l'artiste a réalisé sa mue, il est devenu le de Staël que nous admirons. Plus précisément, cette métamorphose s'est accomplie avec une toile – ou plutôt, une peinture faite sur de l'Isorel, faute de moyens : *Les Toits*. Il avait trente-huit ans.

Voici l'œuvre : on y voit un ciel immense, d'un gris très sombre vers le firmament, tout en haut, et puis blanc, lumineux à l'horizon. C'est de la brume légère, impalpable, cosmique – sans oiseaux et sans fumées d'usine, juste une sorte de néant semi-obscur. Certains disent qu'il s'agit du ciel de Dieppe, mais la toile a été faite à Paris ; selon moi, ce sont les noces sublimes de l'infini océanique et du gris de la capitale qu'elle représente. Sous le ciel, il y a les toits. C'est leur damier qui a permis à de Staël de mettre enfin au point son style personnel de composition. Car jusque-là, il se croyait cubiste. Or, davantage que la figure tridimensionnelle, le cube, c'est le carré qui convenait à sa sensibilité. De Staël n'est pas un peintre abstrait, c'est un figuratif. Et ce n'est pas un cubiste, mais un *carréiste*. Ses toits se présentent ainsi comme une multitude de carrés de tailles inégales, tantôt gris ou noirs ou bleus ; l'un d'eux a même des bords rouge vif. Par la suite, de Staël déclinera cette trouvaille et il représentera les footballeurs, les bateaux, les femmes nues, les instruments de musique, les paysages de Provence toujours comme des assemblages de carrés en quinconce. Il abusera du procédé, sans doute. N'importe, avec *Les Toits*, quelque chose est vraiment advenu, de l'ordre du génie. Et il me plaît, à moi, de penser qu'un artiste mineur a pu être transfiguré et devenir l'un des plus grands noms de la peinture du XXe siècle seulement parce que, un beau matin, il a su poser un regard réceptif sur les toits de la ville.)

Angle rue Étienne-Marcel, rue du Louvre :
le cachet de la poste faisant foi

La grande poste centrale de la rue du Louvre, dont on aperçoit d'ici les austères arcades, et qui a la particularité de rester ouverte toute la nuit, sept jours sur sept, ne m'a jamais été très sympathique. Car les rares fois où j'ai dû m'y rendre par le passé, c'était pour m'acquitter *in extremis* d'une corvée administrative.

Tu le sais, Jeanne, j'ai toujours eu un problème avec la paperasse. À tes yeux, c'est une sorte de pose de ma part. Si je suis incapable de conserver mes relevés de banque et d'électricité, d'archiver mes factures, mes bulletins de paie ou mes diplômes, tu n'y vois que la manifestation d'un mépris typique d'intellectuel envers les *questions pratiques*. Mais tu te trompes lourdement, laisse-moi te le dire encore une fois, quand tu t'imagines que je suis mauvais gestionnaire par snobisme, ou parce que je me sentirais par essence supérieur à la logique bureaucratique. Si tu pouvais te mettre à ma place, tu serais franchement étonnée – oui, stupéfaite ! – de constater dans quels tracas et tourments, dans quel dédale de procrastinations peut me plonger le simple envoi d'un constat à une compagnie d'assurances. Je n'ai jamais réussi à me faire rembourser un seul médicament par la Sécurité sociale, bien que je ne roule pas sur l'or. Quant à la feuille de déclaration que nous adresse le Trésor public, je commence par la poser sur un coin de mon bureau, mieux, par la dissimuler sous une pile d'autres courriers en souffrance. Hélas, même hors de ma vue, elle continue de me narguer. La simple conscience de devoir m'en occuper suffit à empoisonner mes jours. D'accord, il existe une solution très simple pour évacuer ce malaise – il suffit d'écrire quelques chiffres ici et là dans les cases, de signer, de mettre le tout dans une enveloppe, de timbrer et d'expédier. Cela ne prend pas plus d'une heure, comme tu ne manques pas de le souligner chaque année. Et tu n'as pas tort... Cependant, je crois que j'éprouve une immense anxiété à l'idée d'officialiser ma présence sur Terre. Je préférerais, pour ma part, rester à l'état de projet inachevé, de pensées flottantes – et le chiffre que m'a assigné la Sécurité sociale, comme la somme de mes revenus consignée dans la déclaration d'impôts préremplie, viennent briser ces rêves d'évanescence. Ils me ramènent à ma valeur comptable et donc, en un sens, à mon cadavre – oui, ils dégagent à mes yeux rien de moins qu'un avant-goût de la mort.

C'est pourquoi je n'ai jamais eu des rapports très agréables avec la grande poste de la rue du Louvre, même s'il m'est arrivé bien souvent de courir jusque-là, pour déposer ric rac ma déclaration dans la boîte et que l'enveloppe fût tamponnée à vingt-trois heures cinquante-quatre, juste avant minuit, le cachet de la poste faisant foi, selon l'expression consacrée. Même sprint pour mes inscriptions universitaires, pour donner mon dédit à un propriétaire ou pour régler une amende avant majoration : bref, c'est toujours dans un vent de panique, essoufflé, que je me suis pointé rue du Louvre, en un contre-la-montre pénible renforçant l'impression de mort imminente, pour m'acquitter de mon devoir de contribuable, d'étudiant, de locataire ou de conducteur – pour enterrer ma liberté insouciante et l'idée vagabonde que je me fais de la vie.

Par conséquent, j'ai été stupéfait, voire légèrement dépité, de constater qu'un écrivain comme Jacques Roubaud nourrissait quant à lui une vision enchantée de la poste de la rue du Louvre. Il ne la considère pas comme une alliée sournoise de la bureaucratie française, mais au contraire comme un lieu évocateur et poétique. Il est vrai que Jacques Roubaud est mathématicien de formation et qu'à ce titre je le soupçonne d'être fortiche en comptabilité et en formalités de toute espèce. Toujours est-il qu'il a consacré deux poèmes de son recueil, *La forme d'une ville change plus vite, hélas, que le cœur des humains*, à ce bureau de poste. Le premier s'intitule « Ermite » et ne consiste qu'en ces quelques vers laconiques :

Plaisir
Rare

De mettre
Une lettre à la poste
Centrale du Louvre
Un 15 août

Mais à qui ?

Le deuxième texte est un sonnet. Roubaud y raconte qu'il a vu, un jour, « une amoureuse » pousser fébrilement « sa lettre dans la boîte » de la grande poste du Louvre. Elle a sursauté, rougi, avant d'aller aussitôt se jeter dans les bras d'un jeune homme « aux cheveux de pohète » qui l'attendait « sur le trottoir mangeant des cacahouètes ». Cette saynète autorise bien des suppositions ; Roubaud se demande, par exemple, si la « jolie rousse » a expédié une lettre de rupture à son petit ami officiel pour lui annoncer qu'il était cocu, que c'était fini entre eux et s'éloigner ensuite au bras de l'autre... Il se perd en conjectures.

Ce qui confère à la poste centrale une aura romanesque, à ses yeux, c'est précisément qu'on puisse y poster une lettre à toute heure (précisons quand même que ces deux poèmes datent d'avant l'usage généralisé du mail et du SMS). Ainsi, c'est le lieu idéal pour envoyer une déclaration d'amour, l'expression des sentiments ne tolérant aucun différé (« Facteur, dépêche-toi, l'amour n'attend pas ! », griffonnent les midinettes au dos de leurs missives). Et il est possible que Roubaud voie juste, en effet. Si un jour j'ai une lettre d'amour à t'écrire – mais je suis peut-être en train d'en composer une, et bien longue, tandis que je chemine avec toi en pensée depuis le début de l'après-midi –, si je me pique d'accomplir un tel exploit lyrique autant que suranné, alors je viendrai ici et c'est dans cette fente-là que je glisserai mon enveloppe, pour conjurer du même coup toutes les malédictions administratives du passé.

Rue Tiquetonne :
entièrement rénové
dans un esprit contemporain

Comme tous les habitants de cette ville, j'obéis à une manie superstitieuse. Certes, ce ne sont pas les statues des saints qui me font faire le signe de croix, ni les porches d'église qui m'inspirent une respectueuse génuflexion – la coutume dont il s'agit est séculière, voire bassement pécuniaire : chaque fois que je passe devant la vitrine d'une agence immobilière, je ne peux m'empêcher de lire quelques annonces (c'est, du reste, une habitude que j'ai contractée à l'époque où nous nous sommes lancés dans le parcours du combattant de la recherche d'une location).

Ainsi me voici, une fois de plus, en train de contempler les ex-voto accrochés dans la vitrine de Montorgueil Immobilier. Le style en est simple, mais léché : « Au calme, sur une agréable cour pavée et fleurie, appartement de deux pièces, en rez-de-chaussée, entièrement rénové dans un esprit contemporain, comprenant un W-C séparé avec un lave-mains, une cuisine entièrement équipée ouverte sur un double séjour, une chambre avec dressing et une salle d'eau avec une grande douche à l'italienne en béton. » Traduction : c'est un deux-pièces avec un placard et une kitchenette, pas de baignoire, on peut y vivre seul ou en couple, mais à la naissance du premier bébé cela devient difficile. Le prix ? Six cent cinquante mille euros. En prenant comme unité de mesure le salaire minimum, aujourd'hui de mille soixante-douze euros nets par mois, il faut travailler une cinquantaine d'années sans rien dépenser pour se permettre cette acquisition. Et encore, c'est loin d'être le bien le plus onéreux que propose Montorgueil Immobilier. Ils signalent par exemple, vers les Grands Boulevards, un cinq-pièces dans un immeuble haussmannien, dont la superficie n'est pas précisée, et qui atteint un million quatre cent soixante-dix mille euros, soit cent quatorze années de travail pour un ouvrier, presque trois vies actives.

Je suppose qu'on ne se lasse pas de surveiller les vitrines des agences immobilières, même lorsqu'on n'est pas acquéreur, parce qu'elles rappellent le numéro de trapèze volant au cirque : on retient son souffle en observant l'acrobate enchaîner des saltos, toujours plus haut, en se demandant s'il va finir oui ou non par tomber. Ici, tout est affaire d'habileté... S'il connaît bien son métier, il ne devrait pas chuter. Mais comme il y a un risque, on en reste forcément bouche bée.

Rue Montorgueil :
sec, fondant, crémeux, veiné, compact

Italo Calvino aimait à se vanter devant ses amis italiens, et même dans certaines de ses interventions publiques, de posséder une maison de campagne à Paris. Que voulait-il dire par là ? Était-il parvenu à réaliser pour son bénéfice personnel le vœu formulé naguère par Commerson (« Les villes devraient être construites à la campagne, l'air y est tellement plus pur ») ?

Au-delà du paradoxe, ce qui enchantait Calvino dans la capitale française, c'était de s'y sentir enfin délivré du stress, des devoirs professionnels, de ne plus être partie prenante des relations de pouvoir. Il n'avait plus à se soucier d'être reconnu dans la rue ou de jouer à l'homme de lettres ; il laissait derrière lui ses ambitions harassantes et pouvait enfin savourer le pur plaisir d'exister.

Or, de même que certains ont pour habitude, au saut du lit, de noter leurs rêves avant qu'ils s'évanouissent, Calvino avait une manie singulière : il aimait à griffonner sur des feuilles volantes des descriptions de cités sorties tout droit de son imagination. Quelle que soit l'impression qui frappait son esprit – une exposition de peinture, une conversation avec un ami, la rencontre d'une femme –, il était capable de la traduire dans le langage de l'architecture, de la transposer en ville. Ensuite, il rangeait cette feuille dans une pochette de carton spéciale. À la fin de son existence, Calvino décida de rassembler cette collection de descriptions en un recueil, *Les Villes invisibles*. Dans la préface de 1983 à ce livre inclassable, l'auteur explique qu'il sentait venir une « crise de la vie urbaine » de vaste ampleur, qu'il prévoyait qu'une interrogation sur la vacuité de l'existence traverserait de façon imminente la chaîne des mégapoles mondiales. C'est pour se prémunir contre une telle crise qu'il voulait mobiliser les ressources de la poésie et chanter les charmes de la condition citadine.

Dans cette même préface, il précise aussi que les villes qu'il a imaginées ne sont pas déconnectées du monde réel mais se rapprochent toutes, d'une manière ou d'une autre, de villes qu'il a effectivement visitées. Une telle indication autorise les comparaisons. Ainsi, pour ma part, vois-tu, j'ai le sentiment que Paris ressemble un peu à Valdrada, qui est construite au bord d'un lac dans les eaux duquel elle se reflète, si bien que ses habitants ne vivent que pour la beauté de leur image projetée sur les eaux du lac – « même quand les amants donnent libre cours aux caresses de leurs corps dénudés, peau contre peau, ils cherchent à se positionner l'un par rapport à l'autre » pour avoir l'apparence la plus flatteuse qui soit, et les assassins aussi ont soin de plonger avec toute la théâtralité requise leurs couteaux dans le ventre de leurs victimes. Mais Paris m'évoque aussi Cloé, cité où personne ne se parle ni ne se fréquente, les gens se contentent de se regarder à la dérobée, de s'effleurer, préférant se fantasmer les uns les autres plutôt que d'entrer en contact. Quant à Anastasia, elle a le pouvoir, affabule encore Calvino, d'éveiller chez l'étranger qui y arrive tous les désirs d'un seul coup, de telle façon qu'il se trouve comme encerclé, étranglé par la ronde de ses propres convoitises, ne sachant laquelle satisfaire en premier et se trouvant, par là même, neutralisé – et c'est bien l'un des paradoxes fondamentaux de Paris, ville de plaisir où il semble néanmoins que, par un mystérieux décret, on doive être exclu de la jouissance omniprésente.

S'agissant des villes réelles, Italo Calvino, par une déformation typique d'intellectuel, avait pris le pli de les considérer comme des livres, et plus précisément comme des dictionnaires encyclopédiques. Pour lui, une promenade s'apparentait à un feuilletage. Car les villes regorgent d'informations sur toutes sortes de sujets, tantôt fondamentaux et tantôt superflus.

Les fromages, par exemple. Aux yeux de Calvino, l'une des entrées les plus impressionnantes de l'encyclopédie parisienne, ce sont ses « magasins de fromages », dans lesquels il ne pénétrait jamais sans éprouver un sentiment de révérence infinie.

Car ici, à Paris, les fromageries ne sont vraiment pas des magasins comme les autres.

D'abord, elles ne désemplissent pas, il faut toujours y faire la queue longtemps. Ensuite, les clients n'y adoptent pas un comportement normal ; on a plutôt affaire à des passionnés ou à des érudits lunatiques. Ils écarquillent les yeux à la recherche de leurs variétés favorites et c'est avec une sorte de ferveur farouche qu'ils annoncent leur choix à la vendeuse, comme s'ils avouaient un secret honteux. Chaque client a sa tactique personnelle, sa façon bien à lui d'approcher son met favori. Il en est, note Calvino, qui allongent la période du choix au maximum, qui piétinent et « qui tirent de ces étapes fortuites une inspiration, y rencontrent de nouvelles impulsions et de nouveaux désirs : ils changent d'idée sur ce qu'ils étaient sur le point de commander ou ajoutent un nouvel article à leur liste ; et il en est qui ne se laissent pas distraire un instant de l'objectif qu'ils étaient en train de poursuivre : toute suggestion différente sur laquelle ils tombent ne fait que mieux délimiter, par exclusion, le domaine de ce qu'ils veulent avec entêtement ». Quant à M. Palomar, héros des nouvelles de Calvino et double de l'auteur, il se sent légèrement intimidé par l'attitude des initiés, mais aussi par le nombre de fromages proposés : « La fromagerie se présente à M. Palomar comme une encyclopédie à un autodidacte ; il pourrait y mémoriser tous les noms, tenter une classification selon les formes – savon, cylindre, coupole, balle –, selon la consistance – sec, fondant, crémeux, veiné, compact –, selon les matériaux étrangers mêlés à la croûte ou à la pâte – raisins secs, poivre, noix sésame, herbes, moisissures. »

Comme par coïncidence, à peine suis-je entré dans cette petite fromagerie de la rue Montorgueil qui s'appelle La Fermette, que mon regard s'est posé sur l'un des fromages favoris de Monsieur Palomar. Il s'agit du Sainte-Maure, curieux « cylindre gris granuleux avec un petit bâton à l'intérieur ». Mais d'autres spécialités m'attirent bientôt : ainsi le bloc épais de pâte de coing qui est disposé juste à côté, les pyramides enduites de ras el-hanout, de safran et de cumin, les chèvres couverts de cendres et les vaches incrustés de raisins secs gorgés de marc de Bourgogne. Il y a même, sur de fausses feuilles de vigne en plastique, une petite merveille dont j'ignorais l'existence jusqu'à ce jour, un Brie fourré d'une épaisse couche de truffe noire.

Contrairement à Calvino, c'est moins la connaissance des noms des fromages, de leur provenance, que leur saveur qui excite ma curiosité. J'ai envie, aujourd'hui, d'aller vers une explosion gustative, c'est pourquoi un Époisses outrageusement avachi et débonnaire ainsi qu'une mimolette dont l'orange a pâli comme les bandelettes d'une momie égyptienne retiennent mon attention.

Mais vient mon tour de choisir :

« Monsieur, vous désirez ? »

Le fromager est jeune et pourtant moustachu, qui porte un tablier à larges rayures bleues verticales.

Je lève un doigt, prêt à pointer la mimolette cacochyme, pour me raviser au dernier instant. Non, finalement je n'achèterai pas de fromage ce soir. Ce n'est pas que je recule devant la dépense (même s'ils sont trop chers), mais ce serait commettre un impair. D'une part, à cause de l'odeur. D'autre part, à cause de la symbolique. Vu ce que j'ai à te dire, étant donné ce que je compte faire ce soir en rentrant à la maison, j'aurais l'air ridicule si j'arrivais avec des fromages à la main. Mieux vaut renoncer.

« Désolé, j'ai oublié mon porte-monnaie. Je repasserai... »

13, rue Marie-Stuart :
la nostalgie
de toutes les secondes précédentes

En haut de la porte vert bouteille, très lourde, du 13, rue Marie-Stuart, il y a un carré de papier marouflé – depuis combien de temps ? Impossible à savoir, mais l'auteur de la chose n'a pas fait le travail à moitié. Car c'est un papier de bonne qualité, un vélin, typographié à l'ancienne (on remarque encore le léger relief créé par les caractères d'imprimerie dans la trame grège du papier) et impeccablement collé sur le bois de la porte. Mais le principal n'est pas tant la forme, que le fond du message. On peut lire, sur ce bout de papier jeté là comme une bouteille à la mer :

> « À la seconde où elle referme la porte,
> commence la nostalgie
> de toutes les secondes précédentes. »

Je ne peux m'empêcher de lever les yeux vers les fenêtres de l'immeuble. Est-ce vraiment une femme vivant ici qui a inspiré cet éloge anonyme ? L'auteur est-il un amoureux transi, ou plus bêtement un ex qui ne peut pas supporter la brûlure trop vive de la séparation et cherche à riposter par une effraction artistique ? Je l'ignore, mais j'aimerais que ce bout de papier reste là encore longtemps.

Angle rue Marie-Stuart,
place Goldoni :
soixante-dix villes du monde entier

Au-dessus du panneau, au bout de la rue Marie-Stuart, il y a aussi une petite mosaïque cimentée sur le mur, qui représente un *Space Invader*. Space Invaders, c'était le jeu vidéo mythique de la console Atari 2 600 qui servit de père, de mère ou de grand-frère à la plupart des enfants des années 1980, laissés en friche après le divorce de leurs parents. Bon, au diable la sociologie ! Un de ces enfants, un artiste passé par l'école des Beaux-Arts de Rouen, devenu une star internationale du *street art* et surnommé *Invader* (son identité réelle n'est pas connue, son activité créatrice étant illégale), a entrepris de cimenter de petites mosaïques représentant les extraterrestres du célèbre jeu vidéo sur les façades de Londres, de Tokyo, d'Avignon, de Grenoble, d'Amsterdam, de Bangkok, de Los Angeles, de Dacca... J'en passe, car il a essaimé dans plus de soixante-dix villes du monde entier, à commencer par la sienne, Paris.

Le Space Invader que tu peux voir au bout de la rue Marie-Stuart a l'apparence d'une petite pieuvre rouge, flottant sur un fond marin. Il a les yeux tournés vers l'école communale des filles qui se trouve à quelques mètres de là, sur la place Goldoni. Un regard oblique. Des tentacules timides et désordonnés. C'est un spécimen qui n'a rien de bien impressionnant. Pour un envahisseur, je dirais que sa qualité principale est la discrétion.

Passage du Grand-Cerf :
ses organes, sa fonction et sa vie

Disons-le tout net, Paris est un sujet redoutable pour un écrivain. Cette ville n'est pas de dimensions très grandes, et pourtant, quelque chose en elle excède les discours, résiste à toutes les tentatives de description. Nombreux sont ceux qui l'ont prise pour thème, qui ont voulu s'en emparer avec une énergie formidable, et qui ne sont arrivés à rien.

C'est, du moins, la conclusion que m'inspirent deux des échecs les plus sensationnels de l'histoire littéraire, les mésaventures de deux auteurs talentueux qui, ayant voulu mettre Paris noir sur blanc, se sont finalement retrouvés perdus dans un brouillard de mots : je veux parler de Maxime Du Camp et de Walter Benjamin. S'ils partageaient bien la même ambition de départ – écrire un *livre total* sur Paris ! –, ils ont néanmoins échoué pour des raisons diamétralement opposées, tenant pour le premier à sa trop grande confiance en lui-même, à sa surproductivité aveugle, et pour le second à un penchant accusé pour la mélancolie, à une lucidité impuissante.

Un jour de mai 1867, Maxime Du Camp – qui était alors dans la force de l'âge, quarante-cinq ans – s'est rendu chez un oculiste. Tandis qu'on lui préparait ses lunettes, il s'est mis à flâner le long de la Seine, s'est promené sur le Pont-Neuf. Il a contemplé la disposition des monuments autour de lui, les panaches de fumée tordus sur les cheminées des immeubles, les tombereaux qui sortaient des Halles, les péniches qui avançaient paresseusement sur le fleuve. Et s'est assis sur un banc, frappé par une révélation. « Comment tout cela fonctionne-t-il ? » s'est-il soudain demandé. Il est resté prostré, cette question lui roulant dans la tête, un bon moment. Quand il s'est relevé, sa décision était prise : il allait se lancer dans la composition d'un opus titanesque sur Paris.

Anticipant les méthodes du roman d'investigation, Maxime Du Camp s'est d'abord intéressé à la Poste. Il a rendu visite au directeur de cette administration, s'est entretenu longuement avec lui, a consulté ses registres et ses statistiques. Comme c'était insuffisant, il s'est mis à passer des journées et des nuits entières dans le grand Hôtel des postes central de la rue du Louvre – oui, celui-là même dont je te parlais à l'instant –, afin de connaître tous les détails de cette « pompe aspirante et foulante ». À l'aide d'une « montre à secondes », il a chronométré les opérations de tri ; d'après ses observations, un employé entraîné était capable de traiter vingt-sept missives à la minute. La nuit, il s'en est allé surveiller le chargement des sacs sur des tombereaux puis à bord des trains partant de la gare de l'Est.

Ensuite, Maxime Du Camp a appliqué la même méthode d'enquête systématique aux dépôts de la Compagnie générale des omnibus, qui hébergeaient alors neuf mille six cent cinquante-six chevaux. Il a analysé la feuille de route de chacun des conducteurs et leurs recettes, comparant la rentabilité des lignes. Sa réputation d'écrivain lui ouvrant toutes les portes, il est également allé passer plusieurs semaines dans le bureau central du Télégraphe électrique, dans la gare Saint-Lazare, ou encore dans les ateliers de construction de la Compagnie générale des fiacres. Il s'est enfin lié d'amitié avec le préfet de police Joseph Piétri, grâce à la complicité duquel il a pénétré les arcanes de la criminalité parisienne. Maxime Du Camp a visité les hôtels de police, les cellules, assisté à de nombreux interrogatoires, compulsé les procès-verbaux et même lu l'ensemble des documents contenus dans l'immense armoire de chêne à triple serrure qui occupait tout un mur du bureau du chef de la Première Division, armoire recueillant les dossiers les plus sensibles. Il a rencontré Monsieur Claude, successeur de Vidocq à la tête du Service de sûreté, et a régulièrement accompagné un simple brigadier, Souvras, lors de ses rondes de nuit dans les tripots et les bordels. Lui, le lettré aux mains blanches, l'intellectuel raffiné, a participé à une descente de police à deux heures du matin dans d'anciens fours à chaux désaffectés, pour arrêter une bande de malfrats. Il s'est ensuite piqué d'assister à toutes les audiences du tribunal correctionnel, a parcouru l'intégralité des quatre mille six cent sept dossiers traités durant l'année 1867, visité les huit prisons de Paris, y compris celle des femmes, la sinistre prison Saint-Lazare où de pauvres filles-mères réduites à la prostitution étaient reléguées.

Impossible de faire la liste de tous les lieux et les métiers dont Maxime Du Camp – qui n'a rien à envier aux futurs chefs de file du *new journalism* américain – a été l'observateur sourcilleux. Il a commencé à faire paraître dès 1867 les premiers résultats de ses recherches dans *La Revue des deux mondes*, puis a publié six volumes chez Hachette entre 1869 et 1876. Titre de l'œuvre : *Paris, ses organes, sa fonction et sa vie dans la seconde moitié du XIXᵉ siècle*. Non seulement chacun de ces volumes remporta un immense succès critique et public, mais ils propulsèrent Maxime Du Camp dans les sphères du pouvoir. Plus il louait dans ses écrits la sagacité des ingénieurs, la prévoyance des chefs de service, l'intelligence pratique des mécaniciens, la routine impeccablement huilée des administrations, plus il se faisait le chantre de la modernisation en cours, et mieux il était considéré par l'empereur, Napoléon III en personne, qui trouvait en lui un propagandiste inattendu des progrès réalisés sous son règne.

Dès la parution des deux premiers tomes, Maxime Du Camp fut invité à rencontrer les instances dirigeantes ; il participa à une commission chargée d'étudier les questions de décentralisation administrative. Il était même pressenti, quelque temps avant la Commune, pour un fauteuil de sénateur. Plus tard, en 1878, c'est encore sa somme sur Paris qui lui permit d'entrer à l'Académie française – son élection au siège de Sully Prudhomme lui valut d'ailleurs une lettre amicale mais franche de son ami de toujours,

Gustave Flaubert : « Je m'étonne. Je m'épate. J'en demeure stupide. Je me demande : dans quel but ? Pourquoi ? » (Notons que la perplexité de Flaubert est plus que justifiée : en 1855, Maxime Du Camp avait rédigé une charge terrible contre le Palais-Bourbon, il avait mis toute sa verve de jeune homme à se moquer des académiciens – et voilà qu'il prenait l'habit et l'épée... D'où venait un tel reniement ?)

Car voici le bémol, le grand hic : *Paris, ses organes, sa fonction et sa vie...* est un livre d'une effarante médiocrité. Du point de vue du style, c'est zéro. C'est rédigé dans une prose de fonctionnaire à la sensibilité atrophiée. Du Camp n'y donne à lire qu'un fatras de chiffres et de données factuelles inutilement circonstanciées. Aucune description n'est habitée par l'auteur, aucun de ces nombreux chapitres aux titres tous aussi plats les uns que les autres – « La Poste aux lettres », « Les voitures publiques », « Les chemins de fer », « La Banque de France », « L'Assistance publique », « Le Service des eaux », « L'éclairage », etc. – ne comporte de ces encoches, traits d'esprit ou de cœur, regards en biais ou capture d'émotions vraies, qu'on est en droit d'attendre de la littérature authentique. La méthode est sympathique, certes, on est ravi de découvrir un homme de lettres capable de quitter la solitude confortable de son bureau pour se rendre sur le terrain, mais Maxime Du Camp n'en a rien ramené de significatif. Les dimensions métaphysique et existentielle de Paris, il les a complètement loupées. À force de vouloir coller au réel, il a lesté sa prose.

Et je me dis souvent qu'il y a quelque chose de tragique, voire de faustien dans une telle erreur d'appréciation. Plus Maxime Du Camp s'enfonçait, comme écrivain, et plus il était couvert d'honneurs. La gloire, il l'aura connue de son vivant, à la condition de perdre son âme ou encore – mais, pour un auteur, cela revient au même – son style. Or, je suis certain qu'il en était confusément conscient. Il s'est sabordé parce qu'il se savait arrivé, la quarantaine sonnée, au bout de ses facultés créatrices. C'est d'ailleurs pour fuir la panne qu'il s'est précipité dans ce projet grandiose. Plus il dressait des états des lieux besogneux, plus il avançait dans cette morne vallée de prose, et plus il devait sentir, comme une évidence cruelle, qu'il n'avait pas le génie de son vieil ami Flaubert. Non, ce n'était pas le même feu qui brûlait dans leurs cervelles, alors qu'ils avaient vécu tant de choses en commun – et d'abord, un long voyage de jeunesse en Orient.

En compagnie de Flaubert, Maxime Du Camp était allé à Alexandrie. Comme ils n'avaient pas trente ans et n'avaient rien publié ni l'un ni l'autre, ils étaient encore virtuellement égaux, à cette époque. Ils avaient bu du champagne avec Soliman Pacha ; fumé côte à côte le chibouk dans des bains turcs ; envisagé de virer leur cuti tant la prostitution masculine était répandue dans ces contrées (Flaubert s'est tout de même abandonné entre les mains d'un jeune masseur) ; descendu le Nil et partagé, quatre heures et demie durant, la couche de Kuchuk Hanem, la célèbre courtisane de Esneh, qui « sentait frais, quelque chose comme une odeur de térébenthine sucrée », et dont le ventre quand elle dansait ou faisait l'amour avait de frénétiques saccades. Oui, ils avaient goûté tout cela ensemble, ils avaient admiré les contorsions de Kuchuk Hanem prétendant – la maligne ! – qu'une guêpe était entrée sous ses voiles, et pourtant, ce n'était pas le même démon qui habitait ces deux hommes.

Tandis que son ami d'enfance s'était enfermé dans son refuge de Croisset, qu'il vivait en ermite et vantait l'idéal de « l'art pour l'art », Du Camp s'était mis à pratiquer, à l'inverse, par stratégie d'autodéfense sans doute et pour éviter toute comparaison désobligeante, *le compte rendu pour le compte rendu*. Devinant que Paris ne se livrerait jamais complètement à lui – à l'image des masseurs égyptiens ou de la rusée Kuchuk Hanem –, qu'il resterait extérieur à ses splendeurs et n'en créerait jamais d'équivalentes, il a pris le parti d'en négliger l'esprit, pour se concentrer sur ses fonctions, ses organes.

Walter Benjamin, c'est à coup sûr un autre concours de circonstances, d'autres complexes qui le mirent dans la panade. L'homme se moquait des honneurs et ne voulait nullement troquer sa parcelle de génie contre une célébrité vaine. Benjamin, en effet, était de ceux qui vivent en compagnie de leurs rêves et sortent difficilement de ces limbes.

Pendant treize ans, de 1927 jusqu'à sa mort en 1940, il porta en lui un songe immense, nébuleux, rassurant autant qu'épuisant : il voulait écrire une somme insurpassable sur le Paris du XIXe siècle, qu'il envisageait d'intituler le *Livre des passages*. Si ce projet fou l'obsédait tant, c'est sans doute qu'il lui fallait trouver un exutoire, un moyen de recoudre son existence en lambeaux.

Benjamin avait failli sur tous les plans. Professionnellement : il était resté un éternel étudiant, pensionné par sa famille, touchant sporadiquement une bourse versée par l'Institut de recherche sociale de Francfort dirigé par Max Horkheimer, pour l'aider à mener ses travaux insolites et infructueux. Sentimentalement : son mariage avait fait long feu, il avait dû divorcer de sa femme Dora et s'éloigner de son fils Stephan ; et avec sa maîtresse, la très belle mais très bolchevique Asja Lacis, il ne parvenait qu'à se déchirer. Quant aux forces de l'Histoire, elles lui étaient hostiles : en mars 1933, après l'accession d'Hitler au pouvoir, Benjamin opta pour l'exil définitif. Il se coltinait donc ces insatisfactions, ces drames intimes, cette clairvoyance terrible sur la catastrophe européenne en cours. Benjamin ne savait que faire de lui-même et son projet de livre sur Paris lui fournissait une excuse bienvenue pour passer le plus clair de son temps dans la salle de lecture de la Bibliothèque nationale, rue de Richelieu. Perdu dans des livres jaunis, il se projetait dans un siècle rassérénant comparé au sien ; cette activité l'apaisait comme un baume.

Sur les photographies de cette époque-là, Walter Benjamin, derrière les épais carreaux de ses lunettes, a des yeux brouillés, comme s'il avait trop lu ou trop bu. Les deux, sans doute. La nuit, il fréquentait les cafés et les bals, les bordels lorsqu'il était en fonds. Le jour, il parcourait toute la littérature disponible sur le Paris du XIXe, zigzaguant à travers les manuels d'histoire, d'économie, d'urbanisme, les témoignages, les mémoires, les romans. Lorsqu'un paragraphe le frappait, il le recopiait sur une fiche. Son livre total, son *magnum opus* comprendrait des chapitres sur les sujets les plus variés : sur l'utilisation du fer dans les architectures de Baltard, sur l'ennui, sur les combats de barricades, sur le *modern style*, sur Saint-Simon, sur les expositions universelles, sur le fouriérisme, sur Auguste Blanqui, sur Haussmann, sur les maisons de jeu et la naissance de la publicité... Au fil des lectures, de nouvelles pistes se profilaient sans cesse. Il y avait toujours une digression, une incise, un os mineur de la ville à ronger, et Benjamin se relançait dans de nouvelles prospections. À la fin de la journée, il repartait avec son cartable bourré d'extraits dactylographiés, et il allait boire un coup, en attendant de recommencer le jour suivant. Et *bis repetitae*.

Plus la documentation du *Livre des passages* rivalisait de hauteur avec l'Éverest, plus Benjamin en repoussait l'écriture effective. L'œuvre n'était pas concrète, ce n'était pas un viatique conçu pour progresser dans la société des hommes, mais au contraire un fantasme. Benjamin portait en lui une vision géniale, la caressait, en jouissait, sans parvenir à la détacher de lui-même pour la mettre au monde une bonne fois pour toutes.

Le 23 février 1939, Walter Benjamin reçut une lettre de Max Horkheimer, lui laissant entrevoir la possibilité d'une bourse américaine. Le mécène pressenti était un banquier, un certain

Frank Altschul. Pour obtenir la bourse, bien entendu, il fallait envoyer une présentation de la recherche, un synopsis de l'ouvrage à venir. Benjamin, à ce stade, était égaré dans un labyrinthe infini de morceaux choisis. Il fit du mieux qu'il put, sans aucun doute, et envoya un exposé à l'attention de Frank Altschul le 13 mars, sous le titre « Paris, capitale du XIXe siècle ». Le texte était à l'image de son auteur : en miettes. C'était un fatras de considérations hermétiques, mêlant des interprétations paradoxales de Baudelaire et de Fourier à des descriptions d'enseignes, d'étalages et de poutrelles de fer. Impossible de deviner, en lisant cette vingtaine de pages décousues, que le philosophe avait péché par excès de connaissances, qu'il était obscur parce qu'il lui était désormais impossible de ramener à des proportions modestes un raisonnement sur Paris qui avait crû, dans son esprit, dans toutes les directions et pris des proportions maladives, comme du lierre proliférant sur un chêne jusqu'à l'étouffer. Non, ces pages embrouillées donnaient plutôt une impression de dilettantisme et de fumisterie. Sans surprise, la bourse lui fut refusée. D'ailleurs, la piste américaine n'avait été évoquée par Horkheimer qu'en désespoir de cause ; lui-même pensait que rien ne pourrait plus jaillir d'intéressant de la cervelle de Benjamin et que, en fait de passages, il n'avait fréquenté que les impasses de Paris.

C'est seulement bien après sa mort, en 1982, que les éditions Suhrkamp en Allemagne résolurent de publier l'intégralité des notes de Benjamin, mettant ainsi en librairie l'un des plus curieux ouvrages de l'histoire de la pensée qui se puissent trouver. Car il s'agit d'un assemblage de citations choisies sur Paris, sur près de mille pages serrées. Le plus étrange, c'est que l'ordre des citations dessine une réflexion très cohérente : on peut, d'un fragment à l'autre, deviner quels développements aurait proposé Benjamin. Il s'agit d'un livre dont l'auteur n'a quasiment rien écrit à part quelques remarques cursives, se contentant d'orchestrer les propos des autres. Walter Benjamin a ainsi réalisé, malgré lui, ce vieux rêve de la littérature : créer une œuvre géniale sans rien de neuf, en mettant simplement bout à bout des phrases piochées dans tous les livres antérieurs.

Chacun à sa manière, Du Camp et Benjamin ont affronté le même problème, la même question lancinante : comment accéder à la totalité ? Comment rafler le Tout ? La particularité des hommes du XIXe siècle, c'est qu'ils ne doutaient pas un instant que la totalité fût à leur merci. C'était le siècle du positivisme et de l'esprit de système. Hegel réécrivait le développement de l'Esprit depuis les origines du monde ; Marx avait découvert les ressorts cachés de l'histoire des rapports de domination ; Darwin embrassait d'un seul regard l'évolution des espèces ; Comte prédisait la réforme de l'humanité par la science ; Malthus résolvait le défi démographique planétaire ; Balzac peignait *La Comédie humaine*... Les intellectuels de ce temps-là étaient confiants dans leur pouvoir de regrouper en un récit unique et cohérent toutes les péripéties connues. Un beau jour de mai, Maxime Du Camp décide d'expliquer Paris. Il relève ses manches, regarde la trotteuse de sa montre, sort un crayon de sa poche et se met gaillardement au travail. Soit...

Au XXᵉ siècle, ce bel optimisme a fait naufrage. Telle est l'amère découverte de Benjamin : le monde a éclaté, pour ainsi dire sous ses yeux, en une multiplicité inépuisable, impossible à circonscrire. Je pense d'ailleurs, Jeanne, que c'est toujours vrai de nos jours : pour nous autres, l'ensemble n'est qu'un assemblage de fragments, nous avons besoin de coudre des observations contingentes pour progresser vers un Tout que nous savons inatteignable. Par exemple, je n'imagine pas que quiconque puisse encore sérieusement s'estimer capable de produire une description exhaustive de Paris, qui n'en négligerait aucun aspect. Par contre, nous pouvons sortir de chez nous et emprunter un chemin dans la ville. Tu comprends ? Pour nous, le chemin est devenu le but, la flânerie a pris des proportions cosmiques, le local est la voie d'accès au global de la même façon que l'instant ouvre sur l'éternité. Je ne peux pas te faire découvrir Paris autrement que comme une enfilade de rues choisies au hasard. Pourquoi ? Parce que Dieu est mort. Mais quoi, tu lèves le sourcil ? Tu as raison, car c'est mon tour de tomber dans des généralités creuses. Tu vois, on ne peut rien y faire : chaque fois que nous avançons un énoncé à prétention universelle, aujourd'hui, c'est comme si nous nous trompions ou encore comme si nous ne disions rien. Pour parler vrai, nous avons besoin de nous référer à une fraction d'existence, à une sensation isolée.

Passage du Bourg-l'Abbé :
peluche pour l'œil

Il arrive en queue de comète, le Bourg-l'Abbé. Il a un côté minable, qui clôt la suite des passages se faufilant à travers les pâtés de maisons depuis la Madeleine jusqu'à Sébastopol. Oubliés, les faux airs de magazine de mode, le faste vitrifié de la galerie Vivienne. Ici, on a déjà changé de monde. Le Bourg-l'Abbé s'enfonce dans un recoin de la rue Saint-Denis, entre deux *peep-shows*. À l'entrée du passage, il y a un bar – la Cantine des Pieds nickelés (*sic*) –, à travers les baies duquel j'aperçois des femmes improbables au comptoir, qui ressemblent à des pâtisseries échevelées ou à des pâtés en gelée. Leur graisse a quelque chose de pyramidal, qui les fait sembler petites au niveau de la tête, et qui s'évase à mesure qu'on progresse vers le tabouret. Oui, elles ont des silhouettes de cônes à bourrelets, outrageusement soulignées par des vêtements stretch, et sont en grande conversation avec des hommes équivoques, chauffeurs de taxis ou maçons, genre gueules cassées. Il est difficile de deviner si ces femmes travaillent, si elles vendent leurs faveurs généreuses mais tremblotantes d'oies souriantes à ces types, ou si c'est du *off*, un moment de détente au milieu de la journée.

Pas de mosaïque sur le sol du passage du Bourg-l'Abbé, mais un carrelage marron comme on pourrait en trouver dans un bar de campagne. La plupart des boutiques sont désaffectées, dont les vitrines sont bouchées par des cartons et des plaques Isorel. À droite, un antiquaire expose une panoplie d'objets désaccordés – des salières, des saucières, des bustes de style orientaliste, un broc en étain, un lot de verres à Cognac, un cendrier de cristal, un éventail avec une gravure libertine, quelques pièces d'argenterie oxydées, des pichets et des casseroles de cuivre... Là-dessus, s'est déposé un voile de poussière uniforme, si dense qu'on pourrait en ôter une belle épaisseur en y passant le doigt. Plus loin, vers la sortie, un disquaire revend des trente-trois tours d'occasion ; mais quelle obscure nostalgie l'a poussé à se spécialiser dans la *country* américaine des années 1960 ?

Ce n'est pas le goût de la décadence qui me fait préférer le passage du Bourg-l'Abbé aux autres, Jeanne. Mais je trouve qu'il a une vraie supériorité sur le passage du Grand-Cerf et la galerie Vivienne entièrement rénovés : lui, au moins, a conservé sa part de mystère. Je comprends ici pourquoi Walter Benjamin considérait les passages parisiens comme des « maisons de rêve ». Le Bourg-l'Abbé nous donne la clé d'une dimension secrète du passé...

Car Benjamin a vu juste : quelque chose dans le cours de l'Histoire a bel et bien basculé quand, sous le règne de Louis-Philippe, entre 1822 et 1837, l'engouement pour les passages a atteint son apogée. Paris était alors le poste avancé de la modernité en marche. C'était la ville-océan, la mégapole fourmillante, le cœur battant de l'Europe et logiquement c'est là qu'est apparue, plutôt qu'à Londres, la « fantasmagorie de la marchandise ». Les passages sont les lointains ancêtres des *malls* de l'Amérique et des multiplexes commerciaux de la Ville Standard : ils ont amorcé un processus que rien ne pourrait plus entraver. Ce sont les premières cathédrales qu'on a construites pour honorer la religion du Commerce, c'est là que sont apparues ce que Marx appelle encore les « lubies théologiques » de la marchandise. Sous Louis-Philippe, la mode des tissus était à son zénith. Mais c'est sans importance ; la vogue des satins, des chantungs et des soieries ne fut qu'un prétexte. Afin que la marchandise fût vraiment idolâtrée, comme l'exigeait l'essor du capitalisme, il fallait faire disparaître la vile matérialité de la production, créer des temples où l'on vendrait, plus que des objets réels, des icônes. Et c'est au cœur des passages que fut accompli ce tour de passe-passe.

Tout, dans l'agencement de ces lieux, tenait de l'incantation magique : les poutrelles de fer avec leurs encorbellements audacieux rappelaient les arches des églises, mais leurs courbes étaient plus légères, comme délivrées de la pesanteur ; les verrières et les éclairages *a giorno* mimaient des vitraux, sans les scènes religieuses ; les vitrines et les étalages semblaient des décors de théâtre ; la succession des becs de gaz évoquait des processions aux flambeaux. Et là-dedans, traînassait une foule bigarrée d'élégants et de pickpockets, de coquettes et d'affairistes, de prostituées et de jeunes artistes crevards, qui rendait n'importe quelle aventure envisageable.

De plus, les passages recréaient une ville dans la ville, car on y était délivré de la fange, ce mélange de boue et de crottin de cheval, de rejets d'égouts pestilentiels qui stagnait dans les rues ordinaires. Dans ces espaces carrelés, pour la première fois, les passants pouvaient se balader en simples chaussures – pas la peine de prévoir guêtres ni bottes. De même, les passages offraient une protection contre les intempéries, la pluie et le froid, qui encouragea la mode des vêtements légers. On s'y promenait comme dans un nouvel éden, dans une utopie capitaliste : « Durant les froids les plus vifs même, commente John Grand-Carteret dans *Les Élégances de la toilette*, on ne verra apparaître que très rarement fourrures et chaudes douillettes. Au risque d'y laisser leur peau, les femmes se vêtiront comme si les rudesses de l'hiver n'existaient plus, comme si la nature, subitement, s'était transformée en un éternel paradis. »

On se sent chez soi au milieu des boutiques, et c'est une autre révolution de cette époque : c'est dans les passages parisiens que pour la première fois, semble-t-il, on s'est mis à fumer en dehors des appartements et des salons, en plein espace public. Pour la décoration d'intérieur, cette époque-là prisait la peluche et le velours, les points de capitons ; on transformait les chambres privées, qui venaient de faire leur apparition, en tabernacles molletonnés, parés de tentures. À l'instar des appartements bourgeois, les passages représentaient des microcosmes douillets aux perspectives fermées, où l'on respirait mal, mais où l'espace était saturé d'ornementations et d'embellissements, de bibelots et de couleurs chamarrées.

(S'ils offraient un spectacle féérique à la clientèle, les passages étaient vécus bien différemment par les commerçants qui habitaient, avec leurs familles souvent nombreuses, dans les arrière-boutiques obscures. Louis-Ferdinand Céline, qui grandit passage Choiseul de 1899 à 1907, s'en souvient avec éloquence dans *Mort à crédit* : « Il faut avouer que le Passage, c'est pas croyable comme croupissure. C'est fait pour qu'on crève, lentement mais à coup sûr, entre l'urine des petits clebs, la crotte, les glaviots, le gaz qui fuit. C'est plus infect qu'un dedans de prison. Sous le vitrail, en bas, le soleil arrive si moche qu'on l'éclipse avec une bougie. Tout le monde s'est mis à suffoquer. Le Passage devenait conscient de son ignoble asphyxie !... On ne parlait plus que de campagnes, de monts, de vallées et de merveilles... »

Quant aux éclairages au gaz d'un jaune bleuté, que Benjamin trouvait tellement oniriques, Céline leur tord le cou : « Un projet était à l'étude pour amener l'électricité dans toutes les boutiques du Passage ! On supprimerait alors le gaz qui sifflait dès quatre heures du soir, par ses trois cent vingt becs, et qui puait si fortement dans tout notre air confiné que certaines dames, vers sept heures, arrivaient à s'en trouver mal... (en plus de l'odeur des urines des chiens de plus en plus nombreux...). On parlait même encore bien de nous démolir complètement ! de démonter toute la galerie ! de faire sauter notre grand vitrage ! oui ! Et de percer une rue de vingt-cinq mètres à l'endroit même où nous logions... Ah ! Mais c'était pas des bruits sérieux, c'était plutôt des balivernes, des racontars de prisonniers. Cloches !... Sous cloche qu'on était ! sous cloche qu'il fallait demeurer ! ».)

« La perspective étouffée est de la peluche pour l'œil, a griffonné Benjamin entre deux citations. La peluche est la matière par excellence de la période Louis-Philippe. Poussière et pluie. »

Au fond, cette note rapide, je crois que je n'en aurais jamais perçu la justesse si je n'avais connu le passage du Bourg-l'Abbé. Bien sûr, ce n'est plus ici que l'esprit du capitalisme triomphe – il a su s'ouvrir d'autres sanctuaires sous les Halles ou à la Défense. Cependant, le Bourg-l'Abbé a conservé quelque chose de la boîte à secrets. La poussière et la saleté des verrières continuent d'y organiser savamment la pénombre ; sitôt qu'on y entre, il semble qu'on ait quitté la ville par mégarde, pour se retrouver dans les coulisses d'un théâtre ou dans le grenier d'une vieille maison de famille.

Aujourd'hui, la marchandise pour plaire n'a plus besoin de ces ambiances douceâtres et tamisées : les rayonnages des hypermarchés sont éclairés crûment, comme des tournages de film porno. La lumière n'y épargne rien ni personne, ne laisse aucun produit ni aucun geste dans l'ombre. Mais je suis convaincu qu'au début du XIXe siècle, les clients auraient fui une impudeur si manifeste, une telle tyrannie des néons.

Ils avaient besoin au contraire qu'il y eût des zones d'incertitude, qu'un climat de séduction presque érotique s'instaurât, pour oublier le prosaïsme de la relation commerciale. Il leur fallait trouver un entre-deux propice entre la chambre et la rue, pour dénouer plus aisément le cordon de leurs bourses. Et cet espace transitionnel, ce sont bien les passages qui le leur ont offert.

« Poussière et pluie. »

« Maison de rêves. »

« Peluche pour l'œil. »

Bien sûr, on ne retrouve plus dans ce passage l'animation d'autrefois, mais il me semble que ces expressions s'appliquent encore à merveille ici, qu'elles condensent bien l'atmosphère du lieu.

Enfant, en forêt, non loin de la maison de mes grands-parents, j'avais trouvé une petite source, filet d'eau claire qui coulait entre les mousses. Lorsque j'arrivais en vacances là-bas, j'allais aussitôt la voir. Je ne buvais pas de son eau, mais j'y passais parfois mes doigts et j'aimais sentir comme elle était glacée. Elle venait des profondeurs. N'ayant alors que sept ou huit ans, très candide, je me croyais le seul à avoir repéré cet endroit. Eh bien, le passage du Bourg-l'Abbé me fait plus ou moins le même effet. Chaque fois que je passe dans le quartier, j'essaie de l'emprunter. Il n'y a pas d'eau ici, pourtant j'ai l'impression que c'est une source de rêveries connue de moi seul.

Angle rue de Turbigo, boulevard Sébastopol :
trop souvent le même visage dans le même cadre

Dès que j'aborde le boulevard Sébastopol, à l'inverse, j'ai un mouvement de recul, de répulsion presque instinctive. Et l'histoire du vélum me revient à l'esprit.

En effet ce boulevard – un *désert* en plein Paris – fut inauguré en fanfare le 5 août 1858 : « À deux heures et demie, au moment où le cortège approchait du boulevard Saint-Denis, l'immense vélum qui masquait de ce côté l'issue du boulevard Sébastopol fut tiré comme un rideau, se souvient Émile de Labédollière dans son *Nouveau Paris*. Ce vélum était tendu entre deux colonnes mauresques, sur les piédestaux desquelles étaient représentées les figures des Arts, des Sciences et du Commerce. »

Pour ma part, je suis convaincu que l'instant précis où l'on abattit ce voile grandiloquent sur la perspective du boulevard jeta une note acide dans l'après-midi estival. Je suis certain que la foule s'aperçut aussitôt qu'elle avait été flouée, que les bonnes promesses de l'empereur Napoléon III et du baron Haussmann n'étaient que du vent. Avant ces grands travaux, l'axe le plus large que comprenait la rive droite était la rue Rambuteau. Pour percer Sébastopol, les ouvriers d'Haussmann avaient anéanti un lacis de ruelles bordées de vieilles maisons moyenâgeuses et d'hôtels particuliers renaissants, ils avaient arasé tout un conglomérat de quartiers emboîtés les uns dans les autres, comme des petits villages bruissant de commérages et d'ateliers artisanaux. Beaucoup de démolitions pour rien : les badauds qui s'amassaient près de la fanfare et des tribunes, quand ils virent ce qu'on avait fait de leur tapisserie médiévale, durent être saisis par l'effroi. Le ratage avait, hier comme aujourd'hui, le poids de l'évidence. Mais que faire, sinon ravaler un sanglot et trinquer à la santé de la Modernité ?

Le boulevard Sébastopol, seconde réalisation d'importance de cet ogre de préfet que la rumeur populaire surnommait aussi Osman Pacha, n'était pas seulement une bévue au plan esthétique, il marquait la victoire d'une idéologie : quand s'abattit le vélum, la nature du second Empire fut révélée au grand jour. Ce boulevard flambant neuf clamait la supériorité de la ligne droite sur les courbes, de l'ordre sur le hasard, de la méthode sur l'inspiration, de la civilisation sur les indigènes – avec lui, l'État montrait qu'il était capable de mettre en coupe réglée les manifestations les plus spontanées et les plus capricieuses de la vie. L'impérialisme gagnait.

Lucien Dubech et Pierre d'Estezel, qui publièrent une monumentale *Histoire de Paris* en 1927, ne s'y trompent pas : « Par-dessus tout, expliquent-ils avec amertume, le Paris du second Empire manque cruellement de beauté. Aucune de ces grandes voies droites n'a le charme de la courbe magnifique de la rue Saint-Antoine, pas une seule maison de cette époque ne mérite d'être regardée avec le plaisir attendri que donne une façade du XVIIIe siècle à l'ordonnance sévère et gracieuse. »

En architecture, le boulevard Sébastopol représentait l'exact équivalent de l'esprit de système dont je te parlais tout à l'heure, qui se marie si bien avec la cuisine bourgeoise. Entre le baron Haussmann, Hippolyte Taine ou Hegel, la distance n'est pas bien grande : tous ces hommes ont rêvé de tenir les siècles précédents dans leur poing, quitte à les réduire en bouillie ; ils étaient les grands ordonnateurs d'un récit unique élaguant les particularismes saugrenus ; ils voulaient sauter à pieds joints sur la complexité du réel pour lui substituer leur idée de la Totalité. La plupart de ces grands hommes du XIXe siècle portaient en eux un aveuglement qui fit leur grandeur, et vice versa. C'étaient des grossistes du Concept, de la Prose, de l'Urbanisme... D'ailleurs, Haussmann n'est pas le moins lucide de la bande, qui se reprochait, arrivé au terme de sa mission, d'avoir « boulevardisé la capitale » et d'avoir certains torts à l'égard de la population, notamment celui de « lui faire voir trop souvent le même visage dans le même cadre ».

Car c'est bien là le problème : si nous aimons aujourd'hui l'architecture haussmannienne, c'est parce que nous sommes incapables, même en lisant des descriptions antérieures ou en contemplant des peintures anciennes, de nous imaginer le Paris d'avant. L'Histoire est écrite par les vainqueurs, dit la sagesse des nations. Preuve en est, nous considérons l'immeuble haussmannien comme une sorte de *must*, de *nec plus ultra*, qui donne son cachet particulier à notre ville. Avec ses six étages réglementaires, ses façades ornées de refends, ses balcons filants au deuxième et au cinquième, ses chambres de bonne dans les hauteurs, ses toitures de zinc, ses cheminées alignées, cet immeuble au garde-à-vous a fini par devenir le symbole même de Paris. Or, il se pourrait bien que notre jugement en la matière soit complètement conditionné par l'habitude, que nous nous soyons ralliés à ce modèle par oubli et conformisme. Un simple coup d'œil aux archives tend à montrer qu'Haussmann fit advenir la monotonie la plus barbante là où palpitait un chaos capiteux. Allez, outre le ratage de Sébastopol, je te donne encore un exemple de massacre impardonnable : l'île de la Cité. Songe qu'avant Haussmann, c'était un dédale de ruelles plus entortillé que les pires recoins de Venise. On s'y perdait. C'était aussi un coupe-gorge où la maréchaussée, après la tombée de la nuit, ne se risquait plus. L'île était une ville à elle toute seule, elle avait une profondeur fractale. Haussmann a balayé cela. Non seulement il a fait place nette entre le palais de Justice et Notre-Dame, mais par provocation il a bâti en lieu et place de ces ruelles sinueuses mal famées une énorme caserne destinée à la Garde républicaine, qui sert aujourd'hui de siège à la préfecture de police. Il a expulsé vingt-cinq mille familles, englouti la rue des Ursins, la rue Marmouset et la rue Fresnel (avec un peu d'exagération, Paul Morand l'accuse même d'avoir détruit vingt-deux églises gothiques). L'île, dans l'état où il l'a trouvée, ressemblait à un lavis de Victor Hugo ; il lui a donné l'allure d'un complexe administratif. Et c'est par ignorance, Jeanne, ni plus ni moins, que nous lui trouvons encore du charme.

Quant au peuple de Paris, je pense qu'il ne s'en est jamais remis. Les enfants de cette ville – artisans, ouvriers, cafetiers, savetiers, vitriers, vendeurs de quatre-saisons, bouchers spécialisés dans la viande canine et autres blanchisseuses de tuyaux de pipe – n'ont eu d'autre solution, en vérité, que de refluer vers les faubourgs, banlieues d'alors. Paris est un organisme qu'on a exsanguiné dans la seconde moitié du XIXe siècle. Je te disais, au début de cette promenade, que personne ne se sent chez soi ici et que, si tu demandes à un habitant de Paris d'où il vient, il te citera un village de campagne dans neuf cas sur dix. À l'inverse, si tu poses la même question aux passants de Cracovie ou de Rome, de Porto ou d'Anvers, tu découvriras au contraire qu'ils se sentent profondément attachés à leur cité. Le peuple de Paris a été ni plus ni moins transbahuté, passé par-dessus bord par le tout-puissant baron. Le bolchevik Georges Plekhanov a émis à cet égard une réflexion très juste, en 1903 : « L'attitude d'Haussmann envers la population parisienne est du même type que celle de Guizot envers le prolétariat, qu'il appelle la "population extérieure". » Par un étrange renversement des priorités, les Parisiens de souche sont devenus aux yeux du préfet les étrangers qu'il fallait chasser, tandis que la chienlit des ambitieux, des agioteurs, des spéculateurs venue des six coins de l'Hexagone était accueillie à bras ouverts. Tous les vampires que comptait la France ont convergé vers ce centre en espérant rafler leur part du butin. Haussmann a fait de Paris un endroit où on ne naît pas pour vivre, mais où l'on vit pour travailler – le havre des arrivismes et des calculs, des martingales et des parasitismes.

En dehors des avocats qui se spécialisèrent dans le droit de l'expropriation, rachetant *in extremis* les immeubles visés par les plans de démolition pour les revendre ensuite à prix d'or à la municipalité, siphonnant ainsi l'argent public (à l'instar du héros de *La Curée* d'Émile Zola, Aristide Saccard) ; en dehors aussi des banquiers qui levèrent les emprunts du baron, cent quatre-vingts millions de francs en 1858, rebelote en 1860 et ainsi de suite jusqu'à la Commune de 1871 ; si l'on excepte donc la mince frange des juristes et des financiers qui se payèrent sur le dos de la bête, les transformations haussmanniennes eurent pour conséquence une montée astronomique des prix de l'immobilier, et donc un net appauvrissement des habitants. C'est une logique que raille Auguste Blanqui dans *Critique sociale*, en 1885 : « "Quand le bâtiment va, tout va", dit un adage populaire, passé à l'état d'axiome économique. À ce compte, cent pyramides de Khéops, montant ensemble vers la rue, attesteraient d'un débordement de prospérité. Singulier calcul. Oui, dans un État bien ordonné, où l'épargne n'étrangle pas l'échange, le bâtiment serait le vrai thermomètre de la fortune publique. Hors ces conditions, la truelle n'accuse que les fantaisies meurtrières de l'absolutisme. »

En 1868, parut sous forme de brochure anonyme un très réjouissant pamphlet intitulé les *Lamentations d'un Jérémie haussmannisé*, pastichant le style de l'Ancien Testament, rédigé en versets numérotés. Ce *nouveau* Jérémie se plaint du coût de la vie à Paris, du prix du mètre carré et du montant des loyers, avec une éloquence qui n'a pas pris une ride :

« 1. Jérémie a continué ainsi :

2. Lorsque ceux qui sont riches ne trouvent plus un toit où abriter leur tête, où iront les petits, les faibles et les pauvres ?

3. Babylone ! Babylone ! Tu es la ville superbe et tes ennemis eux-mêmes te proclament la reine du monde et tombent en admiration devant tes magnificences, tandis que tes propres fils se reposent fatigués sur les bornes de tes carrefours en se demandant où ils coucheront pendant la nuit.

4. Oui, je le sais, on rencontre des jeunes hommes et des jeunes femmes qui se croient heureux et qui pensent que tout est bien.

5. Les jeunes hommes s'appellent des Crevards et les jeunes femmes sont leurs femelles. Mais ils ont été frappés par la main de l'Ange et ils sont bêtes. »

Et plus loin :

« 11. Quel est donc ce temps où les montreurs de bêtes sont honorés ? Quelle est cette ville où des marchands d'eau chaude falsifiée deviennent les premiers d'entre le peuple ? Quel est ce pays où les pitres sont royalement rétribués ?

12. Pendant que ceux qui veulent manger du pain, des fruits ou des viandes permises ne savent plus quelle somme ils doivent gagner la veille pour aller le matin au marché.

13. Car ce qui vaut tant aujourd'hui vaudra le double demain, et le triple après-demain, et toujours ainsi sans qu'on puisse avoir dans sa main l'argent juste.

14. Et cependant, il faut manger. »

La première fois que j'ai lu ce texte, je t'avoue que je n'ai pas tant pensé à l'atmosphère d'affairisme éhonté du second Empire, Jeanne, qu'à nous deux, quand nous faisons nos courses du côté de la rue de Bretagne, ou quand nous avons passé des semaines à errer d'une agence immobilière à l'autre, à la recherche d'un logement qui ne fût pas un simple clapier et d'un propriétaire qui daignât accepter notre dossier. Alors, j'ai compris que la cherté de Paris ne datait pas d'hier, mais avait au minimum cent cinquante ans. Et toute l'horreur de ce nouveau monde en forme de bulle spéculative, où la froide raison des chiffres l'emporte sur les aspirations romantiques, où l'on ne peut compter sur son seul talent mais où il faut un héritage pour avancer d'un pouce, est apparue à coup sûr à la foule accablée, le 5 août 1858, lorsque le monumental pan d'étoffe cramoisi est retombé sur la perspective moche du boulevard Sébastopol.

Détail ironique, le but officiel de la percée du boulevard Sébastopol était de désengorger la circulation, en créant un accès rapide aux gares de l'Est et du Nord depuis la Seine. Or, ce boulevard est à peu près constamment congestionné. Les automobiles y forment un lent troupeau résigné, avançant poussivement au gré des feux rouges. À part la coursive réservée aux taxis et aux bus, la chaussée est impraticable. Entre les façades, la pollution sonore est si puissante qu'elle semble s'élever jusqu'aux nuages. Et il n'est même pas besoin d'ajouter des coups de klaxon, les ronronnements accumulés de tous les moteurs tournant au ralenti suffisent à saturer les tympans.

Comme l'avenue de l'Opéra, et comme du reste la plupart des grandes voies tracées par Hausmann, ce boulevard était également conçu pour dégager la vue vers un monument placé en son embouchure. Or, cela ne marche pas dans le cas de Sébastopol : car on ne peut pas dire que le fronton de la gare de l'Est, qui en ferme l'horizon, soit vraiment visible depuis les trottoirs. Par un mauvais concours de circonstances, erreur de géomètre ou expropriation impossible, la gare ne se trouve pas dans l'alignement (une mésaventure semblable se produisit pour l'avenue de l'Opéra, qui ne donne pas sur le Palais-Royal, comme elle devait le faire, mais sur la loge de la concierge de l'Hôtel du Louvre).

D'accord, j'ai beaucoup jasé, Jeanne, mais au fond toutes ces considérations se ramènent à un constat assez simple : le boulevard Sébastopol est loupé. Même celui qui n'a jamais entendu parler d'Haussmann peut s'en apercevoir, c'est un pur gâchis, au même titre que la tour Montparnasse ou les voies rapides sur les berges de la Seine.

65, boulevard Sébastopol :
merveilles incertaines

Je suis passé d'innombrables fois à l'angle du boulevard Sébastopol et de la rue Étienne-Marcel, c'est même un carrefour où je m'élançais tous les matins à bicyclette à une époque, sans jamais remarquer la porte du 65, boulevard Sébastopol, plus ou moins masquée par la devanture d'une brasserie. Et finalement, ce n'est pas le hasard qui m'a conduit à jeter un coup d'œil à cette entrée d'immeuble, mais un poème de Raymond Queneau, « Les sirènes de Sébastopol », qui tient en dix vers :

> « Soixante-cinq boulevard Sébastopol
> il y a deux sirènes sculptées au bout d'une porte
> elles ne doivent pas être très anciennes
> elles n'ont aucun intérêt pour les archéologues
> mais si elles sont là ce n'est pas sans intention
> quel rapport avec l'architecte auteur de cette bourgeoise construction ?
> quel rapport avec le propriétaire qui portait peut-être un bonnet de coton ?
> il y a là un mystère qui a tout autant d'intérêt qu'un autre

une fois qu'on a découvert ces deux modestes
sirènes
modestement sculptées, merveilles
incertaines. »

Et il a raison de parler de modestie, comme tu
peux le vérifier, car elles ne sont pas plus hautes
que le Manneken-Pis, ces deux sculptures, et de
plus il faut un bon moment pour comprendre
qu'il s'agit de sirènes. Elles ont de grandes figures
sages à la Mme de Sévigné ; leurs regards, dirigés
vers le bas, se croisent à peu près à la hauteur
du piéton qui voudrait pénétrer dans l'immeuble ;
leurs poitrines sont nues et la position de leurs
bras évoque l'abandon de l'étreinte ; néanmoins,
leurs queues de poisson sont cachées par les efflo-
rescences de plâtre du fronton.

Ce qui m'étonne, cependant, c'est que Raymond
Queneau ne fasse nulle mention du seul détail qui
m'intéresse dans cette composition. Les sirènes
sont assises de chaque côté d'un chapiteau triangulaire. Or, au centre de celui-ci, est sculptée une
tête de loup. La bête a la gueule ouverte, sa langue pend sur le petit carré de métal émaillé dans
lequel est inscrit le chiffre de l'adresse. Babines
retroussées, crocs à l'air, il a des yeux enfoncés.
Et finalement, c'est la relation que ce loup entretient avec les femmes-poissons qui m'intrigue :
que leur veut-il au juste ? Est-il la projection de
l'âme noire du passant qui, levant les yeux, en
vient à désirer ces seins de pierre ? Met-il en garde
l'impétrant contre les conséquences des mau-
vaises pensées qui pourraient germer en lui ?

10, rue aux Ours :
fulgurantes et blanches comme des éclairs

S'il y a un lieu où j'ai reçu une leçon de sagesse, c'est bien ici, au Dépôt. Comment, tu ne connais pas le Dépôt ? Dans le milieu *gay*, il s'agit pourtant d'une institution de niveau européen. Juges-en plutôt par toi-même : cette boîte de nuit est du genre voyant, tu ne peux pas dire le contraire. Quatre colonnes en stuc noires agrémentent sa façade, en fausses briques new-yorkaises. Sur le trottoir, devant les issues, se dressent quatre palmiers de belle envergure, plantés dans des pots en terre cuite qui se remplissent de mégots toutes les nuits pour être finalement vidés au petit matin, cendriers tropicaux autant que mégalomanes. Un petit cupidon blanc, bandant son arc, est peint sur l'enseigne.

La position géographique du Dépôt est assez savoureuse, vu qu'il avoisine le commissariat central du troisième arrondissement. La proximité souterraine des *backrooms* du club et des cellules où les gardés à vue passent des nuits d'angoisse ne manque pas de susciter des commentaires sarcastiques ou de vagues fantasmes, d'hommes en uniforme s'acoquinant avec de beaux voyous.

Eh bien, je ne te l'ai jamais confessé jusqu'à présent, mais un soir j'y suis allé. J'avais entendu dire que dans ces sous-sols se déchaînaient les pires débauches, et j'avais envie de voir ça de mes propres yeux. J'espère qu'un tel aveu ne te mettra pas mal à l'aise ; mais je pense que tu connais assez ma manie d'aller mettre le nez dans les lieux clandestins, de fouiller l'envers du décor parisien, pour comprendre la démarche.

C'était un jour de semaine, en hiver. Le coût de l'entrée était modique, onze euros incluant une boisson, à croire qu'une fondation philanthropique subventionnait l'établissement. J'ai remisé mon vieux manteau laineux au vestiaire, tandis que deux autres visiteurs, arrivés en même temps que moi, se précipitaient au bas de l'escalier coudé, où leurs rires aigrelets se sont effilochés.

Je les ai suivis et c'est avec une légère appréhension, je le reconnais, que j'ai poussé la porte battante du local vibrant au son de la techno. À l'intérieur, je me suis d'abord retrouvé dans un espace bar, avec quelques écrans plasma qui diffusaient des films porno *gay*. Il n'y avait que cinq ou six consommateurs, tassés sur leurs tabourets, l'air inoffensif. J'ai décidé d'utiliser mon ticket tout de suite et de boire une bière pour me détendre un peu, avant de me risquer plus avant. Le serveur, un éphèbe torse nu, m'a servi une Desperados trop sucrée que j'ai sirotée en observant les vidéos, qui ne m'inspiraient rien. Quelques regards égrillards commençaient à se tourner vers moi, de types plutôt vieux, aux cheveux rasés et aux cernes noirs, l'air de vieux renards capables d'avaler un coq sans l'avoir plumé. Quand l'un d'eux s'est rapproché et m'a posé une main sur la cuisse en émettant un gloussement cristallin sans rapport avec sa silhouette bodybuildée, j'ai ravalé ma salive et me suis levé.

J'ai commencé à marcher dans un grand couloir, qui décrivait une large boucle et dont je me suis aperçu, après un premier tour complet, qu'il formait en réalité un huit, symbole de l'infini s'il en est. Tout le long du parcours, il y avait des enfilades de cabines anthracite, semblables à celles qu'on voit dans les piscines, mais avec des portes métalliques et de gros verrous rappelant l'univers carcéral. Certaines de ces cabines étaient fermées de l'intérieur. Dans chaque cabine, près du chambranle, une espèce de petit bénitier en inox était fixé à la cloison ; en examinant ça de plus près, j'ai constaté qu'il contenait du gel lubrifiant bleu fluo. De loin en loin, on trouvait aussi des soucoupes de préservatifs offerts gratuitement. Un peu partout, sur des bancs de béton, des hommes étaient assis, qui m'épiaient furtivement.

La vie de l'endroit était manifestement réglée par des codes tacites mais précis, que j'ignorais. Demeurer immobile sur l'un de ces bancs ou marcher comme j'étais en train de le faire devait avoir un sens, mais celui-ci m'échappait. Actif ou passif ? Offre ou demande ? Occasionnel ou habitué ? Je ne maîtrisais pas ces us et si les yeux des assis se tournaient subrepticement vers moi, ils se détournaient aussitôt – comme s'ils décelaient le novice, l'intrus indésirable. Même

dans ce contexte, c'est encore une référence littéraire qui me venait spontanément à l'esprit :
plus je tournais dans les virages du huit, plus
j'avais le sentiment d'être descendu dans l'un des
cercles de l'Enfer décrit par Dante. J'errais dans
des lieux sombres et concentriques, dont les
occupants avaient quelque chose de spectral,
avec leurs visages effilés et leurs pupilles
ardentes.

J'ai continué à déambuler de cette manière un
bon moment. Les jeux de regards continuaient,
sans plus. Assis ou debout, les hommes ne
s'abordaient pas, ne s'étreignaient pas. Comme
s'ils attendaient que le premier bougeât pour
dégainer. Tant de fixité avait de quoi susciter le
malaise... Quand soudain, après un virage, je l'ai
vue : il y avait une fille isolée, aux cheveux longs
d'une blondeur électrique sur lesquels moussait
la lumière des spots. Par une sorte d'impulsion
réflexe, j'ai marché droit sur elle. Sa présence
me rassérénait, je me suis donc assis à ses côtés.
Quand elle a souri, découvrant de grosses dents
d'une blancheur éclatante, j'ai eu un doute. Sitôt
qu'elle s'est mise à parler, toute ambiguïté s'est
dissipée : elle avait une voix d'adolescent. C'était
un garçon imberbe aux sourcils noirs épilés, qui
s'était travesti. On a discuté cinq minutes ; il m'a
dit qu'il était originaire de Dubaï et qu'il était
venu à Paris une semaine spécialement pour
passer ses nuits ici, au Dépôt... Puis il a commencé à me reluquer différemment, d'une façon
insistante et mouillée, comme si au fur et à
mesure de la conversation je me transformais en
tartine de chocolat. Je lui ai expliqué que je
n'étais pas de la partie. « *No problem, I'm cool* »,

a-t-il conclu de sa voix à peine muée, puis il a fait claquer son chewing-gum.

Mais la leçon de sagesse, me diras-tu, c'était quoi ? Attends, elle arrive. Comme je regagnais la sortie, j'ai vu un type bizarre dans l'embrasure d'une cabine ouverte. Imagine un père de famille, ou disons un notaire légèrement ventripotent, à poil, sauf les chaussettes dans ses chaussures, arborant sur son corps adipeux et flasque un harnais de cuir clouté. Je te garantis qu'il avait l'air d'un saucisson mal ficelé, dans ces sangles qui laissaient pendre ses fesses molles et ses vieilles couilles. Mais il y a pire, il tortillait lentement son bassin, à la manière d'une pom-pom-girl sous Lexomil, tout en ouvrant bizarrement sa bouche d'où sortait une langue très pâle qu'il faisait tourner sur ses lèvres. Il voulait être sexy, et il était ridicule – ce qui est peut-être, soit dit en passant, une bonne définition de l'obscénité. De toute évidence, il prenait plaisir à s'exhiber de cette façon, à se dandiner en faisant la moue ; il signifiait par là qu'il n'avait aucun amour-propre. Il se mettait à disposition. Il désirait passionnément être utilisé. Son âme semblait s'être mise en retrait d'un corps qu'elle destinait aux traitements les plus dégradants. C'était du masochisme suggéré. Comme tu l'as deviné à la longueur de ma description, je me suis arrêté et j'ai soutenu longtemps son regard. Il y avait chez cet homme une énigme, une satisfaction dans l'humiliation telle que je n'en avais jamais décelé chez quiconque. Et c'était cela, l'enseignement si précieux de l'endroit, la leçon de sagesse en somme :

la pulsion à l'état pur ne marche pas. C'est juste un piège.

Tu sais, quand on est un mec, on ne peut pas s'empêcher de rêver parfois d'un monde où la sexualité serait facile, délivrée à la fois de toute forme de culpabilité et d'engagement. Si on pouvait se satisfaire comme ça, à tout bout de champ, avec n'importe qui, du moment qu'il y a consentement mutuel (mais dans un tel monde, n'est-ce pas, un clin d'œil devrait suffire), les choses ne seraient-elles pas infiniment plus simples ? Ne serait-on pas débarrassé du manque, de la frustration, du refoulement ? Souvent, il m'est arrivé de me complaire à imaginer des utopies sexuelles où l'acte aurait la même immédiateté que la pensée de l'acte – et ne coûterait pas plus, ne laissant pas davantage de traces. Pas de démarches d'approche compliquées, pas de relations de séduction, pas de paroles, pas d'échanges de numéros de téléphone, pas de promesses, pas de sentiments, en un mot pas d'histoires – rien que des pulsions, fulgurantes et blanches comme des éclairs, pour illuminer notre quotidien.

Eh bien, un tel monde n'existe pas, ou plutôt ne peut pas fonctionner. Car si l'on va jusqu'au bout d'une telle logique, on arrive à ce cul-de-sac, cette désolante extrémité – l'heure vient où l'on ressemble à ce vieil homme indigne, où l'on n'est plus qu'une éponge à plaisir gorgée de larmes. On ne peut pas se débarrasser complètement du langage et du symbolique pour régresser au niveau de l'instinct sexuel, sans perdre sa liberté, sans être aliéné. Cet homme que j'ai dévisagé était encore capable de jouissance, sans doute, cependant, j'ai une certitude absolue à son sujet : je n'ai jamais vu personne d'aussi désespéré.

Juste après, cela m'a fait du bien de retrouver le monde du dehors, le ciel sans étoiles et le vent vraiment froid. Il était une heure et demie du matin, rue aux Ours. J'étais descendu dans les souterrains infernaux de la libido et il n'y avait rien de bon à prendre là-dedans. Les formes extérieures de la ville, ses surfaces claires, les façades des immeubles et les vitres que faisait reluire la clarté des réverbères – cela, oui, c'était une civilisation, c'était un univers de symboles maîtrisés, une victoire de la vie et non un abandon au néant. Cette nuit-là, j'ai compris que l'amour est d'une force supérieure à la sexualité, quoi qu'en disent les insensés.

Rue Michel-le-Comte :
nervosité universelle

Pour regagner notre domicile (tu étais absente, en vacances chez tes parents je crois), j'ai emprunté la rue Michel-le-Comte. De largeur modeste, cette rue est peu passante ; bombées, les façades des maisons du XVIIᵉ siècle qui la bordent semblent sur le point de céder. La journée, c'est une artère paisible et ombragée et, pour abriter le siège de l'administration des impôts de l'arrondissement, elle convient parfaitement. Ce soir-là, ce n'est pourtant pas ma déclaration d'impôts qui me préoccupait, mais nous, ou plutôt notre amour.

Après l'euphorie des commencements qui nous a plongés dans un mutuel abandon des mois durant – pendant les deux premières années, en fait – sans qu'aucun obstacle ne s'interposât, sans que rien ne laissât présager la moindre usure, tout s'est passé comme si quelqu'un nous avait brutalement *coupé les gaz*. Rétrospectivement, je suis impressionné par la quantité d'énergie que nous avons consumée dans les premiers temps, et pas seulement à faire l'amour, non, également à donner corps à nos sentiments, à les transformer en réalité tangible. Pour cela, il fallait franchir les étapes multiples de la présentation aux amis, aux parents, de la recherche d'une location, de l'emménagement, de l'achat des meubles choisis ensemble, de l'établissement des factures de gaz et d'électricité à nos deux noms, des courriers aux assurances, et même de la création d'un compte bancaire commun. Toutes ces péripéties de la vie matérielle qui me sont d'habitude excessivement pesantes ont filé comme des nuages dans un ciel de printemps.

Et puis, sans que rien ne fût modifié dans nos dispositions ni dans notre désir – en tout cas, de mon côté –, nous nous sommes heurtés à une sorte de limite invisible, à un *plafond de verre*. C'est drôle, j'arrive à formuler clairement ces choses-là à présent, Jeanne, ma Nina, et pourtant il m'a fallu une longue décantation pour mettre des mots sur ces impressions diffuses. Soudain, nous n'avions plus assez de punch pour franchir les étapes suivantes, faire un bébé par exemple. Les dons mutuels et l'obsession de bâtir à deux, c'était fini. Comme si nous avions atteint un point d'équilibre, dont nous nous contentions désormais. Ou encore, ma Jeanne, comme si, pour avancer davantage, il nous fallait effectuer une sorte de saut de la foi.

Nous étions entrés dans une zone de confort qui dure encore et menace de s'éterniser, si aucun de nous ne trouve l'audace indispensable pour risquer à nouveau. Dès lors que le bien-être et le ronron des coïts tous les deux ou trois jours sont assurés, pourquoi se précipiter dans de nouvelles aventures ? Et comment faire de son foyer un lieu de péril existentiel, de remise en question, de tension vers l'impossible ? Après deux ans d'une explosion de vitalité, nous avons continué à vivre ensemble – mais personnellement, j'ai le sentiment qu'il ne s'est rien passé de décisif depuis ce temps-là. Les factures, les relevés de compteur et les taxes tombent régulièrement. Profitant de cette paix du cœur que ni toi ni moi n'avions jamais connue auparavant, nous nous sommes même offert le luxe de nous reconstruire des petites chasses gardées, des boîtes à secret, des jardins impénétrables – sous forme de journaux intimes, d'échanges de mails et de SMS avec nos amis, de hobbies. Nous nous sommes réapproprié chacun un quant-à-soi, une marge d'indépendance au sein du couple.

Mais comment expliquer un tel ralentissement passionnel ? Un scientifique l'imputerait sans doute au caractère éphémère de la production des hormones du désir dans le cadre d'une relation stable, et un psychologue à certains défauts de nos caractères – à des relents d'égoïsme et de carriérisme de ta part, à de l'indolence, de la paresse affective de mon côté. Mais tu vois, il y a peut-être autre chose. Si nous n'arrivons pas à aller jusqu'au bout de notre histoire d'amour, à atteindre en elle un point d'intensité salvateur et mystique, c'est sans doute que Paris – notre ville – s'interpose entre nous.

Oui, je sais, tu vas dire que je déraille et que je reviens à mes marottes, et pourtant il en va bel et bien ainsi. La condition citadine impose certains rétrécissements aux qualités du cœur. Celui qui a posé sur ce phénomène le diagnostic le plus parfait, c'est Georg Simmel – encore un philosophe allemand –, dans sa conférence sur « Les grandes villes et la vie de l'esprit ». Quand je l'ai lue la première fois, j'ai été stupéfait de constater qu'il avait réussi à cerner un problème dont je faisais depuis longtemps l'expérience sans être capable de le conceptualiser, à décrire en quelques pages l'influence de l'urbanisme sur la sensibilité humaine.

Dans une grande ville, constate Simmel, les hommes n'ont pas à lutter contre la nature. Ils sont protégés du froid, des intempéries, des catastrophes naturelles, et la nourriture est facilement accessible, même en hiver. Cependant, il est nécessaire de mener un combat bien spécial, dirigé *contre la civilisation*, afin de « se préserver une existence autonome ». Pour ne pas voir sa vie intérieure réduite à peau de chagrin, dissoute par le stress et l'hyperactivité, le citadin doit se forger de nouvelles défenses. Force lui est de se tenir constamment sur ses gardes s'il ne veut pas « être écrasé et absorbé par un mécanisme technique et social » total.

Du point de vue psychologique, ajoute Simmel, « la personnalité type du citadin est caractérisée par l'intensité de sa vie nerveuse ». Sa conscience est sans cesse titillée par des publicités, des titres de journaux, des messages radio, des appels téléphoniques, des rencontres imprévues, des obligations professionnelles, des rendez-vous ; il baigne dans une sphère d'interactions constantes. Du coup, il ne peut accorder à chaque événement ni à chaque personne toute l'attention qu'ils méritent. C'est pourquoi l'habitant des villes a tendance à vivre en surface. Il réagit aux circonstances, traite les informations, mais ne s'implique pas en elles. Il développe des facultés de raisonnement extraordinaires, bien plus vives que celles d'un paysan, mais seulement parce que la raison est l'instance psychique permettant le classement le plus rapide et le moins coûteux émotionnellement des données (par contraste, il est bien plus difficile de laisser mûrir en soi une idée). Le citadin, comparé au paysan, est plus intelligent mais moins profond, car sa rationalité n'est qu'un « préservatif contre les violations de la grande ville ».

Souffrant d'une hypertrophie de la comprenette, l'homme urbain a de plus tendance à se blaser. Si ses nerfs réagissaient intensément à toutes les stimulations, il aurait tôt fait d'arriver au bout de l'épuisement – il sombrerait après quelques semaines d'immersion dans une ville comme Paris dans la dépression la plus noire. C'est pourquoi le citadin répond avec une faible quantité d'énergie à des sollicitations qui paraîtraient, à un rural, extrêmement violentes. Au passage, n'as-tu pas remarqué, Jeanne, que les provinciaux venant passer un jour ou deux à Paris se plaignent souvent de retourner chez eux lessivés ? N'étant pas anesthésiés, ils se prennent l'agitation de la métropole de plein fouet. Simmel affirme, dans un beau passage, que *la ville décolore l'existence* (d'ailleurs Paris, avec son gris si prégnant, m'apparaît quant à moi comme l'une des villes dont la décoloration est la plus criante, si j'ose dire – une cité bien plus délavée que Venise ou Lisbonne, sans parler de Marrakech...). Les relations humaines qui se nouent en ville restent teintées de méfiance, voire d'aversion réciproque. Les nerfs du citadin sont tellement éprouvés qu'un grand amour pourrait le briser comme une allumette – aussi tend-il à l'éviter.

Nina, c'est à tout cela que je pensais cette nuit-là en remontant la rue Michel-le-Comte. Comment s'engager sans réserve dans une histoire d'amour quand on habite au centre de Paris ? Ici, l'énergie centrifuge est trop forte et l'on a toujours peur d'être éjecté. Mais je peux aussi te formuler ces choses-là en des termes plus concrets. Vivre à Paris, pour moi, c'est être ébloui à tout moment de la journée par la beauté des passantes, c'est être surpris et brûlé, malgré moi, par l'éclat désordonné et fastueux d'une chevelure, par les froufrous d'une robe, par une imposante poitrine ou le dessin d'un string deviné sous un vêtement à moitié transparent. Et cela, des dizaines de fois chaque jour. Vivre à Paris, c'est immanquablement avoir envie de se trouver disponible pour les tentations qu'offre la capitale, de se laisser embarquer par les folies du moment. N'est-ce pas contradictoire avec la notion même de couple ? Au village, non seulement le nombre des partenaires sexuels potentiels est restreint, mais la mise au ban de l'opinion, la rumeur empestée sont le prix à payer pour le moindre égarement. Paris offre le plaisir sans le châtiment, grâce au manteau commode de l'anonymat. Il dispense l'exubérance sous X. C'est pourquoi il est si ardu pour deux êtres qui s'aiment de fusionner, ici, au-delà d'un certain stade.

Moins d'un kilomètre sépare le Dépôt de notre studio d'hétéros sages et justement, c'est la proximité de ces réalités qui est difficile à admettre. D'un côté on se regarde un film au chaud sous la couette en mangeant des céréales au fromage blanc, de l'autre on s'enduit la raie des fesses de gel bleu fluorescent. D'un côté on discute de la couleur des rideaux, de l'autre on essaie de faire disparaître des traces douteuses sur son jean avant de retourner dans le métro. D'un côté on se fait une scène de ménage pour un siphon de douche à déboucher, de l'autre on se quitte sans même une bise après s'être sodomisés. C'est ainsi que la ville ajointe le conscient et l'inconscient, l'ordre et le désordre, le calme et le chaos – elle noie l'être aimé dans la pluralité des options et la nervosité universelle.

Depuis ce soir-là – c'était il y a dix mois – il m'arrive très souvent de réfléchir à cette étrange équation citadine. Comment construire une union puissante entre nous, un amour transcendant et irréductible dans un tel contexte ? Il serait tellement plus commode de dévaler la pente et de s'offrir en pâture au hasard. Après ma brève descente dans les cercles dantesques du Dépôt, après avoir soutenu le regard d'un damné, je cherche au fond de moi l'élan propice. Je suis en quête de cette impulsion innocente, spontanée et nullement mitée par le doute qui me permettrait d'aller jusqu'au bout, de me sentir lié à toi sans réserve, de trouver la perfection dans l'amour.

62, rue des Archives :
le grand veneur du Reich

Me voici au niveau de l'hôtel particulier qui loge le Musée de la Chasse et de la Nature. En fait de musée, il serait plus exact de dire qu'il s'agit d'un centre d'attractions pour enfants, avec un parcours en forme de chasse aux trésors et des petites merveilles à dénicher ici et là, un ours en peluche dans un bac de formol, une vraie fausse corne de licorne, les traces de pas d'une fouine imprimées dans des tommettes sur le sol, une petite souris peinte sur une plinthe...

Très bien, sauf que dans la salle des trophées au premier étage, oui, dans cette salle où une grosse tête de sanglier albinos se met à ouvrir la gueule et à gronder de temps à autre, pour le bonheur des petits, il y a un fusil exposé dans une vitrine avec cette mention glaçante : « Fusil ayant appartenu à Goering. » Sans aucune autre espèce d'explication.

Hermann Goering. Cet homme qu'on surnommait le *Reichsjägermeister*, le « grand veneur » du Reich, ce morphinomane bouffi qui pesait plus de cent quarante kilos à sa capture en

mai 1945, n'était-il pas un authentique passionné de chasse ? Il aimait à recevoir ses hôtes
dans sa fastueuse propriété de Carinhall, nichée
au cœur de la forêt de Schorfheide. Les salons,
d'une hauteur monumentale, en étaient hérissés
de centaines de bois de cerf. Le personnage était
vantard, truculent, vulgaire et richissime. Héros
de la Première Guerre mondiale décoré de la
croix de fer, il avait mis son énergie belliqueuse
au service de l'ascension d'Hitler ; reçu deux
balles à l'aine lors du putsch de la brasserie de
Munich en 1923 ; fait bombarder Guernica par
la légion Condor ; dirigé le massacre des SA lors
de la nuit des longs couteaux ; participé active-
ment à la construction des camps de concentration et à la solution finale... À la suite d'une
série de revers militaires, de décisions tactiques
péchant par excès d'optimisme ou d'approxima-
tion, comme lors du siège de Dunkerque en 1940
ou de la bataille de Stalingrad, Hermann fut
écarté par son vieil ami Adolf du commande-
ment de l'armée de l'air. Il n'en restait pas moins
l'un des personnages les plus en vue et les plus
populaires du régime nazi. À la fin de la guerre,
il s'occupait d'organiser le pillage systématique
des musées et des œuvres d'art de toute l'Europe.
Et il prélevait une part substantielle du butin
pour son agrément personnel, ce qui lui permettait de régaler ses invités à Carinhall de la visite
de ses collections privées de tableaux et de tapisseries. Puis il organisait de trépidantes parties
de chasse dans les collines avoisinantes.

Mais comment un fusil lui ayant appartenu
a-t-il atterri ici, rue des Archives, dans le troisième arrondissement de Paris ? Et pourquoi

est-il rangé dans la vitrine à côté d'autres fusils d'hommes célèbres, comme si cette arme avec laquelle Goering donnait la mort par plaisir, pour le sport, était une pièce de collection pareille aux autres ? Mystère. Ni l'étiquette, ni les publications du musée ne donnent la moindre explication là-dessus.

Voilà les quelques éléments d'explication que j'ai pu réunir. Le musée appartient à la fondation François et Jacqueline Sommer. Riche industriel français, fabricant de moquettes, François Sommer fut aussi un membre actif de la Résistance. Son père, Roger Sommer, fut quant à lui l'un des pionniers de l'aviation et il est possible, à ce titre, qu'il ait eu des contacts dans l'entre-deux-guerres avec Goering, ce dernier ayant travaillé au début des années 1920 au Danemark et en Suède pour le compte de la compagnie aérienne Svensk Lufttraffik, situation professionnelle qui lui permettait de continuer à assouvir sa passion pour l'aéronautique dans le civil... L'hypothèse selon laquelle Roger et Hermann auraient sympathisé, piloté voire chassé le gros ensemble, avant d'être séparés par les courants contraires de l'Histoire et de se retrouver en position d'ennemis, paraît ainsi vraisemblable.

Mais tu vois, ce qui m'étonne, c'est que la chose passe finalement inaperçue. Le musée de la Chasse et de la Nature est situé à trois cents mètres du musée d'Art et d'Histoire du judaïsme, en plein cœur du Marais, il abrite une relique d'un haut dignitaire nazi et tout le monde s'en fout. Plus le temps passe, plus les actes des hommes se sédimentent. Car le temps est un grand égalisateur, qui émousse lentement mais sûrement l'acuité de nos jugements moraux : à la fin de l'Histoire, les bourreaux et les victimes gisent côte à côte, et nul ne sait plus distinguer l'emplacement de leurs tombes. Jeanne, c'est aussi cela une ville : une trame d'actions pétrifiées tellement complexe qu'on s'y perd, que les fils de l'infamie finissent par être tressés à ceux de l'innocence. Dans cinq siècles, qui connaîtra encore la destinée de Goering, sans parler de celle de François Sommer ? Et ce fusil, entre-temps, quel collectionneur pervers en aura fait l'acquisition lors d'une vente aux enchères ou d'un déstockage de vieilleries sur Internet ?

Square du Temple :
un fantôme est en train de se faire couler un bain

Mais voilà que ma promenade touche à sa fin, et que je reconnais les parages immédiats de notre immeuble. Désormais, les plus menus détails, les plus insignifiants aussi – le dessin capricieux des lignes sur l'asphalte des trottoirs, les plaques d'égout, les feux tricolores – me sont spécialement familiers.

Il est environ vingt heures ; le square du Temple est fermé, dont je longe les grilles basses. Leurs piquants ne m'arrivent même pas aux épaules. Les frondaisons mourantes de l'automne s'agitent doucement dans le vent du soir ; leurs lanières minces masquent les pelouses, le bac à sable où se dressent des constructions pour enfants, le lac artificiel pareil à un nombril serti de meulières. En tendant l'oreille on entend le chuintement doux, étrange et comme déplacé de la cascade, qui alimente le bassin à l'eau de la ville de Paris. On dirait qu'un fantôme est en train de se faire couler un bain.

Il ne reste rien, ici, des munificences de l'ancien enclos des templiers, rien de sa haute tour, de son imposante forteresse, de sa chapelle, de ses écuries, de ses maisonnettes logeant artisans et serviteurs, ni des arpents cultivés en jardin potager qu'il abritait au sein de ses murailles, véritable ville dans la ville, dont je me trouve actuellement approximativement au centre.

À elle seule, l'histoire de l'ordre du Temple propose l'une des méditations les plus amères qui soient sur la difficulté qu'on éprouve à reconnaître le mal, à en circonscrire l'étendue, surtout à plusieurs siècles de distance. L'ordre fut créé le 13 janvier 1129, sa mission officielle était de protéger les pèlerins chrétiens durant leurs voyages vers Jérusalem, après la première croisade. Non seulement les templiers levèrent des fonds considérables pour remplir ce rôle, mais ils s'occupèrent également d'assurer la sécurité des lignes de commerce entre l'Occident et l'Orient, prélevant leur écot au passage ; leur richesse devint vite légendaire.

S'il est bien un homme qui s'estima en droit de montrer le mal du doigt et d'en demander l'éradication par tous les moyens, même les plus expéditifs, ce fut Bernard de Clairvaux, qui rédigea la règle de l'ordre, *De laude novæ militæ* ou l'*Éloge de la nouvelle milice* : « Il n'est pas assez rare de voir des hommes combattre un ennemi corporel avec les seules forces du corps pour que je m'en étonne, affirmait ce bon saint Bernard. D'un autre côté, faire la guerre au vice et au démon avec les seules forces de l'âme, ce n'est pas non plus quelque chose d'aussi extraordinaire que louable, le monde est plein de moines qui livrent ces combats. Mais ce qui, pour moi, est aussi admirable qu'évidemment rare, c'est de voir les deux choses réunies. » Ainsi l'auteur de la règle autorisait-il explicitement les chevaliers du Temple, dont l'habit blanc était orné d'une croix rouge au niveau du plexus, à tuer pour la bonne cause, dans des termes que ne renierait pas un djihadiste d'aujourd'hui : « Le chevalier du Christ donne la mort en toute sécurité et la reçoit dans une sécurité plus grande encore... Lors donc qu'il tue un malfaiteur, il n'est point homicide mais Malicide... La mort qu'il donne est le profit de Jésus-Christ et celle qu'il reçoit, le sien propre. » Bernard ajoute tout de même une nuance à ce tableau brutal : chaque fois que vous donnez la mort, précise-t-il, vous devez ressentir un peu d'effroi, être fugacement traversé par la crainte de « tuer votre âme du même coup ». Pour un milicien aussi, les arrêts de la Providence sont imprévisibles...

Mais la marée de l'Histoire s'est retirée, les croisés ont été repoussés hors d'Orient – de l'*Outremer* – et l'ordre du Temple, qui possédait des commanderies à travers toute l'Europe et constituait une superpuissance, une multinationale arrogante et sanguinaire, est tombé en disgrâce sous Philippe le Bel. Guillaume de Paris, le Grand Inquisiteur de France, fut chargé d'interroger les cent trente-huit templiers arrêtés dans leur enclos du Marais, où ils se croyaient en sécurité. Ironiquement, c'est dans leur propre donjon qu'eurent lieu les tortures. « Cette gent immonde, avait écrit Philippe le Bel à ses baillis et sénéchaux dans une missive datée du 14 septembre 1307, a délaissé la source d'eau vive. »

« Ils souillent la terre de leur saleté, suppriment les bienfaits de la rosée et corrompent la pureté de l'air. » Lors des interrogatoires, Guillaume utilisait des procédés d'une simplicité enfantine : il faisait arracher les dents à la tenaille ; briser les os et les articulations des genoux, des coudes, à coups de marteau ; découper des membres à la scie ; brûler la plante des pieds en approchant une flamme (on raconte qu'un des chevaliers du Temple fut chauffé si vivement que la chair de son pied fondit, dénudant l'os). Quand ils se piquaient de sophistication, les bourreaux avaient recours au chevalet – charpente triangulaire servant à l'écartèlement, qui brisait poignets et chevilles – ou au supplice de l'estrapade. Voici l'engin : on attachait le prisonnier les mains dans le dos, puis on le suspendait, par les poignets, à une poutre en hauteur. Il était élevé jusqu'à quelques mètres du sol, lâché, puis brutalement retenu dans sa chute. Les épaules se démettaient, la colonne vertébrale et la nuque claquaient. Trois chevaliers de l'ordre – Jean de Château-Villars, Henri de Hercigny et Jean de Paris – nièrent jusqu'au bout. Les autres moururent ou avouèrent. Ils étaient accusés de sodomie, de forcer les novices entrant au Temple à renier le Christ, à cracher sur un crucifix, à uriner sur des images pieuses. Les novices étaient baisés, si l'on en croit ces aveux extorqués, sur la bouche, le nombril, le ventre, les fesses et l'épine dorsale. Surtout, les templiers étaient réputés coupables d'idolâtrie : ils adoraient le Baphomet.

Nombre de légendes courent au sujet de ce célèbre Baphomet, dont on ne sait s'il exista ou s'il s'agit d'une invention de l'Inquisition. Certains prétendent que la statuette de pierre placée au-dessus de la porte principale de l'église Saint-Merri, à deux pas de Beaubourg et des sculptures de Niki de Saint-Phalle, en est la représentation. Et c'est vrai qu'elle est surprenante, cette figurine qui a une tête de pan barbu, des ailes de diablotin, un corps de femme pourvu de seins, ainsi qu'un sexe masculin. Certes, les lieux saints regorgent de représentations de créatures païennes et de démons, mais celle-ci est particulière en cela qu'elle est juchée au sommet du porche de l'église. Elle paraît d'autant plus déplacée, là, qu'elle est bisexuelle.

Cependant, selon d'autres témoignages, le Baphomet était moins un monstre qu'une simple tête. Encore les versions divergent-elles. D'après certains aveux, il s'agissait d'une tête nantie de trois visages, que les templiers vénéraient comme un gage d'abondance, la croyant capable de faire fleurir les arbres et germer la terre. Les frères de l'ordre allaient frotter des brins de cordes et de paille contre elle, pour les porter ensuite autour de la taille. L'enfant d'une vierge violée et d'un templier aurait même été brûlé exprès, et sa graisse aurait servi à oindre l'idole. Mais le templier Mathieu de Sarmage, commandeur de Sidon en Arménie, donne une version différente. Une nuit, il serait allé s'accoupler à une femme morte dans un cimetière. À la fin de l'acte, ayant éjaculé dans la chair en putréfaction du cadavre, il aurait entendu une voix lui intimant : « Reviens quand le moment sera

venu, car tu trouveras une tête, ta progéniture. »
Plus tard, en retournant la chercher, il aurait de
nouveau entendu la voix : « Garde bien cette
tête, parce que toutes bonnes choses te vien-
dront d'elles. »

Pierre Klossowski, écrivain du XXe siècle féru
de théologie et d'ésotérisme, a publié en 1965
un roman intitulé justement *Le Baphomet*, qui
fit l'admiration de Maurice Blanchot et de
Michel Foucault, avant de tomber dans l'oubli.
Or, Klossowski, rejeton retors de l'aristocratie
polonaise et frère du peintre Balthus, ne tient
pas le Baphomet pour la *drag queen* ailée de
Saint-Merri ni pour une quelconque créature
transgenre, mais valide au contraire la thèse de
la tête. Suivant son récit, un très jeune novice,
prénommé Ogier et âgé de quatorze ans seulement, a un jour débarqué à l'enclos du Temple.
D'une beauté au-dessus du commun, il s'est mis
à envahir les rêves des chevaliers, à susciter des
fantasmes chez ces hommes rudes, à les hanter
comme l'Esprit saint. C'est qu'Ogier était un adolescent à peine pubère, mais aussi un souffle
capable de traverser les âmes. Lors d'une céré-
monie qui eut lieu dans la salle basse du Temple
– là où se déroulèrent les tortures, plus tard –,
Ogier fut pendu, tandis qu'il portait un masque
d'or. C'est alors qu'il devint le Baphomet, crâne
prisonnier d'une gangue de métal précieux, qui
avait perdu la vie mais qui continuait à habiter
le sexe, la poitrine et la pensée des chevaliers,
leur délivrant visions et présages d'avenir.

Rien de tout cela, Jeanne, n'est à prendre au
pied de la lettre. Et néanmoins, j'aime bien

l'aventure des templiers, parce qu'elle débute avec une définition très claire du mal, affûtée et tranchante – celle de Bernard de Clairvaux –, et qu'elle s'enlise dans un bourbier total. Finalement, on ne sait plus si Philippe le Bel avait tort ou raison de vouloir éliminer l'ordre du Temple (menaçait-il l'unité du royaume ?) ; ni si le pape Clément V, qui tenta une médiation, abandonna cyniquement les chevaliers ; ni si ces derniers s'étaient écartés de la liturgie et des dogmes officiels ; ni même à quoi pouvaient ressembler leur supposée idole. Le Baphomet est le symbole même de la confusion généralisée dans laquelle ont fait naufrage ceux qui avaient été investi du droit de tuer au nom du Christ. Autant l'argumentaire de saint Bernard paraît simpliste et démodé, autant la figure du Baphomet continue de rayonner jusqu'à nous, par sa dérangeante ambiguïté.

Et le square du Temple – qui n'est aujourd'hui qu'un havre d'ennui pour les nounous et les mômes en bas âge du quartier, avec ses pelouses au repos et ses canards lustrés – fait tout de même un drôle de couvercle, quand tu penses qu'il a été posé, par les bons soins d'Haussmann, à l'emplacement exact du fameux donjon, comme pour en sceller à jamais les secrets.

Rue Eugène-Spüller :
des yeux dans une forêt obscure

Je me souviens encore de ce jour de mon enfance – quel âge pouvais-je avoir ? six ou sept ans – où je fus frappé par une sorte d'illumination. Je marchais dans la rue en revenant du jardin, tenant la main de ma nounou, la nuit tombait et le brasier du crépuscule se reflétait sur les fenêtres des immeubles. Soudain, j'ai été pris d'un vertige. J'ai compris que derrière chacune des rangées de fenêtres que j'apercevais, il y avait une famille semblable à la mienne. Partout, dans les alvéoles vitrés des façades, il y avait des consciences, des mémoires, des émotions – contenues dans des petits garçons, des petites filles, des papas, des mamans, des grands-parents, que sais-je ? Le monde que j'avais toujours perçu comme limité aux dimensions de mon foyer, soudain pullulait. Je nous avais crus au centre et nous n'étions que les habitants d'une case. Et il n'existait aucun double décimètre ni instrument de mesure permettant d'affirmer avec certitude que telle vie était plus importante que telle autre. Pas moyen de hiérarchiser ! Il fallait bien convenir que nous nous ressemblions tous.

Cette révélation me remplit de surprise, d'un mélange de stupeur et de compassion. Et je crois, Jeanne, que cet étonnement ne m'a pas quitté : il suffit que je lève les yeux au-dessus de l'animation de la rue, que je contemple une façade, comme celle-ci, pour être saisi par le même trouble métaphysique devant l'inconcevable extension de l'humanité.

Or, ma subite lucidité de l'époque n'était que spatiale, et non temporelle – sans doute parce que je me croyais plus ou moins immortel ou que je vivais, comme la plupart des enfants, en éternité. Aujourd'hui que la connaissance de l'Histoire, ou plutôt d'une foule d'histoires dispersées dans le temps, a augmenté mon regard, je sais qu'il faut ajouter aux vies actuelles que cache chaque fenêtre celles qu'elle recela et celles qu'elle recèlera, au gré des déménagements, des naissances, des décès, des brassages de population, des guerres et des vagues de spéculations immobilières. Humanité est le nom d'une forêt, d'une Amazonie dans laquelle je me sens comme un sauvage égaré, se demandant si cette jungle l'accueille ou le rejette, le nourrit ou le menace. Tout cela à la fois, sans doute.

Six ou sept ans, c'est aussi l'âge où j'ai commencé à lire beaucoup, passionnément, à la folie. Et cet appétit n'est pas sans rapport avec ma révélation : les livres étaient pour moi comme des outils magiques, qui avaient le pouvoir de rendre transparentes les fenêtres opaques de la ville. Ils m'ouvraient ces innombrables consciences que je sentais tapies autour de moi, comme des yeux dans une forêt obscure.

Regarde, rien qu'aujourd'hui, pendant cette promenade, de combien de présences ne me suis-je pas senti entouré ? Il y a toi, bien sûr ; il y a le souvenir des rencontres – Jeff, Hors Humain – et les passants dont les silhouettes filent comme des gouttes de pluie ; mais il y a aussi la cohorte indéfinie des auteurs : Yvan Chtcheglov, Stanislas de Guaita, Pierre Mabille, Héricart de Thury, Jean-Paul Sartre, Raymond Queneau, Louis Aragon, André Breton, Rainer Maria Rilke, Victor Hugo, Jacques Réda, William Burroughs, Bernard-François et Honoré de Balzac, Jacques Roubaud, Paul Verlaine, Paul Celan, Eugène-François Vidocq, Jack Kerouac, Ernest Hemingway, Jean Rhys, Allen Ginsberg, Brion Gysin, Paul Morand, Vitezslav Nezval, Jacques Delille, Alphonse de Lamartine, Charles Baudelaire, Herberto Helder, Jean-Paul Clébert, Isidore Ducasse, Théodore de Banville, Jules Vallès, Jules Supervielle, Jules Romains, Maurice Blanchot, Albert Camus, Vladimir Nabokov, Jean Baudrillard, Joseph Méry, François Villon, Alfred Franklin, Pierre Klossowski, Walter Benjamin, Maxime Du Camp, Maurice Bouly de Lesdain – et combien d'autres ? Combien qui ne me reviennent pas à l'esprit ou que j'ignore ? Et pourtant quelque chose tremble encore dans l'air de leurs mots, ils ont marqué d'une empreinte invisible mais bien réelle l'atmosphère de ces lieux.

Dans *Le Baphomet* encore, Pierre Klossowski mentionne une très ancienne théorie de la gnose, selon laquelle la quantité d'esprit disponible dans le monde aurait été fixée une fois pour toutes, par Dieu, dès l'origine, à la façon d'un *numerus clausus*. C'est pourquoi Adam et

Ève, ou même les contemporains de Jésus ou de Socrate, étaient encore très riches en esprit ; leur âme individuelle était découpée dans une matière première surabondante. À mesure que l'espèce a prospéré, s'est multipliée, chacun a écopé d'une âme plus étriquée, plus tronquée, plus orpheline. L'intelligence universelle n'ayant pas augmenté en taille, les portions individuelles se sont réduites à mesure de l'accroissement démographique. Et cela s'accélérerait avec le mouvement de l'Histoire : cette fragmentation des bases spirituelles du monde créerait un tourbillon, une spirale dans laquelle nous serions tous happés, balayés comme des fétus de paille. S'il y a du vrai dans cette théorie, l'enfant que j'étais avait raison de s'alarmer : l'accumulation d'êtres humains dans les grandes villes, cette densité de population toujours en expansion entraîne bien un morcellement de nos capacités de sentir et d'être.

7, rue Charles-François-Dupuis : *trouver le souffle*

Mais peut-être la question essentielle est-elle au fond assez simple et se laisse-t-elle formuler ainsi : comment parvenir à l'unité ? Par quelle alchimie les éléments les plus divers peuvent-ils s'assembler pour composer une identité solide et singulière ?

C'est le problème que pose, en filigrane, n'importe quelle ville : comment la multiplicité des points de vue et des architectures, comment le brassage des époques, des origines et des désirs permettent-ils de composer, à la fin, un tout aussi nettement caractérisé que *Paris* ? Car il y avait du *parisien* dans chacune des voies que j'ai arpentées aujourd'hui, et toutes les pièces du puzzle sont indispensables à l'image d'ensemble. Peut-être faut-il, pour atteindre une telle totalité, quelque chose comme une pétition de principe, une décision qui vient d'en haut. Et il ne s'agit pas de coller une étiquette sur quelques hectares de désordre, mais bien d'un *fiat*, d'un décret démiurgique permettant de tenir des millions de poussières dans un même rayon de lumière.

Finalement, je me dis qu'un pareil mécanisme est susceptible d'opérer pour chacun de nous. Que c'est par la même aberration de piété, par le même arbitraire érigé en loi, que nous tenons debout. Surtout dans une histoire d'amour, tu ne crois pas, Nina, ma Jeanne ? Bien sûr, nous sommes une broderie de souvenirs et d'aspirations contradictoires, nos fantasmes s'agitent en nous comme des crécelles grinçantes – et puis, il y a les péripéties, les crises, les fuites, les violences, les mensonges, les retrouvailles. Mais précisément, il faut renoncer à départager l'ombre et la lumière, à lacérer la ligne de cœur, ou même à ériger des murs infranchissables entre les poches de misère et les grandes artères luxueuses : ce kaléidoscope, ce brouhaha, ces secousses, c'est nous, c'est notre histoire d'amour semblable à nulle autre et qui pourrait s'appeler *Paris* ou bien *Fleuve*, *Destin* ou encore, plus modestement, *Rencontre*.

Or, je peux bien te l'avouer à ce stade, c'est précisément pour trouver le souffle nécessaire à une telle pétition de principe, à un tel saut dans la sentimentalité tragique, que j'ai marché cet après-midi. J'avais besoin d'errer dans la ville pour trouver ce chemin qui mène encore à nous. Je n'ai même pas eu à calculer mon itinéraire, cela s'est fait tout seul, zigzag plus ou moins orienté. En même temps, je me sentais proche de toi, tu n'as pas cessé de m'accompagner en pensée. Et me voilà, en train de gravir les marches de notre immeuble de la rue Charles-François-Dupuis (du nom d'un astronome né en 1742 et mort en 1809, spécialiste des constellations), aux confins nord du troisième arrondissement, vers notre studio du cinquième étage.

Je n'ai pas allumé la minuterie, la cage d'escalier reste plongée dans la pénombre. Ma main gauche s'agrippe au serpent de bois de la rampe, ma main droite frôle la granulation du papier peint, ainsi je m'oriente à tâtons. Les cambrioleurs et les assassins doivent monter ainsi, sans lumière, pour qu'on ne puisse relever leur signalement. Quoi qu'il en soit, j'ai l'impression plaisante de me conduire comme un suspect ou du moins de préparer un *coup*.

J'entre chez nous. Curieusement, tu n'es pas là où j'imaginais te trouver. Tu n'es pas assise à la petite table que tu as coincée contre un mur, sur laquelle est posé ton ordinateur, où tu passes des heures le soir, à naviguer sur Internet sans but, écrire des mails ou simplement rêvasser. Non, ce soir, tu es de dos, à la fenêtre. Le détail est un peu curieux, car il n'y a rien à voir, là, pas de rue à surveiller, seulement une cour intérieure pareille à la bouche d'une vieille sorcière, avec des parois entartrées et des plomberies branlantes. Ta chevelure coule jusqu'à tes flancs. Tu es déjà en tenue pour la nuit – tu portes un sweat distendu et un caleçon rose bouffant. Tes cuisses sont nues, un peu larges, un peu grasses, elles ont une peau incroyablement lisse, dont le contact soyeux surprend, car avec autant de taches, de grains de beauté, on s'attendrait à ce que cette surface soit rugueuse comme du sable. Tu te retournes vers moi. Je ne dis rien, j'ai probablement l'air perturbé.

C'est que je poursuis mon idée fixe et que mon rêve d'unité, je ne vais pas tarder à le formuler.

Je vais bientôt avoir trente-sept ans, tu en as trente-quatre. Nous sommes jeunes encore mais nous savons que l'avenir est un toboggan. En tout cas, nous avons pris conscience que le temps nous est désormais compté. Cela s'est fait insidieusement. Peut-être parce que je récupère moins bien les abus d'alcool, et qu'une nouba jusqu'à trois ou quatre heures du matin se paie de migraines, quand auparavant j'avais la force d'enchaîner les nuits blanches ? Ou est-ce la faute à ces cheveux d'argent qui, ici et là, comme des fils perdus, se sont mêlés au cuivre de ta chevelure ? Désormais, les cernes sous tes yeux ont installé un campement définitif et tes paupières se prolongent par des plis furtifs, quelques virgules égarées au tournant des déclarations que formulent tes yeux. Nous en sommes au point où, sans peur, sans angoisse, avec une sorte de lucidité aussi froide qu'un lac de montagne, nous savons que nous sommes mortels. Et nous ne nous révoltons pas ni ne nous débattons contre l'évidence : nous y sommes résignés comme à la loi du genre. À présent, nos gestes engagent le restant de notre vie – nous n'avons plus de temps à perdre en brouillons.

Je ne sais pas très bien quelle tête je tire, alors que roulent en moi ces pensées inarticulées, mais tu te mets à sourire et cela me rassure. Il y a deux sortes de gravité. Celle qui intimide et celle qui prête à rire. Je suis content que mon attitude se rapproche du second genre. Les coins de tes lèvres remontent et dans tes pupilles, je décèle une lueur d'ironie – « Arrête ton char », insinuent-elles. Je te prends la main et pose un baiser sur tes cheveux, au-dessus de la tempe.

Ainsi, je tiens la réponse à ma question : oui, j'aime Paris, car sans amour on ne peut rien connaître aussi intimement que je connais cette ville, et pourtant j'ai décidé de la faire passer désormais au second plan, de me libérer de son tumulte. C'est bien une telle résolution que je différais en flânant aujourd'hui ; ou plus exactement, je me dirigeais sans hâte vers ce moment-là. Enfin, je trouve la force d'articuler ces mots qui tiennent au fond de ma gorge depuis le début de l'après-midi, depuis que je me demande s'il ne vaut pas mieux que je quitte un peu Paris pour être plus près de toi, que je me libère de la dispersion urbaine pour apprendre à aimer sans reste : « Jeanne, veux-tu devenir ma femme ? Veux-tu m'épouser ? »

Itinéraire

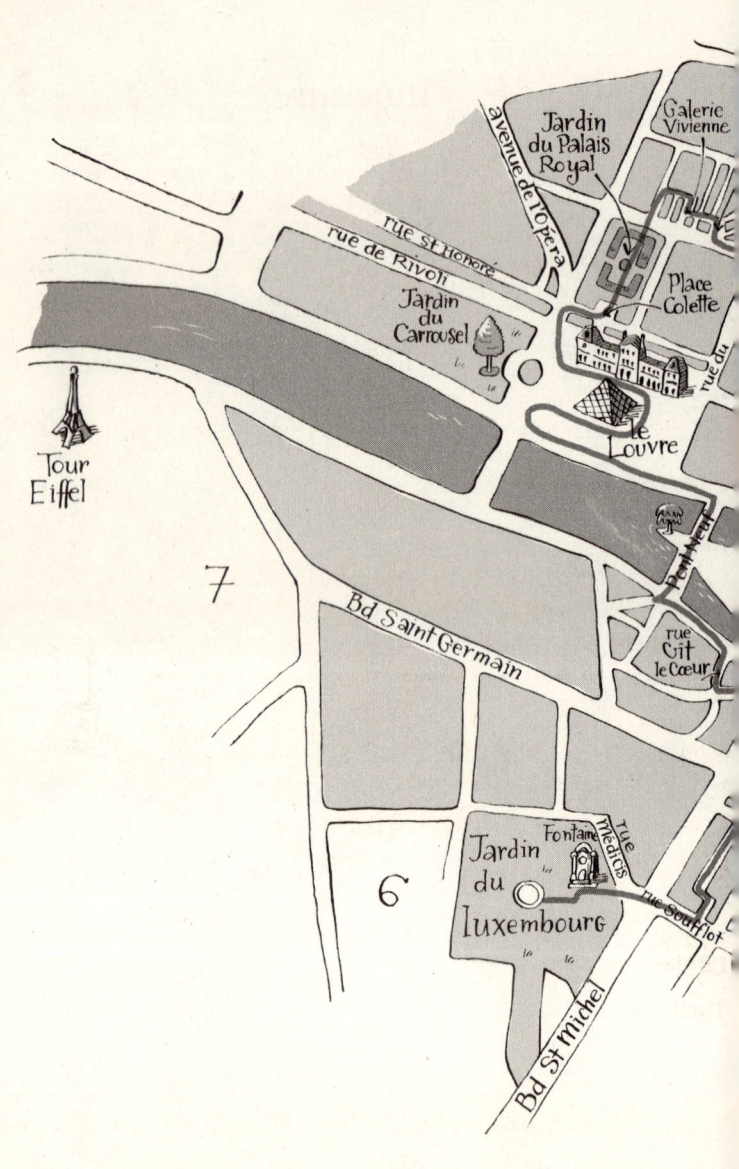

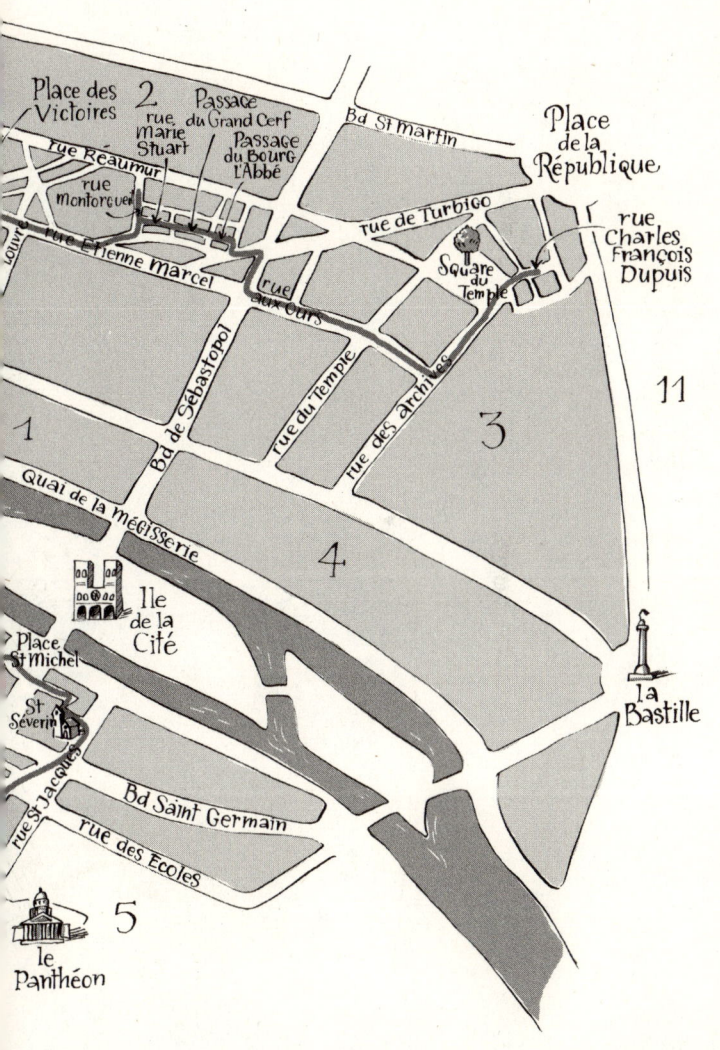

Table

10826

Composition
NORD COMPO

Achevé d'imprimer en Espagne
par BLACKPRINT CPI IBERICA
le 7 décembre 2014.

Dépôt légal décembre 2014.
EAN 9782290079461
OTP L21EPLN001499N001

ÉDITIONS J'AI LU
87, quai Panhard-et-Levassor, 75013 Paris

Diffusion France et étranger : Flammarion